CONCÉDEME UN DESEO

RACHAEL LIPPINCOTT Y ALYSON DERRICK

Concédeme un deseo

Traducción de **Elena Macian Masip**

NUBE **DE TINTA**

El papel utilizado para la impresión de este libro ha sido fabricado a partir de madera procedente de bosques y plantaciones gestionadas con los más altos estándares ambientales, garantizando una explotación de los recursos sostenible con el medio ambiente y beneficiosa para las personas.

Penguin Random House Grupo Editorial

Concédeme un deseo

Título original: *Make My Wish Come True*

Primera edición en España: noviembre, 2024
Primera edición en México: noviembre, 2024

Publicado por acuerdo con Simon & Schuster Books for Young Readers, un sello de Simon & Schuster Children's Publishing Division

penguinlibros.com

ISBN: 978-607-385-191-6

Impreso en México – *Printed in Mexico*

Para Poppy

1

CAROLINE

—¡Caroline!

Me despierto de golpe y estoy a punto de caerme de la cama. La voz de mi hermana Riley me fuerza a recuperar la conciencia con mucha más efectividad que las doce alarmas que he parado esta mañana.

Eso me pasa por quedarme despierta hasta las tres de la madrugada toqueteando mi portafolios para enviarlo a la universidad de Columbia. Añadí un artículo que acababa de terminar sobre la receta súper secreta de galletas de Navidad de la panadería local, que se remonta cinco generaciones atrás. Al parecer, una tía abuela incluso mató a un hombre para protegerla, lo que ha convertido este artículo en una apuesta bastante más arriesgada que el resto de mis reportajes sobre nuestro pueblecito obsesionado con la Navidad…

Sin embargo, si las miradas mataran, Riley se podría haber encargado del trabajo tranquilamente. Se aparta de mi difunto tímpano izquierdo y se cruza de brazos, enfundada en su sudadera gastada de color verde bosque del equipo de futbol de Barnwich.

—¿Podemos no llegar tarde por una vez, por favor?

Gruño y gimo un «no» mientras ruedo para enterrarme otra vez debajo de mi edredón calientito.

—Es martes de hot cakes —añade. Ruedo en el sentido contrario de inmediato—. Lo que imaginaba —suelta, y me deja sola para que me enfrente a mi frenética rutina mañanera de martes. Me pongo unos jeans y suéter extragrande y me cepillo los dientes al mismo tiempo que preparo la mochila. Luego me pongo un poco de máscara de pestañas y el número de anillos necesario para que a la gente le quede claro que me gustan las mujeres.

Mientras bajo las escaleras en dirección a la cocina y a los hot cakes, que son lo único que habría sido capaz de sacarme de la cama hoy, Blue, mi *border collie* blanco y negro, me sigue al trote, repiqueteando con las uñas sobre el parqué. Se me escapa una sonrisa cuando doblamos la esquina y veo a Riley echarse una cantidad de crema batida que desafía la gravedad directamente en la boca y a mis dos hermanos mayores, Levi y Miles, zampándose cada uno un montón de hot cakes como si de ello dependiera su vida. Ambos están ya en la veintena, pero los martes de hot cakes se presentan en casa religiosamente.

—¿Ustedes dos no tienen casa propia? —pregunto mientras me sirvo una taza de café. Me vuelvo justo a tiempo para que un hot cake se me estampe en la cara. Me lo despego y le doy un mordisco mientras Riley se ríe.

Papá, que está friendo el tocino de pavo, deja de canturrear y se da la vuelta con el delantal ondeando al viento para señalarnos a los cuatro con la espátula.

—¡Si alguien vuelve a lanzar otro hot cake se queda sin martes de hot cakes durante un año entero!

—Eso no se lo cree nadie, viejo —replica Levi con desdén negando con la cabeza.

—Tú ponme a prueba, jovencito —replica mi padre con una sonrisa desafiante. En ese momento, mi madre interrumpe el enfrentamiento entrando en la cocina como si nada.

Papá mira de reojo el reloj de inmediato. Incluso después de veinticinco años sigue preocupándose porque llegue...

—Tarde. Voy a llegar tarde —masculla ella. Me quita la taza de café de las manos y le da un trago.

Mamá viaja de Barnwich a Pittsburgh cada mañana para trabajar en el bufete de abogados que fundó con su mejor amiga de la universidad, y casi siempre va con unos minutos de retraso. Una vez, mi padre adelantó los relojes cinco minutos, pero no supuso ningún cambio. Fue como si, en su fuero interno, ella supiera que no marcaban la hora correcta. Menos mal que desde la estación de Barnwich salen trenes hacia Pittsburgh cada diecisiete minutos, si no, nunca llegaría al trabajo antes de la reunión matinal que ella misma programa.

Supongo que salí a ella, porque cuando miro el reloj, yo también me doy cuenta de que no me queda más que un minuto y medio para meterme el resto de este hot cake que tanto necesito en la boca y salir corriendo.

—Bueno, el caso es que necesitamos sustento —dice Miles, retomando la conversación—. Mañana tendremos una noche ajetreada en el bar y tenemos que prepararnos. Hace dos semanas compramos una máquina de karaoke y los miércoles de karaoke han marcado un antes y un después. —Echa un vistazo al calendario organizado por colores de su celular, pasando por los amarillos, los rosas y los verdes a toda velocidad.

Levi y él ahorraron casi cada centavo que caía en sus manos desde los primeros años de preparatoria para abrir el Hermanos Beckett, un bar en la esquina entre la calle Mayor y la calle del Pino, resultado de la obsesión de mi padre por el programa *Pesadilla en el bar* y su deseo de encontrar su propio nicho en este pueblecito de Pensilvania que gira en torno a la Navidad. Hace dos Navidades, renovaron con mucho esmero el local después de alquilárselo con un buen descuento al propietario, el señor Burton, que también es nuestro vecino. Luego nos reclutaron a Riley y a mí para ayudarles a pintar y a comprar cosas a través del Marketplace de Facebook. Nos pagaron con helado en verano y con chocolate caliente en invierno. Este ha sido el primer año entero que ha estado abierto y lo han dado todo para seguir a flote y sacar beneficios: noche de trivia, citas exprés, música en vivo y ahora, al parecer, karaoke. Hacen todo lo que está en sus manos para mantener el bar en funcionamiento, pero ha sido difícil verlos sufrir, como le ha pasado a la mayoría de negocios del pueblo durante los últimos años.

—No sé yo si es verdad eso de que han marcado un antes y un después… Todavía me sangran los oídos de la semana pasada —gruñe Levi con la boca llena.

Y a mí también, la verdad. Me mandó un video de una chica que estaba intentando cantar Celine Dion a voz en grito pero que parecía un gallo con dolor de garganta.

—Pero vendrán a la fiesta de Janucá, ¿no? —pregunta mamá, tamborileando con los dedos sobre la que hace unos instantes era mi taza de café, preocupada por llegar tarde, como siempre, pero sin hacer nada para ir más rápido—. Le dije a la abuela que vendrían los dos.

—Pues claro —responde Miles con un resoplido mientras selecciona un día subrayado en su detallado calendario para demostrarlo—. Perderse su *brisket* sería un crimen.

Como mamá es judía y papá católico, esta época del año es una mezcla de villancicos, *latkes,* calcetines nuevos y… esa desconexión que tan familiar me resulta: existir en ese espacio liminar entre las dos religiones. Ese espacio consiste en no ir a la iglesia ni a la sinagoga, pero tener una cesta de Pascua y que te manden al campamento judío al norte de Nueva York al que fue toda la familia de mi madre. Significa tener árbol de Navidad y regalarnos suéteres espantosos, pero reducir al máximo el número de regalos que te deja Santa Claus.

Sin embargo, lo principal es que no te sientes ni lo bastante cristiano ni lo bastante judío, sobre todo si vives en un pueblo en el que la Navidad es una institución.

Aunque nunca me ha dado la impresión de que Levi y Miles hayan tenido que lidiar con ese sentimiento. Se las han arreglado para encontrar su sitio en Barnwich enseguida, y supongo que yo todavía no, a pesar de los artículos que escribo.

—¿Estás lista? —me pregunta Riley mientras se mete un último trozo de tocino de pavo en la boca antes de correr por su mochila.

Asiento, le lanzo el último bocado a Blue y le robo la taza de café a mamá para darle un último trago. Luego voy al recibidor a abrigarme bien.

—¡Hasta luego! —grito antes de encasquetarle un gorrito a Riley en la cabeza. Abro la puerta principal y las dos bajamos los escalones resbalando entre risas antes de dirigirnos hacia Bertha, el viejo Toyota Camry plateado con el que trajeron a Miles del hospital, antes de que fuera pasando de Beckett en Beckett hasta tocarme a mí. Riley sube al asiento del copiloto y lo enciende mientras yo quito la cantidad indispensable de hielo del parabrisas.

—¿En serio, Caroline? ¡Yo no veo nada! —protesta Riley mientras me pongo al volante.

—Pensaba que no querías llegar tarde —contesto mientras tiro la rasqueta al asiento de atrás.

—No, claro, pero también me gustaría llegar viva —replica mientras se pone el cinturón de seguridad—. Tendrían que haber suspendido las clases por la nieve —masculla frotándose las manos.

—¿Suspender las clases por la nieve? ¿En Barnwich? Por favor… —Nuestras casi constantes tormentas y nevadas por efecto lago son uno de los factores principales que hacen que vivir en Barnwich sea como vivir dentro de una de esas típicas bolas de nieve.

Giro la llave para arrancarlo y Bertha se despierta refunfuñando. Lucha desesperadamente para hacer tracción con las ruedas hasta que, por fin, empezamos a desplazarnos poco a poco por la calle.

—¿Tienes algún examen esta semana? —le pregunto. Riley hace un ruidito afirmativo. Tiene un guante colgando de la boca: ha decidido arriesgarse a perder un dedo por congelación para escribirle un mensaje a su grupito—. ¿Necesitas ayuda para estudiar? —Hace otro ruidito afirmativo mientras escribe.

Aunque vamos tarde, conduzco despacio, curioseando por la calle Mayor, para darle tiempo a las ventanas a que se descongelen un poco más. Contemplo las coloridas fachadas y los escaparates de las tiendas, las lucecitas que recorren la calle en zigzag por encima de nosotras y los lazos rojos y las coronas de Navidad verdes de las farolas encendidas. El espíritu navideño, tan acogedor y cálido, es más imposible de evitar que nunca. No me sorprende que este sitio haya sido uno de los principales destinos turísticos navideños durante décadas. Cada diciembre, la gente se acerca a nuestro pueblecito a beber chocolate caliente, montar en trineo, comprar regalos hechos a mano y tomarse fotos con el señor Green, nuestro fontanero reconvertido en Santa Claus. Por no hablar de nuestro árbol de Navidad, con su correspondiente ceremonia de encendido, que sigue siendo el cuarto más grande del país.

Sin embargo, desde que yo era niña, la cantidad de gente que viene ha disminuido bastante. Mucho. Y aunque, en esta época del año, Barnwich sigue siendo mágico, no se puede negar que todo el mundo debe esforzarse más para atraer a los visitantes y mantener a flote los pequeños negocios familiares de la calle Mayor. Parece que no queda otro remedio que exacerbar nuestras tradiciones, añadiendo pirotecnia al encendido de las luces, aumentando los premios de nuestros concursos de chocolate caliente y casitas de jengibre, disfrazando de elfo a los conductores de los trineos tirados por renos que recorren la calle Mayor… Es… es demasiado; y, aun así, la sensación de que falta algo perdura.

Cuando lo pienso, me asalta de nuevo esa melancolía que no puedo evitar que acompañe a la emoción que provoca esta época del año.

—Anoche le tomaron unas fotos a Arden saliendo de una discoteca. Iba hecha mierda —dice Riley mirando su teléfono.

Me aferro al volante con más fuerza; cualquier rastro de espíritu navideño que me quedara se esfuma de repente con la mención de mi ex mejor amiga, dejándome a solas con la melancolía.

—Esa boca —murmuro, sin saber muy bien si me refiero a que mi hermana de doce años haya dicho una palabrota o a que haya nombrado a la persona que para mí es más sinónimo de Barnwich que la Navidad misma.

Hace ya cuatro años que se fue de Barnwich para hacerse un nombre en Hollywood y me dejó atrás, pero en cierto modo es como si nunca se hubiera ido. Su presencia, o mejor dicho, el fantasma irreconocible de la misma, sigue acechándome en cada esquina. Desde los periódicos sensacionalistas que venden junto a la caja del supermercado a los tuits virales, pasando por los tiktoks cuidadosamente editados por sus seguidores, que la adoran.

Arden James, Arden James, *Arden James.*

Y Riley no me ayuda en nada. Insiste en tenerme al corriente sobre cualquier avistamiento de Arden que consiga pasarme desapercibido, informes que adereza con todo lujo de detalles aunque yo no quiera tener absolutamente nada que ver con ella.

Sin embargo, cuando paro en el estacionamiento de la escuela de mi hermana, no puedo evitar echarle un vistazo rápido a la foto que Riley me pone en la cara. La larga melena oscura y los ojos castaños de Arden todavía me resultan familiares, si bien los veo muy distintos al mismo tiempo. Y no es solo por esa mirada vidriosa y desorientada, producto de lo que sea que se haya tomado.

—Hoy tendrás que volver a casa en autobús —le digo mientras la pantalla se pone en negro y el rostro de Arden desaparece. Estaciono el coche y Riley se quita el cinturón—. Tomé un turno en el restaurante de Edie.

El Comedor de Edie, el adorado restaurante local y otra de las razones por las que soy incapaz de olvidarme de Arden por mucho que lo intente. La propietaria es su abuela, famosa por sus increíbles hot cakes, que debo reconocer son mejores que los de mi padre, y por un café que despertaría a un muerto.

No puedo negar que el dinero me viene bien, pero el verdadero motivo por el que trabajo allí es Edie. Como Arden ya no vive aquí y sus padres andan trotando por el mundo, me gusta echarle un vistazo, en especial ahora que todo empieza a costarle un poco más. Es más dura que una piedra, pero a veces incluso las piedras necesitan que las cuiden, igual que ella nos cuidó a nosotras durante años. Nos preparaba licuados y tortillas rellenas y nos dejaba jugar en la cocina del restaurante.

Una razón más para guardarle rencor a Arden. Por haber dejado atrás también a su abuela.

—Okey, pero solo si me traes una galleta cubierta de chocolate.

—Trato hecho.

Riley se despide y corre escaleras arriba para encontrarse con sus amigas del futbol, mientras yo sigo un poco más abajo hacia la preparatoria, que está en esta misma calle. Me estaciono en uno de los pocos sitios que quedan y suelto un gemido al darme cuenta de que, aunque Riley llegó justo a tiempo, yo voy tarde, como siempre.

Agarro la mochila y me dirijo resbalando por el pavimento congelado hacia la preparatoria de Barnwich, para luego patinar por el pasillo lleno de casilleros verdes en dirección al aula que me toca. La campana suena justo cuando planto el trasero en mi silla, en la esquina del fondo.

—Buenos días —me saluda Austin Becker casi cantando mientras me pone delante un café con leche y caramelo que necesito tanto como respirar. Ventajas de tener un amigo que trabaja en el turno de mañana del Barnwich Café.

—Buenos días —contesto agradecida, tomando el café de sus manos morenas doradas, con los largos dedos llenos de anillos de plata. Mientras tanto, el señor Fisher pasa lista antes de anunciar el orden del día.

Cuando empecé la preparatoria, el otoño después de que Arden se fuera, cruzar las puertas de entrada sin mi mejor amiga me resultó muy intimidante. Pero, por suerte, Becker venía justo antes de Beckett en la lista y Austin era nuevo en Barnwich, así que pude hacer borrón y cuenta nueva con alguien a quien le gustaban los libros y Phoebe Bridgers tanto como a mí. Este chico de pelo negro y rizado, que toca la guitarra y es demasiado *cool* para la escuela pero aun así fue elegido rey del baile antes que su novio, que es el capitán del equipo de futbol americano, ha sido mi ángel salvador y abastecedor de café desde ese primer día.

Abro la tapa antes de darle un trago y, por supuesto, hay una obra de arte hecha con espuma encima: un perro casi idéntico a Blue. Suelto un silbido y a él se le ilumina la cara con una sonrisa cuando tomo varias fotos de su obra.

Cuando vuelvo a poner la tapa, Maya, la última pieza de nuestro trío, se da la vuelta desde su asiento y apoya los codos en mi mesa.

—¿Qué tal vas con la solicitud para Columbia? ¿Ya la enviaste? —pregunta. Suelto un gemido. Ella desvía los ojos azules para encontrarse con los de Austin, que son color avellana, y cruzan una mirada cómplice—. ¿Así de bien?

—Es que me siento como si… —Niego con la cabeza—. Como si no tuviera nada en el portafolios que destaque de verdad, ¿saben?

Austin se echa a reír, negando también con la cabeza.

—Eres la editora jefe del periódico de la preparatoria desde segundo, tus calificaciones son ridículamente buenas y ganaste un concurso de escritura estatal por el reportaje que escribiste sobre la reconstrucción del Barnwich Café después del incendio.

—Sí, y estoy segura de que todos los demás estudiantes que piden entrar en el programa de periodismo de Columbia tienen cosas parecidas en sus solicitudes, si no mejores. ¿Y si todo lo que yo he hecho es demasiado…? No sé. Demasiado de pueblo. No lo bastante grande. —Ahora mismo, ni siquiera el artículo sobre la panadería que acabo de añadir me parece una gran apuesta.

Ni siquiera con lo del asesinato.

Levanto la mano cuando el señor Fisher pronuncia mi nombre y cambio de tema.

—Bueno, ¿cómo está Finn?

Y como si me hubiera oído llamarlo, el novio de Austin, Finn, asoma la cabeza de pelo dorado por el aula para saludar a Austin antes de que el señor Fisher lo mande a la suya. Finn se pone colorado (oigo a sus amigos del futbol molestarlo en el pasillo) y Austin pone los ojos en blanco y reprime una sonrisa.

—Como siempre. —Sacude la cabeza—. La semana que viene, el primer día de vacaciones, vamos a montar en trineo, por si se quieren apuntar. Finn dice que Taylor Hill, la del equipo de porristas, preguntó si vendrás. Parece que le gustas.

¡¿Taylor Hill?! ¿Que yo le gusto a Taylor Hill?

—Suena divertido. —Me encojo de hombros como si nada y juego con el protector de cartón del vaso de café.

—¿Lo de montar en trineo? —pregunta Maya mientras se inclina hacia mí y enarca las cejas—. ¿O Taylor Hill?

Resoplo y niego con la cabeza. Ahora me toca a mí ponerme roja.

—Bueno… La verdad es que nunca había pensado en ella de ese modo.

A ver, me he dado cuenta de que es guapa, objetivamente. Es la cocapitana del equipo de porristas, rubia, sonrisa perfecta… Pero la verdad es que nunca me he parado a pensar en nadie de esa forma. Al menos, no desde hace mucho tiempo. Estoy abierta a ello, pero no he sentido…

Pienso en Finn y en Austin. Las chispas que saltan entre los dos son casi visibles.

Eso.

—¿Todavía sigues clavada con Julie Shapiro, la del campamento judío? —Austin da un trago de su café y me dedica una mirada cómplice—. A no ser que…

«No».

Lo fulmino con la mirada y le doy un manotazo en el hombro, cubierto por una camisa de cuadros, antes de que le dé tiempo a pronunciar su nombre, pero un par de ojos castaños y vidriosos que conozco bien, iluminados en la pantalla del celular de mi hermana, aparecen en mi mente de todos modos. Tan inoportunos como siempre.

Aunque Austin nunca conoció a Arden, tanto Maya como él saben que para mí fue algo más que mi mejor amiga. Que siempre estoy buscando ese sentimiento, pero que nunca lo encuentro.

Me pregunto si podría incluir en mi solicitud para Columbia que durante los últimos cuatro años no he tenido vida romántica de ningún tipo. Quizá me aceptarían por pena.

Clavo los dientes en mi labio inferior, pero, por suerte, tanto el discurso del señor Fisher como la conversación que estamos manteniendo terminan en ese preciso instante. Miro al frente y, a pesar de tener la mirada perdida, me obligo a concentrarme en lo que más importa.

Columbia.

Más que las chispas o que Taylor Hill o que Arden James.

Esta vez, seré yo la persona que deje Barnwich atrás para perseguir sus sueños. Mis sueños.

Lo deseo tanto que casi puedo saborearlo. Sin embargo, cuando miro por la ventana y veo los copos blancos que caen poco a poco, me doy cuenta de que, por mucho que a veces me sienta atrapada en esta bola de nieve navideña, nunca seré capaz de despedirme del todo. Para mí no es tan fácil dejar atrás a la gente.

Ni olvidarme de ellos.

Después de clase, cruzo el pueblo para ir a donde Edie. Las campanillas de la puerta repican cuando entro y me encuentro con el suelo de ajedrez, los bancos de cuero gastados de color verde menta y una hilera de sillas giratorias. El olor de la comida de Edie que emana de la cocina hace que me ruja el estómago, aunque no hace mucho rato que comí, y siento que relajo los hombros por primera vez en todo el día. Aquí siempre me da la sensación de tener las ideas más claras, y aunque el estrés que me provoca la solicitud para Columbia no se esfuma del todo, se me antoja casi manejable.

—¡Hola, Edie! —la saludo mientras corro al fondo para quitarme el millón de capas que llevo puestas. Al doblar la esquina, casi me doy de bruces contra Harley, la universitaria que trabaja aquí desde hace dos años, que va vestida con su ropa alternativa y está haciendo equilibrio con los brazos llenos de platos.

—¡Cuidado! —exclama mientras me esquiva sin que se le caiga una sola papa frita.

La cabeza canosa de Edie asoma por la ventanilla de la cocina. Me saluda moviendo la espátula; se ve mucho menos alegre que de costumbre. Para ser una abuela coreana de apenas metro y medio, su imponente presencia en el restaurante es siempre imposible de ignorar. Mientras me ato el delantal y me recojo el pelo rubio rojizo en una cola de caballo, lo único que me dice, con ese marcado acento sureño cortesía de su infancia en Georgia, es:

—En fin, esta vez se ha lucido, ¿eh?

Vacilo; el antiguo instinto de defenderla burbujea en mi garganta.

Pero, en lugar de hacerlo, asiento. Porque tiene razón, y yo a Arden no le debo nada. Ya no.

No volvemos a hablar del tema en toda la tarde, pero sé muy bien lo que se le está pasando por la cabeza. En cierto modo, Edie siempre se ha culpado. Cuando vivían en el pueblo, al menos podía cuidar de Arden mientras sus padres se pasaban el día peleándose. Y también podía cuidarla yo, invitándola a casa con su mochila a cuestas y haciéndole espacio en mi cama para que pasara ahí la noche.

Pero Hollywood está demasiado lejos y, por lo tanto, fuera de nuestro alcance. Sobre todo cuando la persona que está allí no hace nada por acortar distancias.

Encontró la fama. Ya no nos necesita.

Mientras recojo una hamburguesa doble y unas papas fritas para la mesa tres de la ventanilla, le dedico a Edie una sonrisa tranquilizadora, intentando aliviar un poco su culpa.

Al fin y al cabo, ella siempre decía que los padres de Arden eran incapaces de estar mucho tiempo en el mismo sitio. Que Arden nos dejara tiradas era de esperar, teniendo en cuenta que era lo único que conocía.

2

ARDEN

—¡Buenos días! ¡Buenos días! ¡Sal de la cama!

Un tsunami de agua helada me cae en la cara. Me incorporo de inmediato, tosiendo, y me limpio los ojos hasta ver unos ojos azules y una maraña de pelo castaño rizado. Mi representante, Lillian, me devuelve la mirada mientras mastica un chicle de hierbabuena.

—Es broma, ¿no? —gruño mientras me aparto los mechones de pelo mojado del rostro.

—Pues no. Llegas tarde… otra vez —añade mientras se dirige a las ventanas para abrir las persianas de bambú.

—T… —Persiana—. A… —Otra persiana—. R… —Una tercera persiana—. D… —Una cuarta—. E.

Sube la última persiana, revelando una vista panorámica de la playa de Malibú, con las crestas blancas de las olas rompiendo sobre las rocas oscuras de la orilla. Pagué millones de dólares por esta vista, pensando que así al menos podría relajarme en la playa de vez en cuando, pero hace dos años que no piso la arena.

—Sí, ya sé deletrear.

Un rayo de luz atraviesa las nubes que cubren el cielo y me tapo los ojos con la mano, intentando aliviar el dolor punzante de mi cabeza.

—Pues nadie lo diría, porque es evidente que no sabes leer tus horarios ni ninguno de los cinco recordatorios que te mandé aye… Vaya, hola —dice, suavizando ligeramente el tono de voz. Miro por entre mis dedos y veo una forma que se mueve bajo las sábanas, a mi lado. Una chica con el pelo rubio platino y muy despeinado asoma la cabeza. Aunque lleva el maquillaje de anoche y tiene tanta resaca como yo, debo decir que es una de las chicas más guapas que he visto jamás. Eso es algo que nunca escasea en Los Ángeles.

—¿Arden? ¿Tienes que irte? —pregunta, apoyándose en el codo y subiendo la sábana para taparse—. Pensé que podríamos desayunar…

Ay, Dios.

—Lo siento, eh…

«¿Miranda? ¿Jackie? Mierda. ¿Su nombre no empezaba por L? Un momento… Creo que era una A…».

Lillian, que está a los pies de la cama, interviene justo a tiempo:

—Esta chica tiene un rodaje de un anuncio para el que ya llega media hora tarde, así que si no te importa ir tomando camino, cariño, sería excelente. Puedes tomarte un jugo prensado en frío del refrigerador de camino a la puerta.

Lillian me saca de la cama y yo tomo el edredón para taparme las vergüenzas antes de dedicarle a la rubia una sonrisa de disculpa.

—¿Estás intentando acabar conmigo? —masculla Lillian negando con la cabeza mientras me lleva al baño.

—No a propósito.

Suspiro.

—Pues parece que es a propósito, Arden. Este numerito de chica mala se suponía que iba a ser un personaje de cara a la prensa, algo con lo que llamar un poco la atención. No tenía que ser tu vida real. Te acuerdas de ese detalle, ¿no?

—Ya lo sé. Ya lo sé —contesto mientras me pellizco la nariz. Lo dice como si fuera fácil. Como si fuera posible pasarse años fingiendo ser algo que no quieres ser y, de algún modo, no convertirse exactamente en eso. Como si ella no supiera lo hondo que esta ciudad puede clavarte sus garras.

—Y funcionó. Ahora te conoce todo el mundo. Te busca todo el mundo. Fuiste tú la que me dijo que quería un giro, un cambio de imagen. Si quieres que la gente te vea como a una actriz adulta y seria, tienes que comportarte como tal. Por Dios, Arden, al menos tienes que llegar puntual.

—¡Ya lo sé, Lil! Yo…

—Si lo sabes, ¿por qué lo primero que vi esta mañana al despertarme son fotos tuyas bien puesta, perdida, enredándote con un montón de gente en una fiesta la noche antes de un rodaje?

«Porque la idea de quedarme sola toda la noche en esta casa tan grande y tan vacía era insoportable, carajo».

—Lo siento. Yo no… —Me froto la cara con las manos—. No sabía que había cámaras. Se suponía que era una fiesta privada.

—Eres Arden James. El año pasado, tu nombre fue el más buscado en los Estados Unidos, solo por detrás del de Taylor Swift. Siempre hay cámaras. Siempre habrá cámaras. Siempre. Y este rodaje es para el Super Bowl. Podría haber pagado mis tres divorcios con lo que vas a ganar solo por sonreír y sostener una botella delante de una cámara durante una condenada hora. Me pasé un mes al teléfono con los ejecutivos para convencerlos de que eras la persona adecuada para este papel. Enfócate —me riñe mientras me empuja hacia el baño—. Dúchate. Ya te pedí el desayuno en la cafetería de abajo. Te lo puedes comer en el coche de camino al estudio.

Me asomo por la rendija de la puerta y le dedico una mirada de disculpa.

—Gracias, Lillian. Te debo una.

—Ya lo creo —contesta mientras escribe en el celular con una mano y me pasa un café y un ibuprofeno con la otra. Luego levanta la vista y me dedica una sonrisita sarcástica—. Me debes dos, en realidad. También te ahorré el trabajo de fingir que te acordabas del nombre de esa chica.

Una hora más tarde, Lillian me lee el horario para el resto de la semana mientras yo estoy sentada en el remolque de maquillaje y peluquería, terminándome el segundo café de la mañana.

—Hoy, cuando termine este rodaje, estás libre, pero no vuelvas a hacer locuras —me advierte clavándome una mirada mientras me tiran del pelo largo y castaño oscuro para recogérmelo y me ponen medio kilo de corrector para tapar las ojeras—. Mañana tienes la prueba con Bianchi.

«Bianchi».

—No lo olvidaré —le prometo, pensando en los cientos de anotaciones que he añadido al guion, que está en mi bolso. Me he preparado tanto que las páginas están gastadas y arrugadas.

Y, de todos modos, me tiemblan las piernas solo de pensarlo.

Ni siquiera me acuerdo de la última vez que había deseado de verdad un papel, pero esta prueba lleva más de un mes quitándome el sueño. Anoche salí de fiesta porque no soportaba quedarme ni un minuto más a solas con mi cabeza.

Mi carrera ha ido de Disney a que me encasillen en comedias románticas de heteros, sobre todo después de que mi debut en Netflix hace dos años rompiera todos los récords y mandara mi nombre directo a todos los titulares.

Pero esto... Esta película es un drama sáfico sobre una chica de pueblo y de origen asiático que consigue dejar atrás su vida rota y construirse una mejor. Parece que la hayan escrito para mí y solo para mí.

Igual que Meryl Streep como Miranda Priestly o Tom Hanks como Forest Gump.

Este papel es mío.

Además, trabajaría con los mejores. Bianchi convierte en oro todo lo que dirige. Forma parte de A24. Ha recibido ovaciones de más de diez minutos en Cannes con todo el público de pie. Lo han nominado en más categorías en los Óscar que en las que no.

Es justo lo que estaba esperando, mi oportunidad de llevar mi carrera en otra dirección. Pero he de demostrarle a Bianchi que tengo más que ofrecer que lo que ha visto hasta ahora. Que sé hacer algo más que dar réplicas graciosas, ser una chica sexy frente a la cámara y hacer que un tipo cualquiera se enamore de mí de una forma que a la revista *Variety* le gusta definir como: «simpática pero fácilmente olvidable».

Esta es la razón por la que también quiero cambiar mi imagen.

Convertirme en la última bala perdida de Hollywood me ayudó a que todos los ojos se volvieran hacia mí, tal y como Lillian me prometió, pero se suponía que era un medio para llegar a un fin, y no la imagen por la que se me conocería durante el resto de mi vida. Estoy preparada para que me tomen en serio. Quiero que me tomen en serio. Quiero ganar un Óscar en lugar de otro Teen Choice Award.

Solo necesito una oportunidad. Y, para conseguirla, he de ofrecerle a Bianchi una actuación que recuerde más que mi reputación o que mi página de IMDB. Así que no sé por qué cuanto más se acerca el gran día más me cuesta no perder el control.

—Sé lo mucho que quieres ese papel. No te decepciones a ti misma —me dice Lillian.

Antes de que pueda responder, el director comercial irrumpe de pronto en la habitación con Marc Nicholson en persona, el heredero de la fortuna del agua embotellada Nicholson.

Intento no hacer una mueca cuando la puerta se cierra con un fuerte golpe.

—Siento mucho haber llegado tarde —me disculpo con dulzura mientras me levanto a saludarlo. El director me fulmina con la mirada, pero Marc Nicholson hace un gesto como quitándole importancia con una mano muy bronceada, antes de estrechar la mía.

—No hay ningún problema —dice con un fuerte acento sureño y las comisuras de los ojos azules arrugadas. El apretón de manos se alarga más de la cuenta—. Vaya, es cierto lo que dicen por ahí. La cámara engorda. —Se echa a reír y me mira de arriba abajo y luego de abajo arriba. No sé si debería reírme, darle las gracias o un bofetón, pero antes de que me decida le da un codazo al hombre larguirucho que tiene al lado—. Hazle un resumen, Richie.

«Richie», el director, se sube los lentes de pasta y hace un gesto teatral, como barriendo el aire con la mano.

—Cinco escenas diferentes a través del tiempo para mostrar la legendaria agua Nicholson en el pasado, en el presente y en el futuro. Tú, en el presente, subiéndote a un coche después de una entrega de premios y dando un trago de lo más refrescante. Tú, hace ciento cuarenta y seis años, cuando se fundó la empresa, abriendo una botella después de un largo día lavando ropa. Tú, dentro de ciento cuarenta y seis años, con una botella de agua Nicholson en la mano mientras tu vehículo cápsula conduce solo. Tú…

Echo un vistazo a la ropa colgada de un burro que hay en una esquina mientras continúa. Los vestidos van de la elegancia victoriana al sueño húmedo de George Lucas. Luego miro a Lillian, que me dice con su expresión que me reprima y no ponga los ojos en blanco.

—¡No puedo creer que Arden James en persona esté en mi set! —Marc Nicholson, que tiene treinta años más que yo, me rodea arrastrando una mano por mi espalda y luego se acerca tanto a mí que noto sus labios en mi oreja—. Tengo una reservación en tu discoteca preferida para esta noche, por si quieres celebrarlo —susurra para que nadie más lo oiga, pero, aun así, Lillian se pone rígida, preparada para intervenir.

La miro y niego con la cabeza con sutileza. Luego me aparto de Nicholson y me esfuerzo para no limpiarme la humedad de la oreja.

En lugar de eso, le dedico una mirada coqueta muy ensayada que he usado demasiadas veces y con demasiados hombres.

—Me encantaría, pero tengo que prepararme para una prueba muy importante —contesto y me vuelvo hacia Richie, que suelta otra diatriba sobre el marcaje en las escenas y su visión del rodaje.

Pero yo he dejado de escucharlo, porque resulta que, en realidad, todo esto no importa. Resulta que la única razón por la que estoy aquí es para que este cabrón viejo y rico pueda invitarme a cenar. Para que intente impresionarme con una reservación que podría conseguir yo misma con los ojos cerrados. Bien podrían haber contratado a una muñeca inflable para hacer este trabajo.

—¿Lo has entendido? —pregunta Richie, y yo asiento rezumando seguridad.

«Gánate el sueldo y luego te largas», me digo.

—Sí, entendido.

Cuando en maquillaje y peluquería ya han terminado y me he cambiado los jeans y la sudadera extragrande por un vestido brillante, me llevan al set.

Y luces, cámara y acción. Hago lo que tengo que hacer.

Sorbitos de agua más dramáticos de la cuenta, sonrisas pícaras, cambios de vestuario y diálogos pobres que leo de un telepronter.

Después de la elegancia victoriana y de los años setenta, tengo una pausa para comer. Vuelvo al remolque con Lillian pegada a mis talones, escribiendo sin parar en su celular.

—¿Cómo va todo? —me pregunta mientras me dejo caer en la silla giratoria negra que hay delante del espejo iluminado.

—Bueno, empecé el día con alguien tirándome agua en la cara, así que…

—Podrías haberte puesto una alarma —sugiere Lillian sin levantar la vista del teléfono.

—Y tú podrías haber sido un poco más amable.

—Bueno, Arden, cuando ha pasado lo mismo quince veces, una se cansa. Mi trabajo no consiste en ser amable, cariño. Soy tu representante, no tu ma… —Se calla y levanta la mirada.

Se me ponen los pelos de punta.

«Madre». A la que no he visto en dos años, ni a ella ni a mi padre. Cuyos problemas creí que podría arreglar con mi éxito.

Y puede que lo hiciera, de algún modo. Dejaron de discutir por culpa del dinero, pero nunca más volvieron a prestarme atención, y ni aun así parecían satisfechos. Eso es lo que me hizo darme cuenta de que yo era la causa de sus problemas, y no la solución. La aguafiestas que no les permitía cumplir sus sueños de tener una vida nómada.

Recuerdo la primera vez que se fueron. Mi madre me despertó llevándome el desayuno a la cama: jugo de naranja recién exprimido, hot cakes con forma de corazón y unos huevos revueltos.

—Buenos días, cielo. Tu padre y yo nos vamos a ir de viaje, pero volveremos el lunes por la mañana para llevarte al set —me informó con una voz casi tan suave como su caricia sobre mi mejilla, dos cosas a las que yo no estaba acostumbrada. No fue hasta más tarde, al ver los paquetes en la basura, cuando me enteré de que habían pedido ese desayuno perfecto en la cafetería que había en nuestra misma calle. Igual que no me había enterado todavía de lo mucho que iban a cambiar las cosas.

Primero fueron solo unos días en Florida, o un fin de semana en Las Vegas para «reconectar». Luego necesitaron un jet privado para ir a Fiji. Un mes en un yate en Santorini. No tardé en darme cuenta de que pasaba más tiempo con la señora que habían contratado para limpiar la casa que con mis propios padres.

El día de mi decimosexto cumpleaños, recibí una llamada de mi madre desde Italia, cuando se suponía que iban a volver a casa a celebrarlo conmigo.

—Hola, mamá, ¿cómo va todo? —pregunté, con la esperanza de que no se les hubiera retrasado el vuelo.

—Hola, cariño. Escucha, vamos a tener que alargar el viaje unas cuantas semanas más —me informó, como si estuvieran en un viaje de negocios y no retozando por ahí y gastándose mi dinero.

—¿Hay alguna otra cosa que quieras decirme? —le pregunté con los ojos llenos de lágrimas.

—Ah, sí. A Lillian le llegó otro guion para no sé qué de Netflix. Se rueda en Los Ángeles de marzo a junio. Es mucho dinero, cielo. ¡Le di luz verde!

No fui capaz de mediar palabra. No pude hacer más que contener la respiración mientras las lágrimas rodaban por mis mejillas.

—Adiós, cariñ… —Y colgó antes de terminar siquiera de despedirse, así que ni mucho menos me dijo «feliz cumpleaños».

Aquello fue la gota que colmó el vaso. No podía permitir que siguieran utilizándome.

Así que… inicié el proceso para emanciparme legalmente. Les cerré la llave para ver qué sentían por mí, al margen de mi dinero.

Nunca volvieron.

—Lo siento —añade Lillian, esta vez con sinceridad—. Voy a buscar un poco más de café. ¿Quieres algo del *catering?*

Niego con la cabeza.

—Estoy bien, gracias.

Me da unas palmaditas en el brazo antes de irse y, cuando la puerta se cierra, exhalo un largo suspiro. Echo la cabeza hacia atrás y doy vueltas en la silla, mirando cómo los azulejos del techo las dan conmigo. Una vuelta. Dos.

Vuelvo a mirar el espejo y contemplo la exagerada sombra de ojos azul y la melena castaña que me rizaron para conseguir unas ondas enormes. Inclino la cabeza para estudiar mi rostro antes de que lo transformen otra vez. Paso tanto tiempo fingiendo ser otra persona que a veces me cuesta reconocer a la chica que me mira desde el espejo.

Aunque tampoco es que eso sea malo. La verdad es que me encanta.

Si no, solo sería Arden.

Ya fui ella en el pasado, y prefiero a Arden James por mucho.

Todo el mundo la prefiere a ella.

Saco el celular y entro en Twitter. Aún no he hecho *scroll* ni dos veces y ya vi una foto mía con pinta de que me haya atropellado un camión, de cuando salí anoche de la discoteca.

El titular dice: «Arden James: ¿Punto de no retorno?».

Bueno, está bien, no prefiero a esa Arden James, pero en realidad esa no soy yo. Los paparazis saben cómo captarte en tus peores momentos, porque eso es lo que vende. De todos modos, he de reconocer que últimamente ha habido más fotos de ese estilo de las necesarias para mantener las apariencias.

Pero no puedo renunciar a esa imagen antes de tener otra cosa con la que llenar el vacío que dejará atrás de forma irremediable.

Y el papel en esta película es el relleno perfecto para ese vacío.

Niego con la cabeza y abro Instagram. Le doy un me gusta a una foto de un actor mayor de mi primer papel en *Blues en septiembre* y luego a otra de una cantante con la que me enredé una vez en una fiesta de *Vanity Fair* después de una entrega de premios. Solo dejo de dar doble clic cuando me encuentro con un restaurante que me resulta familiar. El Comedor de Edie. Contemplo los banquitos de cuero verde menta gastados, las botellas de cristal de Coca-Cola en el refrigerador de la marca, la vitrina de la barra llena de postres…

Pero eso no es lo que hace que me pare en seco.

En el centro, enfrente, con un plato a rebosar de los clásicos hot cakes de mi abuela, está…

Caroline.

Hago *zoom* en su cara. Es la misma a la vez que distinta. Más madura. Su sonrisa parece más reservada, más suave, diferente de la sonrisa simpática que recuerdo, con aparato en los dientes. Sin embargo, sus cálidos ojos castaños son exactamente iguales, como su pelo rubio rojizo, que lleva recogido en una cola de caballo con algunos mechones sueltos.

Es natural, algo que por Los Ángeles no se ve mucho. Las chicas que forman parte de esta industria empiezan a ponerse bótox antes de tener edad para alquilar un coche. Pero yo no. No todavía. Al menos tengo algo que agradecerle a mi madre.

Dejé de preguntarle a mi abu por Caroline el año pasado, no recuerdo exactamente cuándo. No quiero enterarme por boca de otro de sus aspiraciones para la universidad, o de su grupo de amigos y la experiencia en la preparatoria que yo nunca tuve. Y que nunca tendré.

He dejado todo eso atrás. La he dejado atrás a ella. Y me gustaría que se quedara allí.

Pero la publicación del restaurante me lleva a darme cuenta de que no hablo con mi abu desde hace mucho tiempo... ¿Cuatro meses, tal vez? Antes me llamaba a menudo, pero creo que dejé que sus llamadas fueran al buzón de voz tantas veces que se rindió. Y, siempre que tomo el teléfono para llamarla, me acuerdo de todas esas fotos mías que corren por Internet y luego nunca tengo las agallas de hacerlo. Y cuanto más tiempo paso sin hablar con ella, más fácil me resulta posponerlo.

—¿Quién es esa chica?

Doy un brinco y casi tiro el celular al otro lado de la sala al ver a Lillian mirando la pantalla por encima de mi hombro mientras remueve su café.

—Eh... —Me muevo inquieta en la silla y me aclaro la garganta—. Mi mejor amiga de cuando era pequeña. Caroline.

—Mmm... —Da un trago de café—. ¿Y nada más? Estabas sonriendo como una tonta, así que pensaba que sería alguien especial. No te me irás a ablandar ahora, ¿no?

—Nunca. —Aprieto el botón lateral hasta que la pantalla se apaga y el rostro de Caroline desaparece—. Pensaba que la pausa para comer duraba solo veinte minutos —le digo. Sé exactamente lo que tengo que decirle para quitármela de encima.

Lillian echa un vistazo a su reloj y se va corriendo. Vuelve un minuto después con los dos maquilladores, que todavía están masticando los últimos bocados de su almuerzo.

Mientras estos desconocidos me frotan y me manosean en la silla giratoria, no puedo evitar pensar que, si las cosas fueran diferentes, ahora estaría sentada en uno de esos asientos verde menta en lugar de aquí. Estaría engullendo un plato de los hot cakes de mi abuela con demasiada mantequilla y miel de maple de la de verdad, y estaría en la mitad de mi último año de preparatoria, preparándome para la famosa ceremonia de encendido de las luces del árbol Navidad de Barnwich.

¿Seguiría haciéndolo todo con Caroline Beckett?

—¿Señorita James? ¿Está cómoda con esto? —pregunta la peluquera mientras me ajusta una peluca con el pelo liso y plateado en la cabeza.

—¿Qué? —Vuelvo a la tierra, sobresaltándome un instante al encontrarme con mi yo futurista en el reflejo—. Ah, sí. Claro.

No sé por qué estoy soñando despierta con Barnwich cuando estoy aquí, en Los Ángeles, viviendo la vida que siempre quise vivir.

3

CAROLINE

—Ya casi estamos en el medio tiempo —gruñe Austin a mi lado mientras le pasa una botella de Gatorade a Nicole Plesac, la mejor jugadora del equipo de basquetbol femenino de la preparatoria de Barnwich.

Echo un vistazo al reloj y veo que todavía faltan diez minutos para que termine el cuarto.

—¿Casi? —Resoplo a la vez que Nicole nos lanza la botella antes de correr de nuevo a la pista. Los dos levantamos los brazos para intentar agarrarla al vuelo, pero cae al suelo.

Esta estelar proeza atlética es justo la razón por la que nos hemos visto obligados a auxiliar al equipo desde el primer año de preparatoria. El Barnwich High es lo bastante pequeño para permitir que los alumnos cumplan sus créditos deportivos eligiendo la opción de jugar o auxiliar, y ocuparnos del equipo de basquetbol femenino no solo nos ahorra la clase de Educación Física, sino que nos pareció la opción más segura: se juega en interior, hay grandes concesiones y partidos cortos.

Aunque, a veces, no lo bastante cortos.

—¡Eh! ¡Beckett!

Me vuelvo y veo a Maya en plena carcajada, pasándosela bien en las gradas con Finn y sus dos amigos del futbol americano, L.J. y Antonio. A Maya se le da muy bien el futbol, así que no tiene que preocuparse de rellenar botellas de agua ni de lavar camisetas que huelen a axila fermentada.

Cuando nuestras miradas se encuentran, señala con la cabeza a las porristas de una forma nada discreta y, moviendo los labios, me dice:

—Taylor te mira todo el tiempo.

Finn me dedica una sonrisa de oreja a oreja y levanta el pulgar mientras L.J. mueve las cejas una y otra vez con aire sugerente. Sin embargo, yo pongo los ojos en blanco y me vuelvo hacia la pista. A pesar de mis esfuerzos, me coloco un mechón de pelo detrás de la oreja disimuladamente y echo un vistazo hacia donde están las porristas vestidas con los colores blanco y verde de Barnwich.

Y, en efecto, Taylor Hill me está mirando.

Me dedica una sonrisa radiante, mostrándome los dientes blancos, que brillan bajo las luces fluorescentes del gimnasio. Yo la saludo con la mano con torpeza e intento devolverle una sonrisa igual de radiante, pero es como si mis músculos faciales se hubieran olvidado de cómo se hace. Antes de ponerme más en evidencia, me inclino hacia delante y uso a Austin de escudo humano.

—Muy sutil —se burla. Lo fulmino con la mirada, deseosa de que el suelo de madera encerada se abra y me trague para que nunca nadie vuelva a verme ni a saber de mí.

Consigo llegar al medio tiempo sin volver a mirar a Taylor. Mientras Austin y yo les llevamos agua y toallas al equipo, Taylor y el resto de las porristas salen corriendo a la pista a hacer los saltos y las volteretas con los que yo, sin lugar a duda, me partiría el cuello. La veo pasar justo por el lado del entrenador Gleason y, bueno…

Pues sí.

No se puede negar que es agradable a la vista.

Una bonita cara, una bonita melena, unas bonitas…

Me sonrojo, aparto la mirada y me entretengo colocando las botellas en el carrito.

Tal vez esté esperando demasiado y demasiado pronto. Tal vez, esto podría ser el principio de algo.

Austin levanta la vista de su celular cuando me siento a su lado e intento desembarazarme de mis pensamientos repletos de Taylor Hill.

—Finn me acaba de decir que todo el mundo va a ir al Barnwich Café después del partido a tomar chocolate caliente, lo que es estupendo, porque creo que por fin tengo la receta perfecta para el concurso: es sabrosa y dulce, pero no demasiado dulce, ¿sabes a qué me refiero? —comenta mientras escribe una respuesta.

El concurso de chocolate caliente es muy importante por estos lares. El ganador recibe un premio en efectivo, notoriedad en el pueblo y el honor de darle al interruptor en la ceremonia de encendido de las luces del árbol de Navidad. Es una tradición que se remonta sesenta años atrás, aunque el honor del interruptor se añadió el invierno pasado, en un intento de atraer a concursantes de fuera al pueblo. Lo que no ha funcionado.

De lo que sí estoy segura es de que este año la victoria es para Austin. Ha estado trabajando de forma incansable para perfeccionar su receta y ya superó sin problemas tres rondas de una competencia encarnizada para llegar a la final.

Me da un codazo y me mira con las cejas enarcadas en una expresión interrogante.

—¿Te apuntas?

Abro la boca para responder.

—Uf… Me gustaría, pero tengo que encargarme de un problemilla con el periódico. Kendall estropeó el formato de…

—¡Hola!

Una Taylor Hill sin aliento me interrumpe a mitad de la frase y se sienta en la banca entre nosotros, rozándome el brazo con el suyo.

—Hola —contesto. Sus ojos azules enmarcados de sombra de ojos plateada y brillante estudian mi rostro.

Huele bien. Fresco. Como a ropa limpia.

—¿Vas a ir Barnwich Café después del partido?

—¡Justo estábamos hablando de eso! —exclama Austin, sonriéndome con una expresión traviesa desde detrás de la cabeza de Taylor—. Caroline estaba a punto de inventarse no sé qué excusa sobre el periódico de la preparatoria.

—¡Ven! —dice Taylor dándome un suave codazo—. Me encantaría pasar más tiempo contigo.

—Bueno, yo… —tartamudeo. Hay algo en su seguridad en sí misma y en su forma de mirarme que me desarma un poco. Algo que me resulta familiar. Casi… desafiante.

Por un segundo, veo a Arden sentada en el asiento de enfrente en el Comedor de Edie, inclinada hacia delante, con el desafío en la mirada antes de que le llegue a los labios.

Aparto la imagen, pero el desafío permanece. A ver, podría pedirle a Caleb Harvey que se encargue de solucionar el problema. Va a ocupar el puesto de editor jefe el año que viene seguro y siempre está dispuesto a ayudar. A veces, incluso un poco demasiado dispuesto. Pero sería bonito no tener que preocuparme por la solicitud, las clases o el periódico por una noche. No tener que preocuparme por nada ni por nadie, para variar. Pienso otra vez en esos ojos vidriosos, en lo mucho que ha cambiado esa persona. Quizá yo también podría ser diferente si dijera que sí por una vez.

—Ya, sí, yo… ¿Caleb Harvey? Igual él puede…

—¿Caleb Harvey puede qué? —pregunta Taylor con una sonrisa divertida.

—El periódico… Él puede… —Niego con la cabeza e intento centrarme—. Que sí, que creo que sí que puedo ir un rato.

«Guau. Qué bien quedaste, Beckett».

—¡Taylor! —la llama la entrenadora de las porristas, Stevens, con los brazos en jarras. Señala al resto del equipo con la cabeza, meneando la cola de caballo oscura.

—¡Tengo que irme! —anuncia Taylor y me quita una pelusa del hombro como si nada—. Nos vemos después del partido.

—Hasta luego —contesto un segundo demasiado tarde. Austin suelta un silbido.

—Madre mía… Eso fue doloroso de ver. —Se acerca a mí, ocupando el hueco que dejó Taylor—. Supongo que Julie Shapiro no te enseñó a ligar en el campamento.

Resoplo y niego con la cabeza.

—Uf, cierra el pico.

Después de que nuestro equipo gana el partido, salimos con Maya para encontrarnos con los demás en la camioneta de Finn, que está estacionada bajo el resplandor anaranjado de una farola.

—Bueno, Beckett —dice Antonio cuando llegamos mientras intercambia una mirada y una sonrisa con L.J.—. Así que Taylor Hill, ¿eh?

—Cállate, Antonio —le contestan Maya y Finn al unísono. El segundo alarga una mano y le baja el gorro negro lo bastante para taparle la cara.

Austin le da la mano a Finn y este lo mira de inmediato con los ojos azules muy abiertos.

—Amor, tienes la mano helada. ¿Dónde están los guantes que te regalé?

Sonrío y miro hacia atrás para contemplar la nieve que cae. Los puntitos blancos contrastan con el cielo gris anaranjado. Mientras tanto, Austin se inventa una excusa para no confesarle a Finn que preferiría caerse muerto a ponerse unos guantes de cuero rojo.

—Hace muchísimo frío —murmuro mientras cambio el peso de un pie a otro, deseando no haberme puesto hoy una falda para ir a la escuela y fingiendo que las medias negras tienen la habilidad de calentarme las piernas.

—Sí, ¿verdad? —responde una voz detrás de mí. Antes de que me dé tiempo a darme la vuelta, me ponen una chamarra beisbolera calientita sobre los hombros. Taylor aparece a mi lado junto a Lindsay, la novia de L.J. y cocapitana del equipo de porristas.

L.J. silba mientras rodea los hombros de Lindsay con un brazo y dice:

—Muy hábil, Hill, te lo tengo que reconocer.

—Pues sí —contesta Lindsay. Mira a su novio y le da unas palmaditas en el pecho—. A ver si aprendes.

Él abre y cierra la boca mientras los demás nos reímos. Miro a Taylor de reojo. Se está frotando los brazos con una sonrisita, irradiando seguridad en sí misma. Yo, en cambio, me ruborizo de pies a cabeza.

Finn señala su camioneta con la cabeza.

—¿Nos vamos?

—Ahí no cabemos todos, Finn —dice Maya, aunque Antonio abre la puerta de atrás y sube.

—¡Claro que cabemos! Si solo está a un kilómetro.

Nos amontonamos en el interior de la camioneta, riéndonos e intentando buscar un pequeño espacio para sentarnos. Como soy la más bajita, termino encima de todos con la cara apretujada contra la ventanilla helada. Buscamos la mejor posición: L.J. con Lindsay sentada en sus piernas, Antonio con media nalga en el asiento y Maya prácticamente debajo de él, y Taylor…

Taylor está prácticamente debajo de mí.

—¡Agárrense bien! —grita Finn desde delante. Cruzo una mirada con Austin por el espejo retrovisor justo cuando Taylor me rodea la cintura con los brazos, interpretando literalmente la sugerencia de Finn.

—¿Te molesta? —me susurra al oído. Niego con la cabeza, pero me vuelvo a poner como un tomate cuando la camioneta pega un tirón y agarro su brazo en un acto reflejo para sujetarme.

—¡Perdón! —dice Finn. Sale del estacionamiento y empieza a bajar la calle mucho más despacio. Le suelto el brazo poco a poco, pero ella no me suelta a mí.

El trayecto no es muy largo, pero estoy todo el rato demasiado distraída como para prestar atención a las conversaciones que tienen lugar a mi alrededor. «¿Tengo el pelo pegado a su cara? ¿Me acordé de ponerme desodorante? ¿Le estaré aplastando el muslo con el trasero? ¿Por qué dejé el periódico en las delicadas manitas de Caleb Harvey? ¿Dejé el horno encendido?».

Me acuerdo por fin de cómo respirar cuando la camioneta se detiene en un estacionamiento justo delante de la fachada negra del Barnwich Café, con el cartel envuelto en lucecitas de navidad moviéndose un poco por la acción del viento.

Abro la puerta de la camioneta de inmediato, pero Taylor tarda un poco en soltarme. Cuando lo hace, bajo a la calle de una forma nada grácil. Saludo con la cabeza a un grupo de elfos que pasan cascabeleando después de su turno envolviendo regalos en la juguetería, me pongo recta y me aliso la falda.

Maya entrelaza su brazo con el mío mientras entramos y se acerca para susurrarme al oído:

—Relájate, Caroline. —¿Relajarme yo? Sería la primera vez en mis dieciocho años de vida. Lo intento de todos modos: respiro hondo y despacio y dejo que el aroma a café caliente me inunde la nariz—. No tienes que salir con ella. ¡No tiene que gustarte! Simplemente, permítete ver si es posible.

Sí. De acuerdo. Creo que eso sí puedo hacerlo.

Asiento y ella me da un apretón en el brazo.

Austin se pone manos a la obra para prepararnos los chocolates calientes, mezclando y midiendo unos polvos que saca de una bolsa de plástico que lleva, casualmente, en el bolsillo de su mochila. Frunce el ceño, concentrado, mientras trabaja con cuidado. Con precisión.

Finn le silba mientras lo observamos desde el otro lado del mostrador, y Austin no logra reprimir una sonrisa. Luego levanta la vista de su brebaje y lo fulmina con la mirada, pero con poco entusiasmo.

—Finn, si me equivoco con la temperatura por tu culpa, te juro que a ti no te doy.

Finn pone unos ojos como platos y hace como si se cerrara la boca con un candado y tirara la llave.

Vemos atentamente a Austin servir y mezclar el chocolate, para luego añadir la cantidad justa de crema batida a cada taza. Tomamos una cada uno y nos sentamos en una mesa en el fondo. Taylor se sienta a mi lado y la observo dar un traguito y luego limpiarse corriendo el bigote de leche que le quedó con el dorso de la mano.

Me acuerdo de lo *cool* que me pareció cuando salió del clóset. Una de las chicas más populares de la prepa, y parte del equipo de porristas, posible reina del baile, ¡lesbiana! Y ahora me pone su chamarra calientita encima de los hombros con dulzura, ¡a mí! Por un momento, casi puedo imaginármelo. La clásica experiencia de preparatoria con un pequeño giro sáfico. Nos besaríamos entre clase y clase en las escaleras del fondo o en el medio tiempo, después de su actuación con las porristas. Nos veríamos para estudiar en el Barnwich Café, ella leería mis artículos en la mesa de la esquina, y para comer hot cakes en donde Edie con nuestros amigos. Nos daríamos la mano en la ceremonia de encendido de las luces y el resplandor me resultaría, tal vez, un poco menos melancólico.

Así que, cuando me roza la pierna con la suya…

No me aparto.

Intento seguir imaginando lo que podría ser, pero, no sé por qué, el contacto me hace pensar en lo que fue. En la rodilla de una chica de pelo negro rozándose con la mía, en sus ojos cafés con una chispa traviesa en un día nevado de invierno. En los trineos en nuestras manos mientras nos saltábamos las clases, con los dedos congelados y las narices coloradas. En esos tiempos, cuando no solo tenía una mejor amiga, sino una chica que me gustaba tanto que me daba la sensación de que era imposible contener esos sentimientos en mi interior. Como si, un día, mi corazón se fuera a detener solo por el peso de todo lo que sentía por ella.

Una parte de mí se alegra de que se marchara, porque me habría resultado imposible seguir guardando aquel secreto si hubiera tenido que pasar un invierno más junto a ella. Y, si se lo hubiera confesado, que ella me contestara que no sentía lo mismo habría sido lo único que me habría dolido más que ver cómo su coche desaparecía en la distancia.

4

ARDEN

—¡Llegaste puntual! —exclama Lillian impresionada cuando abre la puerta y me encuentra ya sentada en una silla de plástico negro, esperando a que me llamen para mi prueba.

—No, llegué temprano —replico con una sonrisa. Doy un largo trago de café con leche y releo el guion gastado una última vez.

Se sienta a mi lado haciendo rechinar la silla mientras se mueve de un lado a otro en un intento por ponerse cómoda.

—Por el amor de Dios —masculla—. Que es una prueba con Bianchi. ¡Con Bianchi! Diría yo que podría haber algo mejor que sillas robadas del despacho del orientador de una preparatoria pública.

Me río y miro el reloj. Todavía me faltan cinco minutos para la que probablemente sea la prueba más importante de mi vida. Respiro hondo; el corazón me late demasiado rápido para ofrecer la actuación que sé que debo ofrecer hoy.

—Voy a ir un momento al baño —le digo mientras señalo con la cabeza una puerta que hay hacia la mitad del pasillo de azulejos blancos.

—¡El guion! —Extiende la mano casi sin despegar los ojos del celular. Bajo la vista y veo que lo tengo agarrado con tanta fuerza que se me han puesto los nudillos blancos—. No quiero que se te caiga en el baño. Y mejor que dejes también el bolso.

—Necesito un tampón —miento, pero cuando paso por su lado alarga una mano y sujeta la correa del bolso.

—No te toca la regla hasta la semana que viene.

—Okey. Sabes mucho más sobre mi vida de lo necesario. —Tiro del bolso, pero ella no lo suelta—. Por el amor de Dios, Lil, es una pastilla para la ansiedad, no cocaína. —Pero ella sigue sin soltarlo, así que al final suspiro, me rindo y voy al baño con las manos vacías.

Cierro la puerta de madera y echo el cerrojo. Exhalo, apoyo la cabeza contra ella y cierro los ojos con fuerza.

—Relájate, Arden. Tú puedes —murmuro.

He hecho cientos de pruebas, pero, en muchos sentidos, me siento como si esta fuera la primera. Como si volviera a tener trece años y estuviera en una fila de chicas en un *casting* abierto en Pittsburgh. La convocatoria era para el papel de la hermana pequeña en una película en la que dos niñas pierden a sus padres en un incendio. Lo deseaba tanto que sentía que me moriría si no lo conseguía. Cuanto más avanzaba en la fila, más nerviosa me ponía. Lo único que me tranquilizó fue que mi abu se pasó allí el día con nosotras.

Nosotras.

Caroline y yo.

Ella no tenía ningún interés por ser actriz. Y mis padres tampoco porque yo lo fuera, no hasta que empecé a ganar dinero con eso, pero, a diferencia de ellos, Caroline me acompañó porque… En fin, porque nunca hacíamos nada si no era juntas.

Ese día no conseguí el papel ni tampoco me morí, pero sí que me pasé la noche llorando. Caroline se quedó a acompañarme, y no pareció importarle que mis lágrimas le empaparan la almohada. Yo ya sabía entonces que quería formar parte de una de esas películas que te calan hasta los huesos, de las que tienen escenas en las que hay que desviar la vista justo por encima de la pantalla para no llorar y con diálogos que te hacen olvidar que todo eso es algo que se ha inventado un escritor.

Una película como esta.

Cuando por fin se calman los latidos de mi corazón, me dirijo al lavabo del baño para lavarme las manos con agua fría y luego contemplo mi reflejo bajo la luz fluorescente. Hoy opté por maquillarme poco; apenas un toque de máscara de pestañas, una crema hidratante con color y un poco de rubor. Se sabe que Bianchi suele preferir todo aquello que resulta más… auténtico. Natural.

No son precisamente las palabras que elegiría para describir mi imagen pública, pero para eso soy actriz. Cuando vea la actuación que estoy a punto de ofrecerle, cuando vea cómo me transformo en su personaje, me rogará que acepte el papel.

Se dará cuenta de que esta no es su película. Es la nuestra.

Cierro la llave y tomo varias servilletas de papel del dispensador antes de volver junto a Lillian, que me devuelve el guion pero se queda con el bolso.

—¿Estás bien? —pregunta.

Asiento y cierro los ojos para empezar con mi rutina habitual: reproducir la escena de la audición en mi cabeza y practicar las inflexiones y las pausas.

—¿Arden? —La puerta negra que hay ante nosotras se abre de repente y un asistente de producción asoma la cabeza. Lleva una gorra de beisbol de la que asoma por todas partes su pelo negro y rizado.

Lillian y yo nos ponemos de pie y ella me empuja hacia él, para que lo siga.

—Dame eso —dice entre dientes mientras toma el guion y me da el bolso—. No querrás parecer desesperada.

—¿Y si olvido mis frases?

—Arden, has subrayado esto hasta el cansancio. Te irá bien.

Me pinto una sonrisa en la cara antes de cruzar el umbral de la puerta. Y allí, justo allí, sentado en una mesa con el director de *casting,* está Bianchi, con su pelo despeinado y castaño con trazas grises, lentes de armazón metálico y saco de tweed. Tiene los brazos cruzados delante del pecho.

—Arden James… —dice con una pequeña risa mientras me tiende la mano. Tiene un anillo en el dedo meñique—. No puedo decir que me esperara verte en una prueba como esta.

Se la estrecho.

—Bueno, la verdad es que me encanta tu trabajo. Me fascinó *Sin terminar.*

—*¿Sin terminar?* —Enarca las cejas, sorprendido, mientras yo le doy otro apretón de manos al director de *casting*—. Esa no hay mucha gente que la conozca. Nadie se molesta en ver nada anterior a *Cielos azules.*

—Entonces se pierden algunos de tus mejores trabajos —contesto. Él asiente impresionado y luego echa un vistazo al guion que tiene delante.

—Tienes que leer la escena en la que Anna se enfrenta a su hermana cuando vuelve a casa para el funeral de su madre. —Mira al asistente de producción, que tiene un papel en la mano, y luego a mí otra vez—. ¿Necesitas mi guion o…?

—Lo he memorizado —respondo. Miro al asistente y asiento—. Estoy lista cuando lo estén ustedes.

—¿Anna? ¿Qué haces aquí? —lee él con voz monótona.

—Yo… Me enteré de lo de mamá.

—Llegas tarde. Ya murió.

—No volví por mamá. Regresé por ti.

Me sumerjo en la escena mientras vamos intercambiando las frases. A pesar de la monotonía de su voz, en mi mente, el asistente de producción se ha convertido en mi hermana, a la que hace años no veo, a la que dejé con los inútiles de mis padres para mudarme a una ciudad en la que mi novia y yo por fin pudiéramos estar juntas.

Y, aun así, sé que necesito algo más. Intento desbloquear algún recuerdo que me permita acumular la suficiente emoción para llegar hasta el final de la escena.

La muerte del perro en *Marley y yo.*

El niño pequeño corriendo detrás de su abuela en *Minari.*

Los primeros cinco minutos de *Up.*

Lo intento todo, pero, al parecer, hoy no hay nada que me funcione.

Me empiezan a sudar las palmas de las manos. Si quiero conseguir el papel, necesito que Bianchi empatice con mi actuación.

Y justo cuando ya casi lo estoy dando por perdido…

Una imagen aflora en mi mente.

Una chica de catorce años con un abrigo rosa y unos jeans azules con un agujero en la rodilla izquierda que se hizo cuando yo la desafié a trepar un árbol conmigo ese verano, de pie delante de mi antigua casa. Me veo a mí misma despidiéndome con la mano por el parabrisas trasero del coche de mis padres, cuando me llevaban al aeropuerto para empezar una nueva vida en Los Ángeles.

Se me llenan los ojos de lágrimas, la sala se emborrona ante mí y por fin siento que el personaje me cala los huesos porque la conozco. Porque yo soy ella. Yo también dejé atrás el pueblo en el que vivía. Dejé atrás mi casa. Dejé atrás a mi mejor amiga, a mi abuela, lo dejé todo para venir aquí porque tenía un sueño loco y disparatado… y mucho más que perder de lo que imaginaba.

—Yo no quería irme —digo. Por el bien de la escena, me permito pensar que es cierto. Hago una pausa, dejo que el instante respire y que se haga un silencio, una expectación que resuene en los oídos.

El pecho me sube y me baja. Recuerdo mi mano apoyada contra el cristal mientras mi mejor amiga lloraba al otro lado. Recuerdo decirle: «Nos vemos en Navidad», porque, aunque en ese momento no creía que sería para siempre, no era capaz de decirle adiós.

Y entonces… Ya no estaba.

Con lágrimas rodando por mis mejillas y respirando de forma jadeante, pronuncio mi última frase:

—Pero nadie me dijo nunca que pudiera quedarme.

Me quedo metida en el personaje durante un segundo más antes de volver a guardar ese recuerdo en su cajita, donde debe estar. Me enderezo y me seco las lágrimas.

Miro a mi alrededor brevemente, intentando medir las reacciones de los presentes. El director de *casting* y su asistente se están mirando con las bocas ligeramente abiertas y los ojos brillantes. El asistente de producción que me daba la réplica está sonriendo con una expresión de incredulidad, pero no sé si es porque yo soy yo o porque cree de verdad que lo hice bien. La pista más clara es Lillian. Está sentada en su silla de plástico junto a la puerta y tiene la pantalla del celular encendida, pero, por una vez, no la está mirando. Cuando la miro a los ojos, asiente una sola vez, de forma sutil pero firme.

Y, sin embargo, en esta sala solo importa la opinión de una persona.

Por último detengo la mirada sobre Bianchi, sentado en el centro, en el frente. Todavía tiene los brazos cruzados, los pies plantados sobre el suelo con firmeza. Está impasible.

Pero me niego a que eso me intimide. Lo miro a los ojos hasta que, por fin, habla.

—¿Sabes qué, Arden? Llevo cinco horas sentado en esta sala, viendo una prueba tras otra. —Señala tras de sí con la cabeza—. Estas puertas las han cruzado lo mejor de lo mejor, actrices a las que, francamente, siempre había considerado más talentosas que tú. Actrices con las que siempre he querido trabajar. Y entonces llegas tú, la joven promesa de Netflix y... —Baja la vista y niega con la cabeza.

Mierda.

Le pareció horrible. Ya está. Sabía que me pasaría de la raya si dejaba que...

—Y las eclipsas a todas —termina. Levanta la mirada y me dedica una sonrisa ladeada.

«¿Qué?».

Miro a Lillian, que luce una sonrisa de oreja a oreja, lo que me confirma que, efectivamente, lo escuché bien.

Dios mío.

¡Dios mío!

—Sin embargo... —dice, alzando una mano antes de que pueda contestarle—. No puedo darte el papel.

—Espera, ¿qué? —¿Bromeas? Tiene que ser una broma. Busco en su rostro alguna señal que me confirme que solo me está tomando el pelo, pero no encuentro ninguna—. No lo entiendo. Acabas de decir que...

—Sé perfectamente lo que dije. —Se apoya en el respaldo de la silla con una despreocupación alarmante para alguien que acaba de, metafóricamente, escupirme en la cara—. Pero no vivo debajo de una piedra. Sé lo que dicen de ti, Arden James. —Levanta el guion que he pasado semanas, no, meses memorizando—. Este guion es lo mejor que ha pasado por mi mesa en más o menos una década. Una década. No puedo permitir que lo estropees cuando no seas capaz de levantarte de la cama un lunes por la mañana para llegar al rodaje.

Se me cae el alma a los pies. Esto no puede estar pasando.

—Me he comportado como una profesional desde el momento en el que entré por esa puerta.

Se pone de pie y finge estar ordenando los documentos que tiene sobre la mesa.

—Lo siento, Arden. Tal vez dentro de unos años, cuando hayas madurado un poco.

«Si algo se interpone entre este papel y yo, no va a ser mi reputación».

—Tienes que estar bromeando. —Niego con la cabeza y doy un paso al frente—. Yo también sé lo que dicen de ti. Un alcohólico sin remedio que apenas fue capaz de terminar su última película, ¿no? —Esboza una sonrisa sarcástica, porque ambos sabemos que aquello que se publicó el año pasado no eran más que mentiras de la prensa sensacionalista. Pero aprovecho la oportunidad—. Precisamente tú deberías saber que no te puedes creer todo lo que ves por Internet.

Se limita a ladear la cabeza con una expresión divertida.

—Pero las fotos no mienten. Así que si, de algún modo, no es verdad, ¿por qué querrías ser vista y fotografiada como alguien que sale de fiesta con una chica diferente cada fin de semana?

Bingo.

—Porque… —respondo, curvando la boca en una sonrisa—, gracias a eso, el mío sigue siendo uno de los nombres más famosos de Hollywood. No soy idiota. Prácticamente me he criado en esta industria y he aprendido exactamente cómo funciona. ¿Quieres ser rentable para un estudio? ¿Quieres que los fans sigan viendo tus películas? Tienes que estar en boca de todos. Tienes que hacerte interesante. —Técnicamente, no es mentira. Al menos al principio todo era ficción.

—Bueno, ese es el otro problema —replica Bianchi—. Para este papel, Arden, estoy buscando a alguien más… sencillo. Más genuino. Más común y corriente y menos Hollywood. ¿Me explico? Alguien que pueda personificar mejor el papel. Mira, no se puede negar que tienes talento. Eso ya lo sabes, pero no significa que…

—Barnwich, Pensilvania, Michael —interviene Lillian mientras se levanta de su silla de la esquina—. ¿Lo conoces? —Él la mira con los ojos entornados y niega con la cabeza, aunque no sé si es como respuesta a su pregunta o porque se atrevió a llamarlo por su nombre de pila. Sea como sea, ella se echa a reír y se acerca poco a poco a mí, repiqueteando sobre el suelo con los tacones—. Supongo que no has hecho la tarea, porque ahí es donde la encontré, trabajando en el restaurantito de su abuela en medio de la puta nada. Me quedé allí tirada de camino a una boda. El pueblo tiene apenas el tamaño de un sello de correos… —Me da una palmadita en el hombro. La mentira le sale con tanta naturalidad que casi me la creo yo misma, y eso que sé perfectamente que no me fichó hasta que vine a Los Ángeles—. Crear esa imagen pública para ella es una de las cosas más difíciles que he hecho en este negocio, porque en realidad es el polo opuesto. No podrías encontrar a nadie que sea más «común y corriente». A nadie que se parezca menos a la persona que retratan esos medios sensacionalistas. Adora los hot cakes de su abuela, el aire fresco de Pensilvania y a su novia de toda la vida, una chica común y corriente que se llama Caroline y que vive en su pueblo.

Mi…

¿Mi qué?

Intento evitar poner unos ojos como platos mientras Lillian y yo nos miramos.

—Sí —consigo decir mientras trato de no desmayarme—. Mi… novia.

Bianchi suelta una carcajada.

—¿Tu… tu novia de toda la vida? ¿Y por qué no he visto ningún artículo que la mencione? —pregunta.

«Sí, Lillian. Ilumínanos. ¿Por qué no hemos visto ningún artículo que la mencione?».

—No has visto ningún artículo… todavía —responde.

—¿Todavía? —grito, y Lillian me dirige una mirada penetrante.

—¡Claro! Todavía. Escucha, Michael. Si yo estuviera en tu lugar, también tendría mis reservas para contratarla. A ver, en las últimas fotos daba pena verla, hay que reconocerlo. —«Okey. No creo que tirarme por tierra vaya a ser útil ahora mismo, Lil»—. ¡Peeero...! —continúa, dedicándome una mirada tranquilizadora—. Es porque estamos a punto de cambiar la imagen de Arden. Está preparada para su momento transformador, para madurar y convertirse en la mujer que realmente es. Y qué mejor modo de hacerlo que con la primera y única entrevista en profundidad de Arden James, centrada en ella y en la chica a la que siempre ha amado, ya que por fin está lista para presentarse al mundo. Para el público será una relación nueva, pero Arden y Caroline llevan toda la vida juntas. Son uña y carne —afirma, cruzando los brazos con seguridad en sí misma.

Sé perfectamente que me está salvando el pellejo. Y que tal vez incluso funcione. Pero ¿una entrevista sobre una novia que ni siquiera existe? ¿Ha perdido la cabeza?

Bianchi me mira expectante, como si estuviera esperando que lo confirme todo. Así que hago lo que mejor se me da: meterme en el personaje.

—Pues sí, de hecho, mañana me voy a verla. Vuelvo a casa para las fiestas. El pueblecito de Barnwich casi se convierte en una película de Navidad en esta época del año. No me lo pierdo nunca.

Esta vez, es a Lillian a quien parece haberle dado un derrame. Veo su calendario detallado y organizado por colores pasar por su mente. El calendario que, de repente, se ha ido a la mierda. Pero me sigue el juego.

—Van a publicar un reportaje en la *Cosmo* sobre ello. ¡Vamos, Michael! ¿Qué hay más «genuino» y «común y corriente» que esta nuestra estrella de Hollywood sentando cabeza por fin y pasando las fiestas en el pueblo que la vio crecer con su novia de la infancia, y luego consiguiendo el papel protagonista en el trabajo más esperado de Bianchi, *Volver para quedarse?* —Me rodea los hombros con un brazo.

Bianchi se está mordiendo el labio pensativo, con una mirada calculadora. El corazón me late desbocado, propulsado tanto por la esperanza como por el miedo y la expectación.

—Bueno... —dice al final—. No empezamos con la preproducción hasta el año que viene. No necesitamos acelerar el proceso. Tengo muchas ganas de leer ese reportaje. —Enarca una ceja y da unos golpecitos al guion que tiene delante—. Si se produce un milagro de Navidad, quizá podamos hablarlo.

No lo puedo creer.

¡No lo puedo creer, carajo!

Es solo un «quizá», pero es muchísimo mejor que el «no» de antes.

—Eso haremos —contesto cuando Lillian me aprieta el hombro—. Bueno, ¡tengo que tomar un avión!

Tras una ronda final de apretones de manos, Lillian y yo salimos al estacionamiento.

—No puedo creer que haya funcionado —le digo. Ella me golpea con su bolso.

—¿Que te vas hasta después de Navidad, Arden? —me reprocha—. ¡Me voy a pasar el resto del día al teléfono intentando arreglarlo!

—Y llamando a todo el que te deba algún favor para conseguir ese reportaje en la *Cosmopolitan* —añado.

—Ay, Dios. ¿Qué hemos hecho? —pregunta mientras saca su celular.

—¿«Hemos»? —Me echo a reír—. ¡La que se inventó toda esa mierda de la novia eres tú! ¡Yo solo te seguí el juego!

—No me quedaba otra. —Niega con la cabeza y me pasa mi bolso—. Hacía años que no veía este fuego en ti. Además, la recompensa merecerá el dolor de cabeza.

Le sonrío mientras me cuelgo el bolso.

—Voy a comprarnos los vuelos a Pittsburgh para mañana por la mañana. Te recojo a…

—Eh, eh, espera. —Levanto las manos y frunzo el ceño, confundida—. Tú no vienes conmigo.

—Ni lo pienses —replica levantando la vista del celular.

—Sin ánimo de ofender, Lil, pero no pienso llevar a mi representante a casa durante las fiestas. ¿Qué crees que pensará el periodista al que manden a cubrir la historia? No hará que parezca precisamente «común y corriente». —Por no hablar de que soy incapaz de imaginar a Lillian y a mi abu en la misma habitación, y mucho menos viviendo en la misma casa.

—Pero… ¿y si necesitas algo? —pregunta, y parece sinceramente preocupada por mí.

—Pues se lo pediré a mi abuela. —Doy un paso hacia ella y le pongo una mano en el hombro—. Soy una chica de pueblo, ¿recuerdas?

Respira hondo y aguanta el aire mientras piensa.

—De acuerdo —accede—. De acuerdo.

—Gracias.

—Además, tendrás a Caroline —añade.

—¿Qué?

—Que si necesitas algo, siempre se lo puedes pedir a tu mejor amiga, Caroline. Al fin y al cabo, vas a tener que pedirle que sea tu novia. —Asiento, aunque algo que dice que «mejor amiga» no es la etiqueta que Caroline utiliza ahora para describirme.

Exhalo con fuerza mientras pienso en la chica que vi en esa foto de Instagram. ¿Seguirá siendo la misma con la que pasé todos esos años correteando por Barnwich? ¿La que me invitaba a dormir a su casa las noches entre semana cuando mis padres gritaban tanto que no podía ni concentrarme para hacer la tarea? ¿La que tenía una familia que siempre me trató como a un miembro más? ¿La que se apuntaba a cualquier travesura que se me ocurriera?

Éramos Arden y Caroline, uña y mugre, siempre juntas. Pensé que formaría parte de mi vida para siempre. Y, a pesar de todos los años que han pasado, todavía siento nuestra conexión. Cuando tienes una amistad tan íntima como la que teníamos nosotras, no se esfuma sin más.

Pero me pregunto si Caroline sentirá lo mismo que yo.

5

CAROLINE

—¡Te tocaron las luces! —grita Harley mientras saca una bandeja de cafés para un pequeño grupo de turistas.

—¿Las luces…?

Me inclino sobre el mostrador para leer la lista de cosas por hacer que Edie nos dejó antes de irse a casa, después del ajetreo de los desayunos.

Al lado de mi nombre, con tinta roja, está escrito: «Colgar las luces de Navidad afuera».

¿Afuera? Hago una mueca y echo un vistazo a la nieve, que cae sin tregua. Apenas se me han empezado a calentar las manos después del trayecto en coche.

Lo admito, ya me había dado cuenta de que las luces todavía no estaban colgadas, pero no es que durante los últimos años Edie haya hecho gala de un gran espíritu navideño. Solo faltan dos semanas para el gran día y, al echar una ojeada al restaurante, percibo ese mismo cambio en el interior del local. Este sitio solía estar lleno de gente y de alegría y dicha navideña ya a principios de noviembre. Ahora, en la mesa que hay al lado de la rocola, la señora Tucker intenta no llorar por el quiebre de su papelería.

Barnwich lucha por aferrarse a lo que una vez fue.

—Están en el desván —me informa Tom asomando la cabeza calva por la ventanilla de la cocina—. En el estante de arriba. —Tom trabaja en la cocina desde que yo era una niña. Es la única persona, además de ella misma, a la que Edie le confiaría una espátula. Señala la puerta principal con la cabeza—. Y la escalera está en la parte trasera de mi camioneta. Los ganchos deberían seguir del año pasado, así que solo tienes que... —Hace un movimiento circular con la espátula que no tiene ningún significado para mí.

—¿Las luces, Edie? —mascullo mientras tomo mi chamarra para volver a ponérmela y luego me dirijo al desván dando fuertes pisotones. Abro la puerta y trepo por encima de los trapeadores, las escobas y las cubetas para llegar a la estantería donde me espera un ovillo de luces de Navidad, que está encima de una caja abierta que contiene figuritas decorativas cubiertas de una gruesa capa de polvo.

«Las preferidas de Arden». Un Santa Claus que se ilumina, abollado. Un reno inflable. Una corona navideña que hicimos a los ocho años.

En ese momento comprendo que, desde que Arden se marchó, no todas las decoraciones de Edie han vuelto a ver la luz.

Salgo con las luces, me pongo el gorro y estiro el cuello para comprobar que los ganchos que mencionó Tom recorren todo el edificio. Exhalo con fuerza y mi aliento sale formando un pequeño remolino a mi alrededor. Tomo la escalera de la vieja camioneta roja de Tom y la arrastro hasta una esquina para ponerme manos a la obra.

—Por supuesto, tenía que olvidar los guantes precisamente hoy...

Me subo a la escalera con cuidado, pero estoy a punto de resbalarme en uno de los peldaños de metal. Una vez que estoy segura de que no me voy a caer de bruces, me estiro para colgar los primeros metros de luces, pero la cuerda se me resbala del gancho unas ocho veces antes de quedarse por fin en su sitio. Con los dientes castañeteándome de frío, bajo de la escalera despacio y con precaución, la muevo de sitio y vuelvo a empezar. Repito la misma acción una y otra vez a lo largo de las ventanas, hasta que por fin llego a los dos últimos ganchos del lado opuesto.

Oigo que llaman a la ventana. Bajo la vista y veo a Harley con una taza de chocolate caliente y humeante coronado con un montón de crema batida: la prometedora recompensa que me espera cuando termine con las luces. Levanta el pulgar e intento devolverle el gesto, pero tengo las manos demasiado entumecidas.

Echo un vistazo a los dos últimos ganchos y me estiro para colgar el cable alrededor del primero. Intento hacerlo también en el segundo, pero enseguida me doy cuenta de que no llego por muy poco.

—Demonios. —No tengo ningunas ganas de volver a mover la escalera. Ya no puedo pensar en otra cosa que no sea ese chocolate caliente que me está esperando.

Me acerco al borde del peldaño, me pongo de puntitas, estiro el brazo todo lo que puedo para intentar engancharlo y…

«¡Sí!».

Un momento.

«¡Mierda!».

La escalera empieza a tambalearse y, antes de que pueda estabilizarla, se cae hacia la derecha, arrojándome en un montón de nieve que han dejado allí después de quitarla del estacionamiento.

Me quedo ahí tirada unos segundos, dejando que los copos de nieve se me acumulen en las pestañas, con la mirada fija en el cielo y en… ¡¿Arden James?!

—Hola, Caroline —saluda, curvando la comisura derecha de la boca en esa sonrisa torcida que me resulta sorprendentemente familiar.

Dios mío. ¿De cuánta altura me caí? De seguro me di un buen porrazo en la cabeza.

Pero entonces se arrodilla y me tiende la mano para ayudarme. Y cuando con los ojos entornados miro su rostro, enmarcado por la melena castaño oscuro y con largas pestañas encima de unos ojos aún más oscuros, me doy cuenta de que es el mismo de siempre, pero… distinto. Mayor. «Más bonito», susurra una voz en lo más profundo de mi ser. Miro la mano que me tiende y reparo en los anillos y las uñas pintadas, pero lo que me acaba de convencer es el tatuaje que nunca había visto antes y que asoma bajo la manga de su chamarra de mezclilla.

Está… aquí. Arden está aquí, en Barnwich.

Le aparto la mano y me pongo de pie, recolocándome el gorro.

—¿Qué… qué haces aquí?

—Vine a casa por Navidad —contesta como si fuera obvio mientras se mete la mano en el bolsillo de la chamarra—. ¿Qué te parecería ser mi novia?

La empujo contra el montón de nieve.

Mientras ella se retuerce en la nieve, yo me sacudo la que me queda encima y luego enchufo las luces para que el restaurante de Edie se ilumine, en un tímido intento de espíritu navideño. Asiento satisfecha y me obligo a concentrarme en mi chocolate caliente de recompensa en lugar de lo que sea que esté pasando aquí.

Devuelvo la escalera a la camioneta de Tom y me voy para dentro, pero Arden me persigue.

—¡Caroline, escúchame! —dice, deteniendo la puerta cuando entro—. ¿Conoces a Michael Bianchi? ¿El director?

«Pues claro», responde mi cerebro de inmediato, pero la ignoro y sigo andando. Las cabezas se vuelven para mirarla, la gente pone los ojos como platos. Los pocos turistas que hay dejan de comer y sacan sus celulares para tomar fotos, lo que solo sirve para enojarme más, pero ella sigue hablando como si nada.

—Bueno, pues va a hacer una película. Y este papel… Es el papel de mis sueños, en la prueba me fue increíble, pero está buscando a alguien un poco menos… humm… —Se interrumpe mientras yo cruzo las puertas que dan a la parte de atrás.

—¿Un poco menos cabrona? —termino por ella mientras me quito el gorro y la chamarra.

Arden resopla.

—Iba a decir menos polémica y desastrosa, pero bueno, sí. Eso también me queda. ¡Tom! ¡Hola! —Tom se acerca y la levanta en volandas en un abrazo mientras yo me recojo el pelo en una coleta y me ato el delantal. Aprovecho la distracción para salir de la cocina y alejarme de ella.

Pero cuando apenas acabo de dejar unos vasos de agua y unos menús en una mesa, reaparece y empieza a perseguirme otra vez.

—Está buscando a alguien que sea más «genuino» y más «común y corriente». Así que a mi representante, Lillian, se le ocurrió una cosa. Esto… técnicamente es una mentira, supongo, pero para demostrar una verdad, que es que vengo de un pueblo pequeño.

Tomo un balde y empiezo a limpiar una mesa mientras ella se para a saludar a la señora Clemente, nuestra profesora de segundo de primaria, y firma un autógrafo para su nieta en uno de los salvamanteles de papel.

Meto los cubiertos, los platos y las servilletas en el balde e intento calmarme, pero lo único que puedo pensar es «ahí está». Está aquí de verdad. Miro por el rabillo del ojo y la veo apoyada como si nada en una mesa, desplegando su encanto y sus sonrisas afectuosas y su atención exclusiva a la señora Clemente, haciéndola sentir como si fuera la única persona en toda la sala. Gesticula mucho al hablar, arruga la nariz y ladea la cabeza. Sigue siendo la misma, tanto que se me encoge el estómago.

Cuando empiezo a limpiar la mesa siguiente, Arden, que continúa sacándome media cabeza, aparece a mi lado y retoma esa conversación unilateral como si no se hubiera ido.

—Lillian le dijo a Bianchi que soy de la capital navideña de Pensilvania y que se va a publicar un reportaje en la *Cosmopolitan,* mi primer artículo de fondo sobre los doce días mágicos y nevados que voy a pasar en mi hogar con mi… este… mi novia de toda la vida, Caroline.

Dejo caer un puñado de tazas sobre la mesa y elevo tanto las cejas que están a punto de salir disparadas por el techo. Me quedo mirándola.

Arden asiente con esa chispa traviesa en la mirada. Me resulta demasiado familiar, de una manera dolorosamente nostálgica.

¿Quiere que yo, Caroline Beckett, finja ser su supuesta novia de toda la vida? Si no estuviera tan enojada, me estaría revolcando por el suelo de la risa.

Hasta la señora Clemente, que no sabe ni cómo se enciende una computadora, así que mucho menos utilizar Instagram, debe de haber visto las fotos de Arden con una peda descomunal saliendo de un bar dando traspiés con su última conquista del mes. O de la semana. O de la hora. ¿Quién se lo va a creer?

Supongo que, al ver mi expresión, asimila lo disparatado que es, porque empieza a aclarármelo.

—Al menos, eso es lo que Bianchi cree que es la verdad. De cara al público, será un cambio ocasionado por mi… amor por fin correspondido por mi mejor amiga de la infancia.

«¿Por fin correspondido?».

Creo que voy a vomitar.

Se acerca más a mí, dejando su rostro apenas a centímetros del mío, y odio que, a pesar de todo el tiempo que ha pasado, su olor sea el mismo de siempre. Cálido, profundo y terroso, y no a un perfume caro comprado en Rodeo Drive.

—Escucha —dice con la voz más dulce mientras mira detrás de mí, al restaurante lleno de gente. Su mirada se detiene en la señora Tucker, que está al lado de la rocola—. No lo hagas por mí. ¡Hazlo por el pueblo! Piensa en la buena publicidad que sería. Un reportaje tierno e invernal como este hará que todo el rebaño venga a disfrutar de la alegría de las fiestas. Solo con haber pasado por la calle Mayor ya me he dado cuenta de que la cosa ha decaído un poco. Barnwich ya no es lo que era.

Tomo el balde y vuelvo a la cocina. El corazón me martillea contra el pecho de la rabia, porque no puedo creer que esta sea su táctica. Que se valga de mi amor por el pueblo que ella abandonó.

Arden me sigue.

—¿Qué quieres? Podría pagarte algo de…

Eso es la gota que colma el vaso. Dejo con fuerza el balde en la encimera y me vuelvo para enfrentarme a ella.

—A ver si me queda claro. Desapareces hace cuatro años. ¡Cuatro! No me llamas. No me escribes. No vuelves a casa ni una sola vez, ni siquiera por Navidad, como prometiste que harías siempre. ¿Y ahora te dejas caer por aquí, pensando que puedes sobornarme para que sea tu novia falsa y para contárselo a todo el mundo? —Me río y niego con la cabeza—. ¿Te has vuelto loca?

No me contesta. Ambas nos miramos un largo momento antes de que me dé la vuelta y tome un paño para limpiar furiosamente la encimera, que ya está reluciente.

Cuando paro de frotar y la miro, no sé qué se ha convertido más en un fantasma de sí mismo, si Barnwich o Arden James. Tal vez tenga la misma cara, el mismo olor y la misma voz, pero no reconozco a la chica que tengo delante.

—¿¡Y cómo te atreves a fingir que te importa este pueblo y su gente, Arden!? ¿Acaso ya fuiste a ver a Edie? —Baja la vista una fracción de segundo, lo que para mí ya es respuesta suficiente. Niego con la cabeza y tiro el paño en el agua sucia—. Tal y como imaginaba.

Arden abre la boca como si fuera a contestar algo, pero antes de mediar palabra, aprieta los labios en una fina línea, se da la vuelta y se va directo al estacionamiento, marchándose de una forma tan repentina como llegó.

6

ARDEN

—Mierda.

Pego un manotazo contra el volante y casi se me parte la mano en dos por culpa de la congelación, que ya se debe de haber extendido por todo mi cuerpo después de solo diez minutos en Barnwich.

A la mierda el frío. A la mierda el estúpido artículo. A la mierda… en fin.

Yo.

Por pensar que Caroline querría ayudarme con esto. Por pensar que había una ínfima posibilidad de retomar nuestra amistad después de todos estos años.

Suspiro y pongo la calefacción al máximo antes de mirar por el retrovisor. Mi mirada se detiene sobre Caroline, que está al otro lado del cristal del restaurante, sorbiendo de una taza blanca mientras charla animadamente con una chica que lleva el pelo fucsia.

¿Estarán saliendo? No me las imagino juntas. Pero quizá estoy tan centrada en mi plan que me parece que no checan porque es lo que quiero. No se me había ocurrido esta posibilidad. Que quizá no estaría disponible para ser mi novia falsa por estar saliendo ya con otra persona.

La observo unos segundos, luego pongo marcha atrás y saco el coche del estacionamiento para dirigirme al otro lado del pueblo, donde vive mi abu. Su casa es un pequeño bungaló que se encuentra entre el vivero de árboles de Navidad y la colina del Cementerio, donde todo el mundo va a tirarse en trineo en invierno. O donde iban hace cuatro años, al menos.

Miro por la ventanilla mientras conduzco para admirar las lucecitas colgadas en las fachadas de las tiendas y en las coronas colgadas de las farolas negras, dispuestas por la calle Mayor con un espacio exacto entre cada una, como en una postal de Navidad. La gente está paseando y varias cabezas se vuelven hacia mí al pasar, porque, como no podía ser de otro modo, Lillian me alquiló un Corvette rojo fuego en lugar de algo más com… «¡Mierda!».

Intento pisar el freno al ver el semáforo en rojo, pero no hay tracción, y el coche no se detiene hasta que no está en mitad de la intersección.

—Ya no estás en Los Ángeles, Arden —mascullo para mí misma mientras, avergonzada, le hago un gesto de agradecimiento a una madre con una camioneta que me esquiva como una verdadera profesional.

Miro para ver si vienen más coches, pero en lugar de eso veo un cartel nuevo que se mece suavemente bajo la brisa: BAR HERMANOS BECKETT.

No lo puedo creer.

Tamborileo con los dedos sobre el volante, emocionada. Levi y Miles. ¿De verdad lo hicieron?

Alguien toca la bocina detrás de mí. Aparto la vista del cartel y me doy cuenta de que el semáforo se ha puesto en verde. Hago otro gesto de disculpa y piso el acelerador, esta vez con más suavidad.

Estar aquí me hace sentir… extraña.

Vuelvo a estar en casa.

En muchos aspectos, es como si alguien hubiera pulsado un botón de «pausa» mientras yo estaba fuera y todo se hubiera quedado congelado, suspendido en el tiempo. Sin embargo, cuando me fijo mejor me doy cuenta de que no es así, como con el cartel del bar de los hermanos Beckett. O la nueva empleada del Comedor de Edie, la que tiene el pelo rosa. Las canas en las patillas de Tom. Los escaparates vacíos de las tiendas.

La forma en la que Caroline me mira, como si fuera la última persona a la que tiene ganas de ver en lugar de la primera.

Y ahora la casa de mi abu, oscura, salvo por la luz de la cocina que se cuela a través de las persianas. No hay ni un solo hilo de lucecitas navideñas, ni una guirnalda, ni una corona de Navidad. Su muñeco de nieve inflable gigantesco no está, ni tampoco el de Santa Claus, rebotando por el patio delantero, como siempre. Y lo peor de todo es que ni siquiera tiene un árbol decorado con los adornos que ha ido acumulando durante cincuenta años, que debería ver brillar desde la ventana de la sala.

Trago saliva con fuerza, salgo del coche y contemplo la casa desde el camino de entrada. Suelto las maletas a mis pies y siento que se me oprime el pecho, cada vez más lleno de culpa. Pues claro que no ha decorado la casa. ¿Cómo iba a hacerlo sin ayuda? La dejé aquí sola. Mis padres y yo nos fuimos, todos a la vez, y ninguno de nosotros volvió. Ni siquiera dejábamos que viniera a Los Ángeles a visitarme, porque mis padres no querían que viera que nunca estaban en casa, y cuando las cosas se descontrolaron yo no podía soportar la idea de que fuera testigo de esa parte de mi vida que ahora es… mi vida, sin más.

¿Querrá siquiera que esté aquí después de haber pasado tanto tiempo alejada de ella? No debería haber dado por hecho que me dejaría quedarme, igual que di por hecho que Caroline querría verme.

Pero ahora solo hay una forma de descubrirlo. Me agacho para recoger mis cosas y me dirijo poco a poco a la puerta principal. Llamo y el corazón empieza a latirme desbocado cuando la oigo moverse al otro lado de la puerta.

—¡Un momento! —grita, y al oír su fuerte acento sureño en persona se me llenan los ojos de lágrimas. No me lo esperaba. Ni siquiera me da tiempo a enjugármelas antes de que la puerta se abra.

Y ahí está.

Mi abu.

Con su pelo canoso, ahora más blanco que negro. Las patas de gallo junto a los ojos oscuros y un suéter muy grueso, porque nunca ha llegado a acostumbrarse al frío de Barnwich.

Nos miramos la una a la otra por primera vez en cuatro años durante lo que se me antoja una eternidad.

Bajo la vista y frunzo el ceño, intentando encontrar las palabras que decir, pero ella se me adelanta.

—Oh, Arden…

Y entonces me da un abrazo sin que yo tenga que decir nada en absoluto.

Cierro los ojos con fuerza, la rodeo con los brazos y siento que se le corta la respiración. Mi abu, que nunca llora, luchando porque eso no cambie.

Por fin se aparta y me acaricia la cara.

—Vamos, entra, te haré ese pastel de carne que tanto te gusta. —Echa un vistazo al Corvette estacionado en la entrada y esboza una sonrisa—. Bueno, si todavía lo comes… Mírate, doña Elegante.

Me echo a reír y suelto las maletas en el vestíbulo. Luego levanto las llaves.

—Y yo que iba a preguntarte si querías conducirlo tú las próximas dos semanas… Pero si no quieres…

Me quita las llaves tan rápido que una ráfaga de viento me azota el pelo.

—Bueno, tampoco hay que exagerar.

Entramos en la cocina y no puedo evitar sonreír al ver las viejas alacenas blancas, el rinconcito de madera para desayunar y el refrigerador recubierto de postales navideñas, fotos y recortes de periódicos.

La observo mientras echa, vierte y espolvorea todos los ingredientes en un cuenco de metal, midiéndolo todo a ojo, tal y como recordaba.

—Vamos, ven aquí —me dice volviéndose hacia mí—. Que este pastel de carne no se va a mezclar solo.

Exhalo un suspiro de alivio al ver que me habla con naturalidad y me arremango para ayudarle. Me lavo las manos y luego las sumerjo en el cuenco de carne, huevos, leche y lo que sea que le pone para convertirlo en un plato tan delicioso y empiezo a mezclar los ingredientes.

—¿Cómo… este… Cómo va el restaurante? —le pregunto mientras adoptamos un ritmo familiar.

Ella resopla.

—Como siempre. Tom es un grano en el trasero. Los ingresos han bajado todavía más este año, y los turistas que sí que vienen no hacen más que pedir cosas raras, como leche de avena o kale. ¿Sabes que ahora preparan hamburguesas sin carne? Si no hay carne, ¿eso qué diablos es?

—La verdad es que están bastante… —Cierro el pico antes de que la mirada que me está echando me convierta en una hamburguesa a mí.

—Aparte de eso, va todo estupendo. Siempre hay algo que arreglar, o alguna factura que pagar, pero ese restaurante lleva abierto treinta y cinco años y seguirá abierto otros treinta y cinco. —Mete el pastel de carne en el horno y se pone a pelar papas.

—Sabes que yo puedo… —Alza una mano para que me calle. Le he mandado un cheque cada mes desde que me fui, pero no ha cobrado ni uno solo—. ¿Por qué? —le pregunto. Al ver que no responde, insisto—: ¿Por qué no aceptas mi ayuda?

Respira hondo y niega con la cabeza.

—Pues por eso —contesta sin mirarme. Su frase de siempre, la que me decía cuando era pequeña. La que ponía el punto final a cualquier conversación. Me gustaría que aceptara el dinero, pero no hay nadie, y con nadie quiero decir nadie, más orgulloso que mi abu. Ella tiene que hacerlo todo por sí misma.

Nos quedamos en silencio mientras pone las papas a hervir.

Cuando vuelve a hablar, cambia de tema.

—Vi esa película nueva que hiciste. La del bucle en el tiempo.

Me quedo boquiabierta.

—¿Viste *Operación Gorrión?*

—Veo todo lo que haces, Arden —contesta al tiempo que clava un tenedor en una papa.

—¿Y qué… este… qué te pareció?

Se encoge de hombros.

—Pues...

—Estoy de acuerdo. —Me acerco a ella con un gesto conspiratorio y compartimos una sonrisa—. ¿Viste el final?

—Ay, señor. ¿Cuando te enamoraste de ese imbécil? Ridículo. —Me da un golpecito en el costado—. Tráeme la leche para el puré de papas.

Me dirijo al refrigerador para tomar la leche semidescremada, pero me quedo paralizada con la mano en el tirador al ver que en la puerta no solo hay postales de Navidad de los clientes habituales, sino artículos sobre mí, incluso reseñas de algunas de mis películas y series de televisión. Por suerte, ninguna de las fotos que se han publicado en los medios sensacionalistas están entre ellas. Pero entonces alargo una mano y acaricio la esquina de una fotografía diferente. Caroline y yo estamos sentadas en los taburetes del restaurante, con galletas cubiertas de chocolate en las manos y dos sonrisas en las que entre las dos no sumamos casi ningún incisivo. Ella tiene las mejillas sonrosadas del frío. La tomo para ver el artículo de periódico que hay detrás, pero este no trata sobre mí. Es sobre el Comedor de Edie y debajo del titular se lee: «Por Caroline Beckett».

—¿Ya la viste? —me pregunta mi abu, mirándome de reojo mientras cuela las papas.

—Sí, yo... Bueno...

Exhalo y suelto la esquina de la foto para llevarle la leche. Me siento en la encimera y le cuento todo lo que pasó en la prueba con Bianchi y Lillian mientras ella machaca las papas.

—Así que se lo pedí a Caroline y ella...

—¿Te mandó al demonio?

—Pues sí, más o menos. Me dijo que cómo me atrevía a presentarme aquí después de cuatro años y pedirle algo así. —Balanceo las piernas, golpeando suavemente los armarios con las pantorrillas.

En ese momento, suena el temporizador, así que me bajo de la encimera para sacar el pastel de carne del horno y llevarlo a la mesa.

—¿Y ahora qué? —me pregunta mi abuela mientras nos sentamos. Me llevo a la boca un bocado de mi plato preferido en el mundo entero y sus sabores se me derriten en la lengua, dulces, salados y jugosos.

Es incluso aún mejor de lo que recordaba, cuando me pasaba las noches en vela en mi mansión de Malibú, intentando convencerme de que no echaba de menos este pastel de carne ni estos instantes sentada frente a mi abu en su acogedora cocina.

—No lo sé. —Me encojo de hombros—. No aceptó.

—¿De verdad esperabas que lo hiciera?

—Bueno… ¿sí?

—Arden… —Frunce el ceño y mira directamente en el interior de mi alma.

—No lo sé, abu… —replico, dejando el tenedor sobre la mesa.

—Bueno, yo no puedo hablar por Caroline, pero sí que puedo hablar por mí. —Baja la mirada, como si ahora no fuera capaz de mirarme, lo que me provoca ganas de vomitar—. Has estado fuera cuatro años y ahora por fin, ¡por fin!, vienes a visitarnos… ¿Y es solo para hacer un numerito para una revista? ¿Cómo crees que se sintió Caroline? ¿Cómo crees que me siento yo? —Levanta la vista y me mira por fin. Le brillan los ojos.

—Yo… No lo sé —repito. Me duele demasiado la garganta para decir nada más, y me embarga la vergüenza que tanto me he esforzado por no sentir.

—En fin. —Justo cuando pienso que tal vez me pida que me vaya, alarga una mano por encima de la mesa y la pone sobre la mía—. Quizá deberías reflexionar un poco sobre ello.

Coloco mi otra mano encima de la suya, como un bocadillo, y, aunque ahora mismo me resulta muy difícil, la miro a los ojos.

—Lo siento mucho, abu —le digo, aunque sé que no es suficiente. Aunque sé que debería haberle pedido disculpas en cuanto puse un pie en su casa.

—Lo sé. —Aparta la mano y me sirve otro pedazo de pastel de carne—. Comamos antes de que se enfríe.

Tomo el tenedor y ella aligera un poco la tensión hablándome de los nuevos platos del menú del restaurante, pero yo no puedo dejar de pensar en Caroline y en cómo se habrá visto lo que pasó hoy desde su perspectiva. En qué habrá pensado cuando yo me presenté creyendo que volvería a formar parte de mis embrollos, como si me debiera algo.

Y es entonces cuando me doy cuenta de que yo sí que le debo a ella una cosa. Y que se la debo desde hace mucho tiempo.

Una disculpa.

7

CAROLINE

Abro la alacena de la cocina y dejo la mirada perdida ante el montón de platos que tengo delante.

Arden.

No puedo creer que esté aquí, en Barnwich. Una parte de mí sigue pensando que debo de haberme dado un golpe en la cabeza al caerme de la escalera, porque me parece absolutamente imposible que estuviera ahí, en el Comedor de Edie, pidiéndome que…

—¡Tierra llamando a Caroline! —exclama Riley utilizando un rollo de papel de cocina vacío como megáfono, poniendo uno de los extremos contra mi oreja.

La aparto de un manotazo y agarro los platos. Pongo uno delante de cada silla y Miles, que viene detrás de mí, añade los vasos.

—¿Estás bien? —pregunta Levi mientras hace equilibrios con un montón de cubiertos.

—Sí, solo… —¿Molesta? ¿Sorprendida? ¿Preguntándome si el universo me está gastando la broma más pesada del mundo?—. Cansada —decido justo cuando me vibra el celular en el bolsillo. Espero ver el nombre de Taylor, ya que nos hemos estado escribiendo desde el día del partido de basquetbol.

O más bien ella me ha estado escribiendo y yo me he estado estresando con cada palabra que le he contestado. Nos gustan las mismas series sáficas de televisión canceladas, la misma pizza de Taste of Italy (con piña, sí) y el mismo tipo de música. Y, bueno, de forma lenta pero segura, estoy empezando a sentirme a gusto. Quizá todavía no en un sentido romántico, pero me siento bien.

Sin embargo, lo que veo en la notificación que aparece sobre las orejas negras y peludas de Blue no es un mensaje de Taylor, sino de un número desconocido.

¿Estás ocupada?

¿Quién eres?, contesto, aunque me parece que ya sé la respuesta.

El celular me vibra de nuevo y una *selfie* de Arden con el pulgar hacia arriba y una sonrisa descarada aparece en la pantalla, confirmando mis sospechas.

Mi abu me dio tu número :)

Me siento molesta de repente, porque yo no he cambiado de número en todos estos años. Ella sí. Exhalo un largo suspiro y empiezo a escribir que estoy a punto de cenar, pero entonces alguien llama a la puerta.

Levanto la vista del celular poco a poco, frunciendo el ceño. Mamá y papá intercambian una mirada interrogante por encima de la fuente gigantesca en la que están sirviendo la pasta.

No. No puede ser. Vuelvo a mirar la *selfie* que me mandó Arden y reconozco las columnas blancas de nuestro porche y una Bertha borrosa, estacionada justo detrás de su cabeza.

—¡Ya voy yo! —grito mientras corro hacia la puerta.

Y cuando la abro, por supuesto, ahí está ella, de pie bajo el resplandor de la luz del porche y con la larga melena castaña salpicada de nieve. Deja de soplarse las manos para sonreírme y yo pongo los ojos en blanco.

—Tienes que estar bromean... —No he terminado de decir la frase cuando Blue pasa por mi lado como una exhalación y se abalanza sobre ella, meneándose tanto que su cuerpo parece un torbellino negro—. Traidor... —mascullo negando con la cabeza. Arden se agacha para rascarle las orejas y Blue la llena de besos. Supongo que no debería sorprenderme: al fin y al cabo, fue ella quien me lo regaló.

—¡Ha crecido un montón! —comenta Arden, y pienso en lo pequeño que era el día que lo rescató de una cuneta. Recuerdo que asomaba la cabecita diminuta por el cuello de su sudadera y que los dos estaban empapados y temblando porque llovía a cántaros.

—Sí, es curioso cómo funciona el tiempo —replico. Ella hace una mueca, se pone de pie y se sacude los pantalones.

—Escucha, Caroline, quería decirte que... —empieza a decir, pero entonces se oye una voz que grita desde la cocina.

—¿Quién es?

Intento pensar desesperadamente en una forma de esconderla antes de que la inviten a pasar, pero Levi asoma la cabeza por la esquina antes de que me dé tiempo a cerrarle la puerta en la cara a Arden o agarrarla del brazo y meterla en el armario del recibidor. Riley y Miles van detrás.

—¡Rayos! —exclama Levi—. ¡Es Arden!

Casi no me da tiempo a apartarme antes de que todos se abalancen hacia nosotras por el pasillo, convertidos en un coro de pasos y voces.

—¡Arden! ¡Mírate!

—¿Has crecido?

—¿Qué haces en Barnwich?

—¿Scarlett Johansson está tan buena en persona como en la tele?

Mi padre le da un zape a Levi por la última pregunta antes de invitar a Arden a pasar, y poco después todo el mundo la está abrazando y riéndose como si fuera Navidad y el mismísimo Santa Claus hubiera aparecido en la puerta de casa.

—¡Tienes que quedarte a cenar! —exclama mamá mientras le apretuja las mejillas con las dos manos.

—Ya comí en casa de mi abu —intenta decir, pero mi madre ya está sonriendo y moviendo las cejas.

—Marc hizo sus brownies de mousse de chocolate…

Arden pone unos ojos como platos y mira a mi padre, que asiente.

—Una hornada doble.

—Bueno, visto así…

Casi no ha terminado la frase y Miles ya le está ayudando a quitarse la chamarra Saint Laurent. Luego me la tira para que la cuelgue en el armario.

—Increíble… —protesto negando con la cabeza cuando la chamarra me golpea en la cara. Pero ya están todos en el otro extremo del pasillo. Me han dejado plantada en el recibidor y se la han llevado a cenar.

Cuelgo la chamarra, cierro los ojos con fuerza y respiro hondo para tranquilizarme. Inhalo…

Y abro un ojo y fulmino con la mirada la prenda que tengo delante. Mi intento de disfrutar de un momento de paz se ha visto perturbado por el olor a sándalo de Arden que emana de su carísima chamarra.

Gimo, cierro la puerta del armario y recorro el pasillo a grandes zancadas para encontrármela apretujada al lado de Riley, que ya la está bombardeando, y justo enfrente de mi silla vacía.

—¡Mi equipo de futbol es el mejor de todos! La entrenadora cree que tenemos posibilidades de llegar al campeonato estatal, porque tenemos muchas jugadoras con experiencia.

—¿Al estatal? —contesta Arden con la mirada fija en mi hermana mientras yo me siento. Siempre ha tenido una habilidad especial para prestar toda su atención a la persona con la que está hablando, como antes, en el restaurante, pero el tiempo que ha pasado en Hollywood la ha hecho todavía más magnética—. ¡Es impresionante! Deben de ser muy buenas.

Es una actriz con mucho talento, se lo tengo que reconocer.

—¿Crees que si llegamos a los estatales podrás venir a vernos? —pregunta Riley.

—Eh… sí. ¡Puede ser! —contesta Arden, y no puedo evitar reírme mientras doy un trago de agua.

—No te hagas ilusiones.

Levi me da una patada mientras me pasa un plato de pasta y yo lo fulmino con la mirada. Se comportan como si no hubiera pasado nada, como era de esperar. Como si ella no me hubiera dejado tirada, a mí y a todos, para volver solo cuando le conviene.

Como es evidente que nadie va a decir nada, hago todo lo posible por concentrarme en el espagueti de mi plato en lugar de en la chica que tengo enfrente, lo que resulta ser… increíblemente difícil. Arden charla con Miles y Levi sobre el bar e insiste en que tiene que ir a verlo. Habla con mamá sobre su bufete y descubre que, al parecer, las dos conocen al mismo abogado de la industria del entretenimiento que es un fastidio total. Habla con mi padre sobre la nueva receta de pasta que cocinó esta noche y le cuenta que no tiene nada que envidiarle al restaurante italiano que hay en su misma calle y al que van todos los famosos.

Y yo no puedo hacer más que quedarme aquí sentada y ver cómo todos caen rendidos ante su actuación, mientras cuento los segundos que faltan hasta que se termine la cena. Hasta que se vaya de esta casa, llevándose con ella su risa de siempre, sus gestos de siempre y su olor de siempre, y también esa vida que no conozco de nada.

No, mejor aún, hasta que se vaya no solo de mi casa sino de Barnwich y yo pueda seguir recordando a la Arden que una vez fue en lugar de a la Arden que es, porque la realidad de su regreso ha mancillado todavía más el regreso con el que yo soñaba.

—Bueno… —dice mi madre, dejando el tenedor sobre la mesa y entrelazando los dedos—. ¿Y qué hace una famosa estrella de Hollywood otra vez por Barnwich?

—Pues… —Levanto la vista justo cuando Arden se vuelve hacia mí, aunque evita mi mirada. Se aclara la garganta y añade—: Yo… vine por un artículo. Para la revista *Cosmopolitan.*

Suelto una carcajada y todo el mundo se gira hacia mí.

—Qué conveniente que te hayas saltado la parte en la que le mentiste a un director y ahora necesitas que «finja ser tu novia» para salvar tu reputación y conseguir un papel.

Arden esboza una sonrisa avergonzada y Levi y Miles intentan no reírse, escondiendo la cara en las servilletas.

Pero Riley no es tan sutil.

—¿Quién se va a creer que tú estés saliendo con Arden?

Me arden las mejillas. Tomo el vaso de agua y doy un largo trago.

—¡Oye! —dice mi padre con una sonrisa entusiasta—. ¡Igual encuentras la forma de añadirlo a tus actividades extraescolares para tu solicitud para la universidad!

Sí, claro. «Salir con Arden James». Una actividad extraescolar. Lo pondré al ladito de «editora jefa». A ver, lo que yo quiero es escribir artículos, no salir en ellos.

Me cruzo de brazos y echo la cabeza atrás para mirar el techo. Mamá le estrecha el brazo a Arden.

—Bueno, sea cual sea la razón, ¡un brindis por Arden, que ha vuelto a casa por Navidad!

En fin… Ya he tenido suficiente.

—Claro. —Suelto un resoplido, aparto la silla y me levanto—. Con cuatro años de retraso. —Dejo el plato y los cubiertos en el fregadero con un repiqueteo y me voy a mi recámara.

8

ARDEN

Sin pensármelo dos veces, me levanto de la mesa y salgo corriendo de la cocina y escaleras arriba, detrás de la coleta rubia cobrizo de Caroline.

—¡No me sigas! —me advierte sin darse la vuelta.

Pero lo hago de todos modos. Recorro el pasillo hasta la puerta de su cuarto, que recuerdo muy bien, donde ella se da la vuelta para mirarme con los ojos castaños llenos de furia.

—Métetelo en la cabeza, Arden: tú y yo no somos amigas. —Se señala a sí misma y luego a mí, tocándome el pecho suavemente con el dedo—. Éramos amigas, pero ya no lo somos, ¿entendido? Me lo dejaste muy claro cuando te fuiste. —Cierra la puerta de su cuarto de golpe y la madera casi me roza la nariz.

Respiro hondo y apoyo delicadamente la frente contra ella mientras pienso en las razones por las que nunca volví a casa, las razones por las que no llamé. Razones que Caroline jamás comprendería.

Una parte de mí quiere volver a marcharse ahora mismo, renunciar a este plan y regresar a Hollywood Hills, pero entonces pienso en lo que me dijo mi abu y giro el pomo de la puerta. Me preparo para esquivar lo que se le ocurra lanzarme y entro, pero me la encuentro sentada frente a su computadora, en la mesa de la esquina, escribiendo con ganas.

—Caroline, escúchame. No he venido aquí para irrumpir en tu cena familiar. Vine para decirte que lo siento. Y sé que con eso no basta, pero es la verdad. Por otra parte, creo que tu padre tiene razón. Esto podría ser una gran oportunidad para las dos y me daría mucha rabia que no la aprovecharas por estar enojada… —me interrumpo, esperando que diga algo, que dé alguna señal de que es consciente de mi presencia, pero sigue trabajando de espaldas a mí sin inmutarse—. ¿Me oíste? —insisto. Sigue sin responder—. Caroline. ¿Puedes mirarme, por favor? ¿Puedes hablar conmigo? Estoy intentando…

—¿Pedirme una disculpa de mierda? —masculla entre dientes.

—Dios mío. —Alzo las manos al cielo, exasperada—. Solo estoy tratando de tener una conversación contigo. Además, ¿en qué se supone que estás trabajando? —pregunto mientras me acerco a ella.

—En mi portafolios para mi solicitud de Columbia.

¿Un portafolios?

Echo un vistazo sobre su escritorio y veo que en la pared hay un montón de artículos enmarcados y una placa por el primer puesto de un concurso de periodismo del estado de Pensilvania. Y luego recuerdo el artículo que la abuela tenía colgado en el refri.

—Con todos los premios que has ganado con tus artículos… debes de tener un lugar asegurado.

—Ya, bueno, no sé si esos premios los impresionarán lo suficiente. Tienen un porcentaje de admisión de cuatro por ciento. No tengo asegurado nada —replica de malos modos.

Me tomo unos segundos para reflexionar sobre ello.

No puedo obligarla a aceptar mis disculpas, pero quizá no sea necesario para que acceda a hacer esto conmigo. Quizá lo único que haga falta sea que nos beneficie a las dos.

Doy otro paso hacia ella. Se me ha ocurrido algo que sé que la convencerá para seguir adelante con esto. Algo que sería una locura que rechazara.

«Pero Lillian me va a matar».

—Puedes escribirlo tú —le suelto.

Por fin deja de teclear.

—¿Qué? —pregunta ladeando ligeramente la cabeza, aunque todavía sigue mirando la pantalla de su computadora.

«La tengo».

—Que el artículo para la *Cosmopolitan* puedes escribirlo tú.

Gira la silla ciento ochenta grados para mirarme.

—Eso es una treta. Jamás me permitirían escribirlo.

Me apresuro a continuar, a meter el pie en este hueco que acabo de abrirme, antes de que cambie de opinión y se vuelva a cerrar en banda.

—Por Arden James sí que lo permitirán —contesto, porque las dos sabemos que es cierto—. ¿Cómo quedaría un reportaje de autor, firmado por ti, y publicado en una de las revistas con mayor distribución del mundo en tu portafolios? Seguro que Columbia te suplicaría que fueras a estudiar periodismo allí. —La miro expectante. Está allí sentada, conmocionada por lo que acabo de proponerle—. Esto es lo que quieres, ¿no? —Asiente—. ¿Ves lo que pasa con nosotras? Te guste o no, ahora mismo somos las únicas que podemos ayudarnos la una a la otra.

Vuelve a girarse y esconde la cabeza entre las manos. Tiene los codos apoyados sobre la mesa y se pasa los dedos por el pelo como si esta fuera la decisión más difícil que ha tenido que tomar nunca.

«Vamos, Caroline».

—Ni siquiera tenemos que volver a ser amigas —añado, por si eso acaba de inclinar la balanza hacia…

—De acuerdo —contesta de inmediato. Es como un puñetazo en los riñones.

—¿De acuerdo? —pregunto—. ¿Lo del artículo o lo de no ser amigas?

Me mira otra vez. Se le han soltado algunos mechones de pelo de la cola de caballo. En lugar de responderme, pregunta:

—¿Para cuándo es?

—Eh… —Recuerdo mi llamada de teléfono con Lillian desde el avión—. A primera hora de la mañana, el día de Navidad. Se publicará ese día. Al día siguiente ya me habré quitado del medio, tranquila. Mi representante ya pensó el título: «Doce días con Arden James», porque quedan doce días hasta entonces si empezamos mañana. Iba a hacer que el entrevistador nos siguiera durante doce adorables citas navideñas. —Me aseguro de hacer unas comillas al aire con la palabra «citas»—. Ya sabemos que me han fotografiado con chicas alguna vez… —Caroline resopla y enarca las cejas, pero la ignoro—. Así que, para que yo no parezca una infiel, haremos ver que éramos mejores amigas de niñas y, después de años enamoradas una de la otra, por fin estamos juntas. Así que puedes… no sé. Escribir lo maravilloso que es estar juntas por fin, pasar las navidades enamorándote de una chica tan humilde, sencilla y natural como…

—Cállate —me interrumpe—. No pienso escribir un reportaje banal y lleno de mentiras sobre ti. Si hago esto, será con mis condiciones.

—Okey, okey. —Levanto las manos en señal de rendición. «Dios mío, pues sí que se lo toma en serio».

—Y, evidentemente, más adelante tendrá que haber alguna especie de ruptura falsa. No tengo ningún interés en ser tu falsa prometida, y mucho menos tu falsa esposa.

—Evidentemente —replico. «Caroline Beckett, mi esposa. ¡Ja!»—. Bueno, ¿cuál es el plan, experta periodista?

Niega con la cabeza, pero, por primera vez, veo que curva ligeramente una de las comisuras de la boca. De nuevo, no me responde, así que echo un vistazo a su habitación mientras ella escribe Dios sabe qué en su computadora.

Es muy diferente de como la recordaba. Las paredes son verde oscuro en lugar de blancas, y las polaroids de nosotras dos han sido reemplazadas por fotos con su nuevo grupo de amigos en las que miran hacia abajo, como si la cámara estuviera en el suelo, a juzgar por el ángulo. El flash los deslumbró y casi no se puede distinguir una cara de la otra, pero es evidente, por sus posturas, que son amigos de verdad, algo que yo no he encontrado en Los Ángeles. Doy unos pasos y acaricio la esquina de otra foto, en la que Caroline es todo sonrisas al lado de un chico con el pelo negro y la piel de un bonito color apiñonado que tiene un brazo sobre los hombros de ella. A su otro lado, una chica con los ojos azul intenso tiene la cabeza apoyada en el hombro de Caroline. Creo que la reconozco de la clase de plástica, de la secundaria, pero hace tanto que no pienso en ello que no puedo estar segura.

—Bueno. Me gusta el título y la idea de las doce citas —dice por fin, todavía sentada ante la computadora, pero yo sigo pensando en la foto.

—¿Quiénes son? —le pregunto señalándola.

Ella exhala un largo suspiro.

—Mis amigos, evidentemente.

Salta a la vista que no voy a conseguir más información, así que paso a la estantería y recorro con los dedos el estante superior, donde hay varias placas y premios de periodismo.

—Impresionante. —Tomo uno, el primer premio del concurso de periodismo de Pittsburgh, y se lo tiendo—. ¿Desde cuándo te interesa tanto el periodismo?

—Desde el verano después de que te marcharas. —Clica el bolígrafo varias veces—. Hay un montón de cosas bonitas que podemos hacer en Barnwich estos días. A pesar del declive, en este pueblo sigue habiendo un montón de actividades navideñas, en eso no tendremos problemas de escasez. ¿Pero cómo vamos a…? —Su voz se apaga y se toca la barbilla, pensativa.

Tomo la taza de la universidad de Columbia de su mesita de noche.

—¿Por qué Columbia?

—Arden, se supone que soy yo la que te tiene que entrevistar a ti. —Resignada, dejo la taza en su sitio y me siento a los pies de la cama para esperar en silencio mientras ella piensa. Al final, sonríe para sí misma y empieza de nuevo a escribir, tan concentrada que ni siquiera se da cuenta de que se le cae un mechón de pelo en la cara—. Voy a pensar en doce preguntas, una para cada cita. Doce preguntas profundas y personales que permitan que la gente vea a la verdadera Arden, y no solo a «Arden James».

—Uf, pues buena suerte. Ni siquiera yo sé quién es la verdadera Arden —contesto antes de darme cuenta de lo que acabo de admitir—. Quiero decir que… Da igual. —Niego con la cabeza.

Caroline se vuelve y me mira de arriba abajo. Luego cierra la laptop y se pone de pie, así que yo hago lo mismo. Caminamos la una hacia la otra hasta que nos encontramos en mitad de la habitación, justo al lado de la puerta.

—En fin, más vale que lo descubras si este artículo pretende servir para que me acepten en Columbia —replica, y luego me guía con firmeza hacia la puerta y al pasillo.

—Espera. —Alargo una mano y sujeto la puerta antes de que vuelva a cerrármela en la cara—. Cuando vayamos por ahí la gente me reconocerá, así que tendremos que fingir que salimos juntas todo el tiempo, no solo cuando tú escribas el reportaje. Tiene que ser convincente. —Rodeo el pomo de la puerta con los dedos y la miro a los ojos. El corazón me late desbocado de… ¿emoción? Sí. Creo que me emociona un poco este nuevo papel que me ha tocado interpretar—. ¿Te ves capaz de hacerlo?

Asiente, pero veo que se está mordiendo el interior de la mejilla, señal de que está nerviosa.

Finjo no darme cuenta.

—Perfecto —digo y salgo al pasillo—. Nos vemos mañana.

Recorro el pasillo, más despacio al llegar a los escalones por los que he subido y bajado cientos de veces, asaltada por un torrente de recuerdos. Cuando bajábamos corriendo para no perder el autobús de la escuela, cuando subíamos para ver una comedia romántica en lugar de hacer la tarea o cuando íbamos de puntitas para buscar algo para comer en plena noche, intentando no pisar el penúltimo escalón, que siempre crujía. Recuerdo la mano de Caroline rozándose con la mía la última vez…

Y, solo por un momento, una sensación extrañamente familiar inunda la boca de mi estómago. Una especie de calidez que apenas recuerdo, porque hacía cuatro años que no la sentía.

«Porque ya no quiero sentirla», me recuerdo. ¿De qué serviría arreglar las cosas? Mi vida nunca volverá a estar aquí.

Así que empiezo a bajar las escaleras y sigo adelante, como he hecho siempre. Como haré siempre. Sé que el tiempo y la distancia ahuyentarán estos sentimientos otra vez cuando estos doce días hayan terminado.

9

CAROLINE

Día uno

El viernes, cuando apenas ha terminado de sonar la campana, salgo del aula de Cálculo, la última clase del día. De camino a mi casillero, me saco el celular del bolsillo de atrás y frunzo el ceño al ver que no tengo nuevas notificaciones que me digan qué demonios esperarme del día de hoy.

Sabía que tendría que haberme hecho cargo yo de la planificación de las citas.

Por supuesto que no se puede confiar en…

—¿Sigues sin noticias de tu novia? —pregunta Austin apoyado en su casillero. Yo abro el mío y lo fulmino con la mirada.

Anoche les hice un resumen de lo ocurrido a él y a Maya por FaceTime y, como era de esperar, no se lo tomaron precisamente con calma. Por distintas razones. Maya porque es tan pro Taylor que creo que va a hacer incluso camisetas, y Austin porque tiene una especie de fantasía romántica sobre que todo esto desembocará en un romance verdadero con Arden.

Aun así, han prometido guardar silencio. Además de mi familia, son las dos únicas personas que pueden saber que todo este numerito es una farsa.

Bueno, las tres únicas personas, porque, no nos engañemos, Austin no va a ser capaz de pasar ni un solo día sin contárselo a Finn.

—En primer lugar, basta —le digo, tomando el libro de historia y metiéndolo en mi bolsa—. Y, en segundo lugar, no. Todavía nada.

—Espera, ¿en serio? ¿Tu novia falsa ya te está haciendo *ghosting*? —dice Maya, que aparece a mi lado, con la boca torcida en una mueca de desprecio—. ¿Ya se lo contaste a Taylor?

Apoyo la frente en la puerta del casillero a modo de respuesta. Y con ella son cuatro personas.

—¿Contarme qué? —pregunta una voz. Levanto la cabeza de inmediato y me encuentro a Taylor ya vestida con el uniforme de porrista, porque dentro de una hora hay un partido del equipo de basquetbol masculino. Está guapísima; es absurdo.

Me sonríe como si yo fuera justo la persona que quiere ver, y eso empeora la situación un millón de veces más. Tenía que ser precisamente Arden quien irrumpiera en el pueblo para estropear mi primer romance potencial.

Aunque hay una parte de mí que está ligeramente aliviada por no tener que esforzarse por descifrar mis sentimientos, me resulta irritante pensar que puede que ya no tenga la oportunidad de hacerlo.

—Yo... Es que... —Me cuelgo la bolsa del hombro, la tomo del brazo y la llevo a un rincón junto a las escaleras. Austin y Maya me dedican sendas sonrisas de ánimo—. Escucha, Taylor... tú me gustas.

No es mentira. Ahora que la conozco mejor, es difícil que no me guste. Es evidente por qué le cae bien a toda la preparatoria de Barnwich. Es justo la persona de la que querrías ser amiga. Es divertida, me hace reír y es muy fácil hablar con ella. ¿Sentiré alguna vez que se me va a parar el corazón por la intensidad de mis sentimientos? Probablemente no. Pero quizá eso no era más que un melodrama adolescente alimentado por una lista de reproducción de Taylor Swift y por alguna película romántica de más, más que por el amor en sí. Las cosas con Taylor podrían ser fáciles, divertidas. Y no complicadas. ¿Quién dice que eso no pueda convertirse en amor?

Se le iluminan los ojos azules y me entran ganas de que se abra la tierra y me trague, pero me obligo a continuar antes de que le dé tiempo a decir nada.

—Pero yo... Bueno... —No tengo ni idea de cómo plantearle esto sin quedar como una loca, así que le suelto la verdad sin filtros—: Los próximos doce días voy a ser la novia falsa de Arden James para escribir un artículo al respecto.

—¡¿Arden James?! —Suelta una carcajada, pero para al darse cuenta de que va en serio—. Espera. ¿De verdad?

Asiento y hago una mueca.

—Cuando éramos pequeñas era mi mejor amiga. Ayer volvió al pueblo de repente, como si nada, y me rogó que lo hiciera para mejorar su imagen. Y la verdad es que no tengo ganas de ayudarla, pero esto podría marcar la diferencia en mi solicitud para Columbia, ¿sabes? ¿Un reportaje en profundidad firmado por mí en una revista tan importante como la *Cosmopolitan?* Y, por supuesto no espero que tú... que tú esperes hasta que todo esto termine, o que...

—Puedo esperar —me interrumpe encogiéndose de hombros.

Frunzo el ceño.

—¿Qué?

—Que esperaré —dice.

—¿De verdad?

—Sí. —Por primera vez, me dedica una sonrisa de la que creo que podría enamorarme—. No me gustas solo desde este curso, Caroline, aunque haya tardado un siglo y medio en atreverme a hablar contigo. Si tengo que esperar unas semanas más, lo haré.

Escuchar eso hace que me guste todavía más, aunque me cuesta creer que esta chica extrovertida y segura de sí misma, que no tiene ningún problema en hablar con cualquiera, fuera, de algún modo, demasiado tímida para hablar conmigo. ¡Conmigo!

Gimo y me tapo la cara con las manos.

—Eso es muy bonito. Me estás haciendo sentir aún peor.

Taylor se ríe, me aparta las manos de la cara y me lleva de nuevo al pasillo.

—Vamos. Te acompaño a la salida.

De camino a la puerta, me tira con suavidad de la manga de la chamarra.

—Bueno, ¿y cuándo tienen la primera cita? —me pregunta con una sonrisita.

—Se supone que era hoy, pero no he sabido nada de ella. —Echo un vistazo a mi celular a ver si se ha obrado el milagro y he recibido algún mensaje en los últimos cinco minutos. Pero no: nada. Exhalo un suspiro de frustración y cruzo las puertas, furiosa—. Es típico de Ar…

Me paro en seco al verla apoyada en el viejo volvo azul de Edie, rodeada por un rebaño de gente. Al verme, sonríe, se aparta del cofre del coche y levanta una mano para saludarme.

Se vuelven tantas cabezas para mirarme que me entran ganas de desaparecer.

—Ay, Dios.

Doy media vuelta para volver al interior de la preparatoria, pero Taylor me lo impide.

—Eh, eh… ¡Tienes un artículo que escribir, Beckett! —me recuerda, y la sonrisa le arruga las comisuras de los ojos azules. Se inclina hacia mí y, mientras su aroma a ropa limpia y a flores me embarga con suavidad, me susurra al oído—: Pero no te claves por Arden James, ¿okey? Porque cuento con recibir el Año Nuevo con un beso tuyo.

Me río. Ella se aparta, no sin rozarme la mejilla suavemente con la suya, y me empuja hacia el Volvo y hacia el espectáculo de los horrores de las próximas dos semanas.

Cuando llego al final de los escalones, Austin me toma del brazo y me ayuda a abrirme paso a través de la multitud. Se forma un camino espontáneamente en cuanto Arden avanza para encontrarse con nosotros.

—Madre mía… —murmura mi amigo—. Es aún más guapa en persona.

Odio que tenga razón.

—¿Qué haces aquí? —le pregunto cruzándome de brazos cuando me empujan hacia ella.

Arden me agarra y finge sorprenderse por mi tono de voz.

—¿A qué te refieres, cariño? Vine porque teníamos una cita —contesta, y la multitud ahoga un grito de forma audible. Arden se toca el reloj mientras esboza una sonrisa ladeada—. Tenemos que darnos prisa.

«Tiene que ser una broma».

Mira detrás de mí y veo que Maya y Taylor se han unido a Austin. Arden levanta la mano a modo de saludo.

—Hola. Soy Arden.

—Pues claro —contesta Austin, y ambos se echan a reír como si fueran viejos amigos.

—Me acuerdo de ti. De la clase de plástica —le dice a Maya, que la está fulminando con la mirada—. Con la señora Schulz. Recuerdo que hiciste una maqueta de un pájaro de papel súper bonita.

—Sí —repone Maya. Sus intenciones de mantenerse impasible ante ella empiezan a resquebrajarse—. Y tú me ayudaste a lanzarlo por la ventana del segundo piso.

—¡Ah, sí! —Arden asiente—. De hecho, creo que voló un par de segundos antes de… Ya sabes. El accidente.

Miro a una y luego a la otra, y veo que a Maya se le está escapando una sonrisa, aunque intenta ocultarla a toda prisa. ¿Cómo es posible que yo no supiera esto? Hemos hablado de Arden alguna vez, pero solo de lo que significa —lo que significaba— para mí.

Entonces veo que la mirada de Arden se detiene sobre Taylor y que entre las dos se produce un intercambio silencioso, aunque no logro descifrarlo. Y apenas tengo tiempo de procesarlo porque Arden da un paso hacia mí, me sujeta de la muñeca y me acerca a ella para deslizarme un brazo sobre el hombro. Noto unas molestas mariposas en el estómago y hago una mueca. Justo cuando estoy a punto de quitármela de encima, se acerca hacia mí, rozándome la oreja con la nariz y dice:

—La gente nos está mirando, ¿okey? Ya sé que te revienta, pero tienes que seguirme el juego. Como te dije anoche, serán solo doce días.

Echo un vistazo a la multitud y compruebo que, en efecto, hay varias personas que nos están tomando fotos con muy poca discreción. A Arthur Thompson incluso se le dispara el flash del celular antes de que se lo meta torpemente en el bolsillo.

Vuelvo a mirar a Arden, que sigue teniendo la cara muy cerca de la mía y, al fin, asiento.

—Bueno, será mejor que vayamos tomando camino —dice Arden mirando a Austin, Maya y Taylor, que está negando con la cabeza.

—¡Que se diviertan! —exclama Austin poniéndole a Maya un brazo sobre los hombros. Ella está de brazos cruzados y parece molesta.

—¡Cuídala mucho! —añade Taylor con una sonrisita que irradia seguridad en sí misma y que tiene un parecido espeluznante con la de Arden. Hace que me sonroje, y Arden se detiene un segundo antes de abrirme la puerta del coche. Una vez que entro en el Volvo oxidado, la observo rodear el vehículo hasta el otro lado y saludar con la mano a la multitud, que empieza a dispersarse a regañadientes.

Pongo los ojos en blanco y alargo una mano para abrocharme el cinturón.

—Bueno, ¿adónde vamos? —pregunto mientras ella entra.

—Al vivero de árboles de Navidad.

Resoplo.

—Ya tenemos árbol de Navidad. ¿No te fijaste anoche, cuando te presentaste a cenar por la casa?

Arden no contesta. Se limita a poner el coche en marcha y mira por el retrovisor antes de salir poco a poco del estacionamiento. Yo miro por la ventanilla y descubro que, por alguna razón, la gente sigue tomándonos fotos.

—Es para mi abu —me aclara por fin mientras gira hacia la calle principal—. Su casa está un poco desnuda. Creo que le daría un poco de alegría.

Aparto la vista porque odio lo… lo propio de Arden que es eso. Con ella, es o todo o nada.

Cuando está aquí, es como en la cena de anoche… como si ocupara mucho espacio. Siempre me pregunté cómo era posible que una persona tenga suficientes pedacitos de sí misma para dárselo todo a todo el mundo. Siempre se acordaba de los cumpleaños, de las graduaciones y de los grandes momentos, incluso los de las personas que no conocía muy bien. Aprendió a tejer solo para hacerle un gorrito al bebé recién nacido de nuestra profesora de cuarto. Cuando teníamos diez años, me convenció de que nos quedáramos despiertas hasta las dos de la madrugada para hornearle a Jessica Gallagher un pastel de cumpleaños de crema tostada, mousse de chocolate y pan de vainilla que había probado una vez en Pittsburgh y del que se había pasado una semana entera hablando ocho meses antes, solo para animarla porque sus padres se acababan de divorciar.

Y luego se marchó y dejé de preguntármelo, porque Hollywood me enseñó la verdad. Siempre hubo una parte de mí que sentía que Arden jamás podría ser mía, porque había demasiado de ella que pertenecía a todos los demás. Pero ahora sé que esos pedacitos de ella no eran del todo auténticos, que había mucho de Arden James que no era más que una actuación cuidadosamente construida.

Igual que esto.

Echa un vistazo por la ventanilla cuando un Corvette rojo nos adelanta por la calle Mayor a toda velocidad. Esboza una sonrisa mientras contempla cómo el vehículo se pierde en la distancia.

—Y hablando de mi abu… —murmura negando con la cabeza—. Nos cambiamos el coche.

Pensar en Edie yendo por el pueblo a toda velocidad en un Corvette rojo me hace sonreír, a pesar de todo. Miro por la ventana, intentando disimularlo.

Pasamos junto al mercadillo navideño que ponen en el estacionamiento de la iglesia y he de mirar dos veces, porque hay tan poca gente paseando por entre los puestos que casi no parece estar abierto.

«Dios mío, es aún peor que el año pasado».

Arden enciende la radio y «All I Want for Christmas is You» empieza a sonar por las viejas bocinas. Ella sigue el ritmo tamborileando sobre el volante.

—Para que no tengamos que hablar —dice con una tímida sonrisa.

Me irrita porque por supuesto que yo no quiero hablar, pero me molesta que lo sepa. Y tal vez también me moleste un poco que le parezca bien.

Mariah canta hasta que llegamos al final del pueblo, más allá del Comedor de Edie, donde está el vivero de árboles de Navidad. Sin embargo, cuando intentamos entrar al estacionamiento, nos lo impide una cuerda que hay en la entrada de la que cuelga un cartel en el que se lee: VUELVO ENSEGUIDA.

—¿Y ahora qué? —pregunto al tiempo que el coche se para. Arden se muerde el labio, pensativa, y mira por el parabrisas.

Y entonces, sin mediar palabra, pone el coche marcha atrás. Me agarro del asidero para emergencias mientras ella sigue un poco más por la carretera, hasta girar el Volvo, que rebota con brusquedad, y para sobre la hierba.

—¿Pero qué...? —empiezo a preguntar.

—Vamos —me interrumpe mientras baja del coche. Me quito el cinturón y la sigo a la cajuela. Pongo unos ojos como platos al ver que saca... ¡un hacha!—. Es para emergencias —me aclara con una sonrisa traviesa, encogiéndose de hombros.

—¿¡Emergencias!?

Echa a correr por el bosque, bordeando el vivero, y yo voy tras ella.

—¿Arden, qué vamos a hacer? —le pregunto entre dientes agarrándola del brazo.

—¿Y a ti qué te parece? —contesta. Levanta el hacha y se detiene a inspeccionar un abeto de Douglas—. Vamos a ver, Caroline..., interpreta las pistas que te da el contexto.

—¿Vamos a robar un árbol? —grito.

—Sabes tan bien como yo que mi abu lleva años dándoles a los Swanson tarta de manzana gratis —contesta, rechazando el abeto y centrándose en un abeto balsámico que hay dos filas más allá. Se agacha a través de la nieve para llegar hasta él mientras yo la sigo corriendo. Cuando la alcanzo, lo está rodeando y asintiendo, satisfecha—. Es este.

—¡Pero estamos a plena luz del día! —insisto—. ¿No podemos volver más tarde?

—No si queremos tenerlo decorado antes de que mi abuela llegue a casa. Además, ¡aquí no hay nadie! —Al ver que no parezco muy convencida, prueba con otra táctica—: Caroline, necesitamos contenido para el artículo. Quieres que sea bueno, ¿no?

Exhalo exasperada, porque por supuesto que quiero. Es la única razón por la que he accedido a esto.

—De acuerdo. Pero tendrás que volver luego a hacer una donación. Y si nos descubren, prepárate para jugar la carta de ser famosa, porque no pienso… —me interrumpe el chasquido del hacha, aunque apenas si hace una hendidura en la base del árbol—. Nunca has cortado tu propio árbol de Navidad, ¿no? —le digo. Ella me fulmina con la mirada, pero deja el hacha en el suelo para inspeccionar los resultados: un cortecito como el de una hoja en un dedo.

—Está claro que no has visto mi éxito para toda la familia, *Cuenta conmigo y con mi hacha.*

La miro con los ojos entornados.

—No has hecho ninguna película familiar.

Me sonríe.

—¿Has seguido mi IMDB?

Pongo los ojos en blanco, pero noto que me sube el calor al rostro. Arden se limita a reírse, se pone de pie y se sacude las manos antes de agarrar el hacha y ponerse otra vez manos a la obra. La dejo sufrir durante más o menos un minuto de débiles golpes. El pelo le tapa la cara, que está roja del esfuerzo. Entonces, por fin, extiendo la mano.

—Dame.

Enarca las cejas, sorprendida.

—Caroline, cuando íbamos en quinto te vi llevarte treinta y cuatro balonazos en la cabeza en un mes en clase de

Educación Física. ¿Te acuerdas de cuando te tropezaste el día de…?

Le quito el hacha antes de que le dé tiempo a obligarme a revivir ese trauma en concreto.

—Sabes perfectamente que mi padre nos obliga a ayudarle a cortar el árbol de Navidad. Dice que es una experiencia que une.

—¿Esto es una experiencia que une? —pregunta ella.

Resoplo y blando el hacha contra el árbol, un poco más alto de donde lo estaba haciendo Arden, y noto cómo el metal se clava en la madera con un satisfactorio chasquido. Tras otros diez golpes, el tronco se parte por fin y el árbol empieza a caer poco a poco.

Arden me mira de arriba abajo mientras yo me apoyo en el hacha.

—Estoy impresionada.

Nos quedamos mirándonos unos instantes, hasta que el sonido del motor de un camión al otro lado del vivero interrumpe el silencio.

—¡Mierda! —exclama Arden entre dientes, sujetando el tronco del árbol—. ¡Vamos, vamos, vamos!

Arrastramos el árbol hasta el coche dando traspiés sobre la nieve. Intentamos meterlo en la cajuela a toda prisa, ya que no tenemos tiempo de atarlo encima, pero es demasiado grande.

—¡Sujétalo por detrás! —dice Arden mientras las ramas de la parte superior se curvan contra el parabrisas—. Tendremos que dejar la cajuela abierta.

Me quedo paralizada. Miro atrás y veo que la camioneta del señor Swanson empieza a asomar por el horizonte. La bocina emite un sonido que me recuerda a «Jingle Bells», lo que aporta todavía más absurdez a este momento.

—¡Entra! —Arden me empuja hacia la cajuela y yo me aferro al árbol como si mi vida dependiera de ello.

Arden se sienta en el asiento del conductor y saca el Volvo de Edie de allí a toda velocidad. De repente, suelto una inesperada carcajada, y cuando miro a Arden a través de las ramas del árbol, veo que ella también se está riendo, de nuevo con esa sonrisa torcida.

Y odio que el corazón se me acelere un poco.

Odio lo mucho que la echaba de menos.

El aire frío me escuece en los ojos mientras me inundan los recuerdos. Aventuras como esta, cuando usábamos bandejas robadas de la cafetería como trineos, íbamos a donde Edie en bicicleta en la oscuridad para hacer galletas y chocolate caliente como el personal o cuando convencimos al director para que permitiera una guerra de bolas de nieve en toda la escuela. No había vuelto a hacer nada así, ni a sentirme así, desde que ella se fue. Mientras Arden se fue a ser la protagonista, yo me he limitado a observar y preguntar, a estar a salvo contando las historias de otros en lugar de la mía propia.

Me agarro al árbol con más fuerza cuando ella gira bruscamente e intento reprimir todo eso. Solo es nuestra primera cita navideña falsa y Arden ya se las está arreglando para que todo sea complicado y confuso. Sin embargo, si algo he aprendido del periodismo, es que no sirve de nada escribir una historia que todo el mundo ha leído. No pienso abrirle de nuevo la puerta a Arden solo para ver cómo en Nochebuena se vuelve a marchar.

Pero ahora sé que me va a resultar muy difícil.

10

ARDEN

Día uno

—Pero ¿esto va a entrar por la puerta? —protesta Caroline. Estamos la una al lado de la otra tirando del tronco del árbol, intentando meter sus diez mil ramas puntiagudas a través de la estrecha puerta.

—Pues claro que…

¡Zas!

Una de las ramas se las arregló para colarse y me ha dado un bofetón en la cara. Un segundo después, el árbol, Caroline y yo tropezamos en el vestíbulo de casa de mi abuela.

—¡Ay! —refunfuño mientras me froto la frente y Caroline se dobla de risa—. ¡No tiene gracia! Podría haberme cargado mi fuente de ingresos…

Ella se ríe otra vez y abre la boca para decir algo, pero la cierra de golpe y aparta la vista sacudiéndose el polvo.

Diez pasos adelante y nueve atrás. Peor es nada.

Cuando por fin hemos conseguido meter el árbol en la sala, corro al sótano a buscar el pie y los adornos, pero Caroline se queda arriba, junto a la puerta.

—¿Todavía te da miedo? —le pregunto, contemplando el montón de cajas de la abuela, cuidadosamente etiquetadas y poco amenazantes.

—¿Qué? ¡No! —contesta ella de forma muy poco convincente.

A Caroline nunca le han gustado las cosas que dan miedo. Los sótanos, las películas de terror y las historias de miedo siempre obtuvieron un tajante «no, gracias» por su parte como respuesta. Recuerdo que una vez, en Halloween, me dio la mano todo el rato en el laberinto de maíz porque Levi le dijo que allí vivía un montón de niños que estaban buscando a alguien a quien sacrificar para su dios demoniaco. Lo que, ahora que lo pienso, es el argumento de *Los niños del maíz,* aunque entonces no lo sabíamos.

Vuelvo a examinar las cajas, cuyos contenidos están garabateados con torpeza con marcador permanente.

«Fotos».

«Vajilla y cristalería».

«Papeles del restaurante».

«Ropa de Callie y Theo».

Se me cae el alma a los pies al leer esa última. No puedo creer que todavía conserve las cosas de mis padres. Debería haber tirado esta caja a la basura hace años. Si algo sé sobre Theo y Callie es que nunca volverán a buscar lo que han dejado atrás.

«No, no pienses en eso».

Miro arriba y abajo hasta por fin encontrar una caja en la que se lee «adornos de Navidad» en el estante de arriba, fuera de mi alcance. Busco una escalera o algo a mi alrededor, pero no hay nada.

—¿Los encontraste? —pregunta Caroline.

—¿Quieres la buena noticia o la mala?

—La buena.

—Sí, los encontré.

—¿Y la mala?

—Necesito que me ayudes a agarrarlos.

Caroline hace una mueca pero pone un pie en la escalera despacio. El escalón de madera cruje cuando apoya el peso con cuidado. Baja el resto de los peldaños a paso de tortuga, en un permanente estado de alerta.

—No te preocupes, Pennywise se acaba de ir.

Me da un manotazo en el brazo mientras baja el último peldaño.

—Cállate.

Me froto el punto donde me pegó y señalo la caja del último estante, justo encima de nosotras.

—Creo que si te aúpo un poco podemos llegar.

—¿Si me…?

Me agacho y la sujeto de las piernas. Ella ahoga un grito y me agarra de los hombros para no perder el equilibrio. Para mi sorpresa, también estoy a punto de ahogar un grito, pero es por lo agradable que me resulta tenerla tan cerca después de tanto tiempo. Me parece muy normal, por extraño que sea, y no me había dado cuenta de lo mucho que lo extrañaba. Sin embargo, ni aunque quisiera tendría tiempo de perderme en esos pensamientos, porque los cuatro años que he pasado acostándome tarde y, en general, tratando fatal a mi cuerpo, me dicen que tengo unos seis segundos y medio antes de dejarla caer con todo su peso sobre el suelo de cemento.

—Agarra… la… caja… —consigo decir entre jadeos, y ella obedece, levantando las manos con cautela para hacerse con ella.

Cuando por fin la tiene entre las manos, dejo que su cuerpo se deslice por mis brazos hasta que estamos cara a cara, con la caja entre las dos, y ella con los pies en el suelo.

—No habría estado de más que me avisaras —protesta. Reparo en que tiene las mejillas ligeramente sonrosadas, lo que hace que se le noten más las pecas de la nariz, aunque estemos en invierno.

Aunque estoy segura de que no es más que rabia porque la haya aupado sin avisarle, una pequeña parte de mí se pregunta si Caroline Beckett también se pone nerviosa por tenerme tan cerca, si ella también siente la sombra del amor de infancia que sentía por ella hace todos esos años.

Dios, espero que no.

«Enfócate, Arden».

Le quito la caja y digo:

—Vamos a decorar el árbol antes de que mi abu llegue a casa.

En cuanto empiezo a subir, Caroline grita que la espere y corre detrás de mí antes de que el monstruo del sótano la agarre de los tobillos.

Pasamos la hora siguiente decorando el árbol, añadiéndole un faldón de cuadros rojos y blancos que tejió mi bisabuela y unas viejas lucecitas incandescentes. Me apunto mentalmente que tengo que comprarle unas LED que parpadeen para sustituirlas antes de que provoquen un incendio. Luego empezamos a rebuscar en la caja de adornos polvorientos, que es evidente que nadie ha tocado desde que me fui de Barnwich. Se me llena el corazón de culpa, igual que anoche, cuando llegué con el coche y vi que no había ni un solo adorno en toda la casa.

—¿Estás bien? —pregunta Caroline, inclinando la cabeza hacia mí.

—Sí. —Fuerzo una sonrisa y aparto la tristeza de mi mente.

Empezamos a colgar con cuidado cada uno de los adornos que mi abu ha coleccionado a lo largo de su vida, desde una guirnalda de piñas congeladas a una huella de la mano de mi madre cuando era bebé, e incluso una pequeña bola de nieve que se trajo de Seúl cuando emigró, de niña.

Disponemos del contenido de la caja en silencio, hasta que yo empiezo a tararear villancicos en voz baja y Caroline no puede evitar acompañarme.

Al final, cuando llega al fondo de la caja, la oigo reír. Saca un adorno con una foto nuestra que nos tomamos dos años antes de que me fuera, solo unos meses antes de que yo me diera cuenta de que me gustaba.

—¡Qué monada! —exclamo mientras la tomo. En la foto, estamos acurrucadas bajo nuestros abrigos y con las narices rojas por culpa del frío—. Tus orejeras eran adorables, pero siempre me encantó ese gorrito que me hiciste.

Beige con una raya azul. Muy calientito.

—Era demasiado grande —repone ella.

—Sí, porque usaste al cabezón de tu hermano para las medidas —contesto, inclinándome sobre ella para colgar el adorno en una de las ramas más altas, al lado de una figurita de Rudolph. Cuando lo hago, le rozo suavemente el brazo con el mío.

—Si te lo hubieras quedado, seguro que ahora le quedaría perfecto a tu cabezota. —Se ríe.

—¿Y de dónde sacas que no me lo quedé? —pregunto, apoyando de nuevo los talones en el suelo.

—Por favor... No creo que hiciera juego con tu abrigo de Saint Laurent.

—No lo creo —digo, pero sonrío para mí misma mientras colgamos los últimos adornos. Cuando la caja está vacía del todo, enchufo las luces y nos sentamos en el suelo, al lado del árbol luminoso, para admirar nuestro trabajo.

Lo contemplamos en silencio unos instantes y luego la miro. Me pierdo en su rostro iluminado por las luces amarillas, la línea recta de su nariz, sus labios gruesos y la melena de color rubio cobrizo suelta sobre uno de sus hombros.

Y, de repente, lo siento. Esa nostalgia cálida, acogedora y casi eufórica por una época de mi vida que había olvidado. La sensación de estar cerca de alguien que antaño lo significó todo para mí en un lugar que suena y me sabe... a casa.

Lo que me despierta un recuerdo y me da una idea.

Me levanto de un salto y me dirijo a la credenza, donde mi abu guarda su viejo reproductor de música. Busco entre los discos hasta encontrar el que estaba buscando: «Rockin' Around the Christmas Tree» de Brenda Lee.

Lo pongo y me vuelvo hacia Caroline con una sonrisa. Sin embargo, ella me mira con escepticismo mientras esperamos a que la música empiece a sonar. Cuando las primeras notas flotan en el aire, pone unos ojos como platos.

—Vamos —le digo tomándola de la mano.

—Arden, no me acuerdo de los pasos —protesta mientras la aparta.

—No te creo. —Esta vez la sujeto del brazo y tiro de ella, poniéndola de pie y arrastrándola al centro de la sala.

—No quiero —insiste, pero yo ya he empezado a bailar sin ella.

—Derecha, izquierda. Izquierda, derecha. ¡Giro! —Canto por encima de la música y empiezo a bailar la coreografía que nos inventamos y que bailábamos en el restaurante cada año en la fiesta de Navidad.

—¡Arden, que pares! —grita con firmeza, apartando el brazo antes de alejarse de mí—. No quiero hacer un puto baile contigo, ¿okey?

—Ah. Okey —contesto desconcertada—. Perdón.

—No te preocupes, en el artículo pondré que bailamos la coreografía hasta el final. —Se sienta en la alfombra dándome la espalda. Me tomo un segundo para recuperar el resuello y me recuerdo que ya no somos esas niñas. Yo me encargué de ello.

Me voy a la cocina para darle un poco de espacio y echo un vistazo a mi celular. Tengo un mensaje de Lillian en el buzón de voz.

«Solo quería ver qué tal va todo. Asegurarme de que Caroline esté escribiendo el reportaje de verdad y que no estén pasando el día por ahí perdiendo el tiempo. No es muy habitual que la *Cosmo* permita que una niña de dieciocho años del fin del mundo escriba para ellos... No quiero más sorpresas, Arden. Encárgate de que quede bien».

Me meto el teléfono en el bolsillo y pongo los ojos en blanco antes de volver a la sala con una caja metálica de galletas danesas. Me siento en la alfombra al lado de Caroline y se la paso.

—Gracias —dice. La toma y la abre—. Uy, qué buenas. —Se ríe y me tiende la caja para que vea lo que hay dentro.

—Mierda. Ha caído también mi abuela. —La tomo y rebusco en el interior. Está llena de hilos, agujas y botones de todo tipo, en lugar de galletas—. Dios, ¿hay alguna edad concreta en la que las ancianas sienten la imperiosa necesidad de convertir estas cajas en costureros?

Caroline se encoge de hombros.

—Creo que ocurre de forma natural, a medida que nos hacemos mayores.

Suelto una risa y niego con la cabeza. Nos quedamos ahí sentadas unos minutos, dejando que el tiempo disipe poco a poco la tensión en el ambiente.

—Aún tienes que hacerme una pregunta —le recuerdo, intentando no desviarme de nuestro acuerdo y con el mensaje de Lillian presente. A Caroline le cambia la cara al sacar su libretita y pasar las páginas. Se pone muy seria.

Me muerdo el labio e intento contener una carcajada. Ella se aclara la garganta.

—Eres una actriz famosa con una larga lista de créditos en éxitos de taquilla, y la mitad de las niñas de los Estados Unidos te admiran. —Sus ojos, colmados de ironía, se clavan en los míos un solo segundo—. ¿A quién admiras tú?

—¡Oh! Es una buena pregunta. —Me apoyo en las manos y pienso en todos mis actores preferidos, los que intento emular, los que han hecho que quiera participar en una película como la de Bianchi—. Uf... Tiene que ser Toni Collette. Sí, lo tengo claro. Convierte cada papel en uno que desearías haber conseguido tú. Tiene muchísimo tal...

—Arden —me interrumpe. Levanto la vista y veo que está negando con la cabeza—. No me refiero a alguien cuya carrera desees para ti, sino a alguien a quien admires como persona. Se supone que tiene que ser un artículo más personal, ¿no? Así, que, personalmente, ¿a quién admiras?

Me muerdo el labio mientras reflexiono al respecto, hasta que mi mirada se detiene sobre una foto en la repisa de la chimenea en la que salimos mi abuela y yo en el restaurante. Yo estoy sentada en la encimera mientras ella voltea hot cakes en los fogones. Pues claro. ¿Por qué no se me ocurrió ella antes?

—A mi abu. Se crio en el sur, en una familia coreano-americana de primera generación. Se pasó años trabajando muy duro, sin casi haber recibido educación, para ahorrar y abrir su propio restaurante. Siguió luchando cuando el amor de su vida murió en la semana que se inauguró. Y luego me crio a mí, ya que su hija no se molestó en hacerlo. —Siento otra punzada de culpa por cada día que se ha pasado aquí sin mí, y todos los días que pasará sin mí, después de todos los días que sacrificó en mi beneficio. Exhalo un largo suspiro, notando el peso de la mirada de Caroline—. Es admirable. Esa es la clase de persona a la que debería admirar la mitad del país —añado.

—Y, si tanto la admiras, ¿por qué no haces honor a su legado?

Me quedo mirando el árbol mientras intento hablar, pero lo único que logro pronunciar son tartamudeos. ¿Cómo podría explicarle todo lo que me ha pasado en los últimos cuatro años? Que no me acuerdo ni de haber aceptado mi primer papel en Los Ángeles. Que, simplemente, lo recuerdo todo como si hubiera ocurrido a la vez: firmar con Lillian, un horario, un pasaje hacia la promesa de una vida mejor. Que desde el preciso instante en el que me bajé del avión en Los Ángeles, descubrí que para conseguir lo que siempre había querido debía convertirme en algo que en realidad no quería ser, y que mis padres no movieron un solo dedo para protegerme de ello. Y que, para cuando fui lo bastante mayor para protegerme sola, ya era demasiado tarde, porque necesitaba las distracciones, las formas de apagar mis sentimientos. No podría. Me diría que son excusas de mierda antes incluso de que consiguiera pronunciar una sola palabra.

—Quería… Quiero hacerlo. —Es lo único que consigo decir, porque es lo único que sé que es verdad—. Por eso quiero un papel como este. Un papel que importe.

Me preocupa que me presione para que le cuente más, pero cuando la miro, cuando veo el reflejo de las luces en sus cálidos ojos castaños, se limita a asentir y a cerrar su libretita, como si comprendiera que ahora mismo no puedo ofrecerle nada más. Supongo que, como he estado tanto tiempo lejos y ella ha estado muy enojada conmigo desde que regresé, me había olvidado de que sabe leerme a la perfección. Caroline sabe exactamente cuándo insistir, cuándo plantear las preguntas más complejas, y también cuándo dejar el tema. Siempre lo ha sabido.

Se oye un fuerte ruido y la puerta se abre de golpe. Ambas damos un respingo.

Mi abuela está en la entrada, paralizada, negando con la cabeza.

—Mierda. Jim Swanson estaba lloriqueando porque alguien le robó un árbol. Empecé a sospechar cuando me dijo que el coche del ladrón se parecía mucho a mi Volvo. —Pone los brazos en jarras—. No llevas aquí ni dos días y ya te estás metiendo en líos.

Caroline y yo compartimos una sonrisa culpable, y me pregunto si ella también se estará acordando de cuando sustituimos una parte del alijo de tabaco de Tom con valor de un centenar de dólares por cigarrillos de chocolate, cuando estábamos empeñadas en que dejara de fumar. O de cuando cambiamos el contenido del calcetín de Navidad de Miles por desodorantes. O de cuando Levi sacó la licencia de conducir y nos las arreglamos para convencerlo de que las señales de «STOP» con un borde blanco eran opcionales y estuvo a punto de matarnos a todos.

De acuerdo, ahí nos pasamos un poco, pero teníamos doce años.

Me pongo de pie y, con aire inocente, rodeo los hombros de mi abu con un brazo para llevarla hacia el árbol.

—Podría ser una coincidencia —le digo, ella se ríe y me mira antes de contemplar el árbol—. ¿Te gusta? —le pregunto cuando ya ha tenido unos segundos para examinarlo. Ella asiente y me dedica una pequeña sonrisa.

—Sí, me gusta. —Me da unas palmaditas en el costado—. Gracias. —Mira a Caroline, mi cómplice en el robo del árbol, y extiende su gratitud también hacia ella—. Son casi las ocho en punto, Caroline Beckett. Más te vale volver a casa a cenar pizza, a no ser que tengas alguna otra fechoría planeada.

Claro. Los viernes es noche de pizza en casa de los Beckett. Me ruge el estómago al pensar en su pizza de pepperoni de masa gruesa y hago una nota mental para parar luego en Taste of Italy y comprar una para mi abu y para mí.

No debería tener que cocinar otra vez después de haber trabajado todo el día en el restaurante.

Caroline sonríe y se pone de pie. Mi abuela se aparta de mí para darle un abrazo.

—Te llevo a casa —me ofrezco cuando se separan, tendiéndole la chamarra que tenía colgada en el perchero.

Espero que se resista, pero toma la chamarra y asiente.

—De acuerdo.

Pasa por mi lado y me asalta su olor a champú de flores y a agujas de pino. Volteo hacia el aroma de forma automática. Cuando me giro para decirle adiós a mi abuela, ella me está mirando con las cejas enarcadas.

Pongo los ojos en blanco y tomo mi chamarra y mis llaves, pero esa mirada se me queda grabada en la mente. Me molesta no llevar ni dos días aquí y que, de algún modo, Caroline Beckett ya se las haya arreglado para que, a pesar de todo lo que me he dicho, sienta que una parte de mí estaba deseando volver a casa.

«No es mi casa», me recuerdo. Por eso no puedo encariñarme demasiado, no puedo acomodarme demasiado. Solo me quedan doce días aquí… Y luego volveré a Los Ángeles. Ahora ese es mi hogar.

11

CAROLINE

Día dos

La tarde siguiente, me muerdo el labio mientras miro de la pantalla de mi computadora a mi libreta. Estoy tomando apuntes sobre nuestros actos criminales de ayer para estar al día con este artículo. Me quedo mirando lo que Arden me dijo anoche sobre Edie y recuerdo que balbuceó cuando insistí al respecto, que su actitud cambió por completo y que entre nosotras flotaron un millón de cosas que no nos dijimos.

Lo peor de todo es que, quizá por primera vez desde que regresó, por fin me pareció que tenía frente a mí a la Arden que conocía.

Aunque quizá era lo que ella quería que viera.

Me resulta muy difícil discernir qué partes de ella son una actuación. La chica que estaba delante del árbol de Navidad o la que nunca me llamó cuando se fue. La chica que hablaba con Riley durante la cena en mi casa o la que se ponía algo provocativo en una alfombra roja. La chica que me tendía la mano y me invitaba a bailar con ella o la que me pidió en el restaurante que fuera su novia falsa ante la prensa.

Es más fácil fingir que todo es una actuación, pero así solo consigo que me cueste más saber qué escribir.

Me apoyo en el respaldo de la silla y suspiro frustrada.

Dios, esta chica me saca de quicio.

Alguien llama a la puerta y, al girar la silla, me encuentro con Arden James en persona entrando en mi habitación.

—Hola —saluda, y se tira en mi cama como si todavía tuviéramos trece años y fuéramos mejores amigas. Blue deshace el ovillo en el que se había convertido debajo de mi mesa y salta a su lado.

—¿En serio? —protesto, mientras me apresuro a alisarme el pelo sin lograr contenerme.

Ella me ignora y se apoya en un brazo, mientras que con el otro acaricia distraídamente la cabeza de Blue.

—A ver. Para esta noche tenemos dos opciones…

—No, no tenemos dos opciones. Tengo un partido de basquetbol.

Arden casi se atraganta con el chicle que tiene en la boca. Se incorpora, moviendo las piernas con brusquedad.

—¿Tú? ¿Tú juegas basquetbol?

Suspiro antes de que le dé tiempo a recordarme otra vez mis escarceos con la muerte en clase de Educación Física. Ojalá pudiera acordarse de algo útil, por ejemplo, de cómo marcar mi número de teléfono.

—Pues claro que no. Soy auxiliar del equipo de basquetbol.

—Ah, menos mal. —Vuelve a acostarse—. Eso tiene más sentido. El numerito de leñadora de ayer ya cubrió el cupo de las sorpresas.

Echo un vistazo al reloj que hay en la esquina de la pantalla de la computadora. Ya son las cinco y media, así que debería ponerme en marcha. El calentamiento empieza dentro de una hora.

—La verdad es que tengo que…

Alguien llama a la puerta y luego Riley asoma la cabeza, con una caja de galletitas de queso en la mano.

—Me pareció oír la voz de Arden —dice.

Esta señala la cama y Riley se tumba a su lado, dejando a Blue en medio. Yo me froto los ojos y exhalo con fuerza.

—Chicas, tengo que…

—Oí que le robaste un árbol a los Swanson —le dice Riley, ignorándome y tendiéndole la caja de galletitas.

—¿Quién, yo? —Arden finge estar conmocionada, escupe el chicle y toma un puñado—. Jamás haría tal cosa. Fue idea de Caroline.

Riley se ríe con tantas ganas que casi me deja el edredón lleno de las migas de galleta que tiene en la boca.

—Seguramente, el señor Swanson pondrá una placa para conmemorarlo. Será un nuevo destino turístico de Barnwich.

Arden sonríe y le lanza un cuadradito naranja a Blue. Luego se sacude las migas de las manos y le rasca las orejas.

—Pues entonces volveré para robar esa placa.

«Está bien saber que hay algo por lo que sí esté dispuesta a volver».

A Riley tampoco se le pasa por alto la respuesta.

—Entonces, ¿crees que volverás a Barnwich incluso después de que se haya publicado el artículo? —pregunta emocionada. Arden me mira tan fugazmente que no estoy segura de que lo haya hecho. Lo que sí sé es que no quiero escuchar la respuesta.

—¿No pueden irse a charlar a otra parte? —interrumpo—. Tengo que prepararme para el partido.

—Dios mío, okey —dice Riley. Ambas bajan las piernas y se levantan de la cama—. Siento mucho haberte molestado. No sabía que tu puesto de auxiliar te había despertado esta pasión tan repentina.

Arden y ella se dirigen a la puerta, y Blue se va trotando tras ellas. Es evidente que las galletitas de queso son más valiosas que su lealtad hacia mí. Pero entonces Arden se detiene y se vuelve para mirarme.

—Nos vemos en el partido. Podemos… No sé. Ya improvisaremos algo para el día dos.

¿¡En el partido!? Abro la boca para protestar, pero Riley me interrumpe:

—Vámonos, Arden —dice, tirando de ella hacia el pasillo. Luego cierra la puerta.

Me pongo de pie y, cuando me miro en el espejo de cuerpo entero que tengo colgado en la puerta me quiero morir. Un chongo despeinado, nada de maquillaje… Parezco la misma chica de catorce años que dejó aquí, como si yo no hubiera crecido también en estos cuatro años.

«No importa», me digo.

Pero tardo mucho más de lo que debería en decidir qué ponerme.

Una hora más tarde, las gradas se van llenando a un ritmo constante mientras Austin y yo llevamos los carritos de botellas de agua para el partido contra Grand Hudek, nuestros rivales. Hoy nos jugamos el puesto en la eliminatoria, lo que probablemente debería importarme. Pero, blasfema de mí, me da igual. Una derrota que pusiera fin a la temporada significaría que no tendría que tocar una camiseta sudada en el resto de mis días, así que, aunque no voy a menear los pompones para animar a Grand Hudek, tampoco me molestaría que ganaran.

—¿Crees que les irá bien? —me pregunta Austin. Miro al resto del equipo, que está estirando. El grupo ya era pequeño de por sí, pero tiene tres miembros menos y no hay suplentes, ya que las gemelas se han tenido que ir antes porque se iban a un crucero con su familia por Navidad y Simone Hall se rompió el ligamento cruzado. Veo a Melanie Anderson, una de las jugadoras que suele estar en la banca, fallar por mucho un tiro libre.

—Ahí tienes tu respuesta —le digo mientras el árbitro toca el silbato y las jugadoras vestidas de verde de Barnwich y las vestidas de azul de Grand Hudek salen corriendo de la pista y forman un corro.

Mientras Austin y yo llevamos las botellas de agua a la banca, él se vuelve hacia las gradas y esboza una sonrisa sarcástica.

—Vaya, vaya —dice, saludando con la mano como si estuviera en mitad del concurso de Miss América. Me giro de golpe y busco entre la multitud.

Le bajo la mano de un manotazo al ver a quién está saludando.

Sabía que Arden estaría aquí... pero ¿con la cara pintada con el blanco y el verde de Barnwich? Y está sentada al lado de Finn, Antonio y L.J., que van sin camiseta y se han pintado «VIVA», «BARN» y «WICH», respectivamente.

Maya es la única que va sin pintura corporal y, aparentemente, la única con una neurona de sobra.

Pero cuando pienso que las cosas no pueden ir peor... Van peor.

Arden me sonríe y levanta una pancarta enorme en la que se lee: ¡ADELANTE, CAROLINE!

Los celulares asoman de inmediato. Prácticamente todo Barnwich se ha vuelto hacia ella. Ya me imagino las publicaciones en las redes sociales, todo mi *feed* lleno de...

Me detengo cuando me disparan el flash de una cámara en la cara, y entonces me doy cuenta de que Arden no es la única a la que le toman fotos. De que el nombre en esa pancarta es el mío. El mío.

No saldré solo en las historias de Instagram de alguno de los de primero. Esto va a llegar mucho más lejos que el Comedor de Edie o que el vivero de árboles de Navidad de los Swanson.

Y lo hará rápido.

Me doy la vuelta, deseando poder derretirme en la banca.

—¿Estás bien? —me pregunta Austin mientras las jugadoras se colocan en sus posiciones. El árbitro toca el silbato, marcando el inicio del partido.

Asiento con poca convicción y Austin me observa con atención y luego se me acerca un poco más.

—¿Qué está pasando entre ustedes dos? —pregunta en voz baja.

—¿A qué te refieres? —repongo yo mientras la estrella de nuestro equipo, Nicole Plesac, pasa con el balón.

—Me refiero a que esta es la chica de la que estuviste perdidamente enamorada durante años.

—¿Y? ¿Te has olvidado del detalle de que todo esto es falso? —Miro atrás, ansiosa, hacia las gradas, como si Arden pudiera oírnos a diez filas de distancia—. ¿No me decías hace nada que saliera con Taylor?

—Sí, bueno, pero eso era antes de que Arden volviera a Barnwich. ¡Es Arden! Y está absurdamente guapa, debo decir, hasta con esa pintura facial que mi novio le ayudó a ponerse. Y me sorprendería mucho que con eso de fingir ser tu novia no resurgieran viejos sentimientos.

—Austin, solo va a estar aquí unos once días más y luego volverá a irse. ¿Qué quieres que te diga?

—No sé, pero lo que está claro es que no has negado que sea atractiva.

Suspiro exasperada.

—No creo que haya nadie con una cuenta en Netflix que no piense que Arden James es atractiva. No es nada revolucionario.

—Bueno, tampoco has negado que esto pueda hacer resurgir viejos sentimientos.

Cierro la boca de golpe y me vuelvo. Veo a Taylor Hill con su perfecta cola de caballo rubia al lado de las demás porristas.

A pesar de todo, me sonríe, así que levanto la mano para devolverle el saludo.

—Solo digo que… —empieza Austin otra vez.

—Austin. —Me vuelvo de nuevo y lo miro a los ojos avellanados. Se me ha agotado la paciencia—. No siento nada por Arden. Nada. Si sintiera algo, sería una vaga sensación de traición que me molesta cada vez que me descubro, por accidente, no odiándola con todas mis fuerzas durante medio segundo. Esto de salir juntas es una farsa. Y su presencia aquí es temporal. Mis sentimientos están en el pasado, justo donde ella me dejó. ¿Okey? ¿Podemos limitarnos a ver el partido?

Asiente y cierra la boca. No volvemos a hablar hasta que no se acerca el final del último cuarto.

—Carajo, me sudan las manos y ni siquiera me gustan los deportes —comenta Austin cuando encestamos, lo que nos da una ventaja de dos puntos. El partido está muy reñido desde que llegamos a la mitad, y la emoción se respira en el ambiente.

Hasta Melanie Anderson se las arregló para encestar un tiro libre.

El entrenador Gleason pide un tiempo muerto, Austin y yo saltamos a la cancha para repartir botellas de Gatorade, que nos quitan de las manos en un abrir y cerrar de ojos. Que no haya suplentes, que la rivalidad contra Grand Hudek sea feroz y las esperanzas de clasificarnos bastan para que las cinco chicas que están jugando estén hechas polvo. Se les ve en la cara. Tienen las frentes sudadas, los rostros rojos, un aura de agotamiento. Hasta Nicole Plesac tiene pinta de haber sido arrollada por un autobús. La cinta que siempre lleva en la cabeza, que hoy es roja y verde porque aquí hasta los eventos deportivos son una oportunidad para lucir espíritu navideño, cuelga de un hilo.

—Solo quedan tres minutos de partido, señoritas —grita el entrenador, que está masticando ruidosamente un chicle de color rosa. Mira la puntuación de 47-45, iluminada en naranja—. Resistan como si su vida dependiera de ello y eviten que encesten durante tres minutos más.

Sin embargo, cuando Austin y yo aún no hemos terminado de recoger las botellas de Gatorade, el equipo de Grand Hudek encesta y volvemos a empatar.

Luego, Nicole falla una canasta de tres puntos y entonces ocurre lo impensable: Melanie Anderson corre para agarrar el balón y se tuerce el tobillo.

La multitud enmudece mientras ella se retuerce de dolor en el suelo y el entrenador sale corriendo a la duela con su segundo. Austin me sujeta del brazo mientras Nicole le ayuda a sentarse y Melanie se tapa la cara con las manos mientras le revisan el tobillo. La gente de detrás empieza a murmurar.

—Solo está haciendo teatro.

—¿Se lo rompió?

—Ya perdimos.

El entrenador se pone de pie mientras ayudan a Melanie a salir de la cancha. Se pasa los dedos por el pelo gris y luego se da la vuelta y me mira a los ojos.

Ay, no.

Viene hacia mí y mi pánico es tal que se me pone el estómago del revés.

—Ay, no, no, no…

—Caroline —me dice, como si estuviéramos en mitad de una guerra mundial—. Te necesitamos.

—¿Me necesitan para qué, exactamente? —pregunto con voz chillona mientras Nicole me pasa la camiseta sudada de Melanie. El segundo entrenador la ayuda a sentarse en la banca, vestida solo con la camiseta blanca de debajo—. Ni hablar.

—Como auxiliar, técnicamente estás en la plantilla —repone, arrodillándose delante de mí.

—Señor, llevo un vestido y unas Doc Martens.

Echa un vistazo primero a mi atuendo y luego al marcador.

—Por favor. Es un minuto de nada. Y ya está. Eres nuestra única esperanza, o tendremos que rendirnos contra nuestros mayores rivales. Cuando nos estamos jugando la clasificación.

Y, mientras busco un modo de negarme a eso, una voz resuena desde las gradas.

—¡Vamos, Beckett, vamos! —Seguida de unas palmadas rítmicas—. ¡Vamos, Beckett, vamos!

Me doy la vuelta y veo a Arden de pie, animándome sin vergüenza alguna. Un segundo después, Taylor se levanta de un salto y le hace un gesto a las demás porristas para que se unan a ella. A nuestro alrededor, más voces empiezan a unirse al cántico hasta que —oh, Dios mío—, todo el gimnasio corea lo mismo. El ruido es atronador, el suelo casi tiembla bajo nuestros pies.

Arden me sonríe, levanta las manos y las usa de bocina para corear una vez más.

Pero esta vez grita otra cosa:

—¡Hasta reventar!

Me quedo paralizada. Hacía cuatro años que no oía esa frase.

Se convirtió en nuestro «a que no te atreves», nuestro grito de batalla, después de que ella lo dijera una y otra vez una mañana de invierno cuando teníamos diez años, para convencer a Tom de que nos diera a cada una un plato con una torre de cinco hot cakes en lugar de dos. Tardamos siete horas y un bote entero de miel para terminárnoslos, pero lo conseguimos. Desde ese momento, empezamos a decirlo antes de cada travesura, de cada aventura navideña, de cada momento que nos asustara un mínimo.

Y lo odio, pero funciona, carajo. Antes de pensármelo dos veces, me estoy poniendo la camiseta empapada en sudor y unos tenis de basquetbol que aparecen en la banca por arte de magia, y la multitud cobra vida con un estallido de gritos y vítores.

—Quédate cerca de la número ocho cuando tengan el balón —me indica el entrenador señalando a una jugadora con el pelo rojo fuego que me saca una cabeza—. E intenta no caerte de boca.

—Gracias por los ánimos —contesto mientras corro hacia la cancha, arrepintiéndome ya.

—No es por ahí, Beckett —me corrige Nicole y me da la vuelta mientras el partido empieza de nuevo.

El corazón me martillea contra el pecho, pero intento seguir las instrucciones del entrenador. Por suerte, el reloj sigue avanzando mientras yo corro de un lado a otro, intentando no perder a la número ocho y evitar cualquier contacto con el balón.

Fallan una.

Fallamos una.

Seguimos empatados.

—Creo que esto es mi peor pesadilla —murmuro cuando la número ocho recibe un pase. En dos segundos, me da un codazo para quitarme del medio y lanza el balón por encima de mí hacia la canasta, dándole dos puntos de ventaja a Grand Hudek.

Nicole cruza la pista con el balón y yo corro para ir por delante de ella. Mientras tanto, el público empieza la cuenta atrás.

—Diez, nueve, ocho…

La chica que la cubre le bloquea el paso a media cancha, moviendo los brazos con violencia. Nicole busca con la mirada a las demás jugadoras de nuestro equipo, pero todas están atrapadas.

Y entonces veo que se vuelve hacia mí con una mueca.

Ay, no.

Me lanza el balón y, milagrosamente, logro atraparlo, pero entonces me quedo paralizada justo detrás de la línea de los tres puntos. Y, como si el momento no fuera lo bastante disparatado, mi primer instinto es volverme hacia las gradas y buscar a Arden con la mirada. Está de pie, señalando la canasta y gritando:

—¡Tira! ¡Tira!

Así que cierro los ojos, lo que supongo que no es muy recomendable, y lanzo la pelota por los aires justo cuando suena el silbato.

Se hace un silencio sepulcral. Abro un ojo y veo que el balón está girando y girando en el aro de la canasta, y que todas las jugadoras lo miran con la boca abierta excepto la número ocho, que está intentando sacarlo de un manotazo, pero no llega.

El gimnasio entero guarda silencio durante lo que me parecen diez segundos. Todo el mundo observa. Nadie dice absolutamente nada.

Y entonces…

Entra.

12

ARDEN

Día dos

Demonios.

¡Demonios!

A pesar de que solo hace un par de horas que nos conocemos, Finn y yo gritamos y nos abrazamos mientras las gradas retumban bajo nuestros pies y el público se vuelve loco a nuestro alrededor. Hasta Maya, que sospecho que no es mi mayor fan, me agarra del brazo mientras nos abrimos paso a través del océano de gente para bajar a la cancha.

No puedo evitar sonreír cuando veo a Caroline, que todavía parece anonadada, pero entonces veo también a la chica que salió ayer con ella de la preparatoria. La tal Taylor. La coleta se le mueve a lado y lado cuando abraza a Caroline de un modo que me clava los pies al suelo y que provoca que una punzada de celos me atraviese el pecho.

No, no son celos. Debe de ser preocupación. Preocupación porque alguien lo vea y piense que hay algo entre ellas cuando se supone que debería estar conmigo.

Sin embargo, mientras observo cómo Taylor se aparta, todavía sonriéndole a Caroline como si le salieran rayos de sol del trasero, caigo en la cuenta de que he irrumpido en la vida de Caroline sin pensar siquiera en que podría estar pidiéndole que renunciara a algo. Tampoco me había parado a pensar en las experiencias que yo misma me he perdido durante los últimos cuatro años: ir a clase, tener un grupo de amigos, encestar la canasta ganadora en un partido importante, tal vez, incluso, salir con la capitana de las porristas. Pero esa es la vida de Caroline. Su vida real.

Y yo no formo parte de ella. Como siempre, no soy más que una actriz representando otro papel, y esta vez es uno secundario con fecha de caducidad. Así que lo que me estoy jugando yo no importa; no tengo derecho a enloquecer ni a sentir nada ni remotamente parecido a los celos cuando ni siquiera salimos juntas de verdad. Y aún menos cuando es posible que haya puesto su mundo al revés.

Mientras estudio su rostro, veo que, mientras hablan, las comisuras de la boca se le curvan hacia arriba, y no puedo evitar sentir que estoy a punto de meterme donde no me llaman. Aparto la vista y, cuando estoy a un segundo de dar media vuelta, una mano se posa en la parte baja de mi espalda y me empuja hacia delante, casi haciéndome chocar con ellas.

—Eh… —Levanto una mano—. Hola.

—Ah, hola, Arden. —Taylor se aparta de Caroline y me mira con amabilidad en los ojos azules—. Tu novia lo hizo genial, ¿verdad? —dice, y luego le guiña un ojo a Caroline, como si compartieran un secreto. «Se lo habrá…?».

—Sí, genial —respondo pasándome los dedos por el pelo mientras le echo un vistazo rápido a Caroline, pero luce una expresión imperturbable—. Felicidades por la victoria. Nunca había visto a nadie encestar con los ojos cerrados.

Se le dibuja una sonrisa.

—¡Me dijiste que tirara!

—Ya, bueno, pero no así —contesto mientras Austin, Maya y Finn nos rodean.

Y, aunque me siento culpable otra vez, doy un paso hacia Caroline y la tomo de la mano. Para mi sorpresa, no se aparta. Noto una oleada de alivio, como si eso fuera alguna clase de confirmación de que Taylor no le gusta tanto.

Nos miramos a los ojos mientras entrelazamos los dedos y doy gracias porque no pueda ver cómo me sonrojo por debajo de la pintura facial.

Pero enseguida me odio a mí misma por imaginar siquiera que tengo derecho a sentir alivio.

Ella es la primera en interrumpir el contacto visual. Me vuelvo para ver adónde mira.

Oh…

Me pongo seria de repente.

—Chicos, esto… —me interrumpo al ver que los demás también miran en la misma dirección y ven que se acerca toda una manada de estudiantes de los grados inferiores con los celulares en la mano. Y algo me dice que no vienen a hacerse una *selfie* con la jugadora estrella de Barnwich.

—Mierda. Síganme —dice Austin, y nos guía a toda prisa hacia la salida del gimnasio más cercana, que da a la preparatoria—. ¡Un poco más rápido! —lo oigo gritar. Me vuelvo y veo un torrente de chicos abriéndose paso entre la multitud como zombis en una serie de televisión.

Cruzamos las puertas a toda prisa y nos echamos a correr por el pasillo. Debemos de parecer una versión falsa del Club de los Cinco.

Maya, con su atuendo negro de pies a cabeza y la llamativa raya de los ojos.

Taylor, con su uniforme de porrista.

Austin, con la camiseta de su banda y los anillos.

Finn, sin camiseta y pintado con los colores de la prepa.

Caroline, con una camiseta de basquetbol encima de un vestido y unas Doc Martens.

Y yo…, la estrella de Hollywood que no pinta nada aquí.

—¡Por aquí! ¡Por aquí! —grita Finn cuando encuentra un aula abierta.

Todos entramos tras él y, en cuanto cierra la puerta, nos pegamos a la pared de delante, donde no pueden vernos, y esperamos a oír los sonidos de los pisotones que nos persiguen por el pasillo.

—Sabemos que están ahí. ¡Los vimos! —exclama una chica mientras aprieta la cara contra la ventanilla alargada de la puerta, tapándonos la luz. Nos quedamos callados como muertos, sin atrevernos a girar la cabeza hacia la izquierda o la derecha. Sé que si ahora mismo hago contacto visual con alguien, sea quien sea, todo habrá terminado. Un minuto después, otra cara se apretuja contra el cristal.

—Da igual. ¡De todos modos, te ves más buena en la tele! —grita un chico, cuyo tono de voz anuncia que todavía no ha alcanzado la pubertad. Caroline se queda boquiabierta, incrédula, y su indignación contra el niño prepúber me resulta tan graciosa que suelto una carcajada a pesar de mis intentos por contenerla. Ella alarga una mano para taparme la boca hasta que los pasos se alejen lo suficiente, pero es demasiado tarde. La presa se ha abierto. En cuanto me la quita, estallo en carcajadas, y pronto se me unen los demás.

—Dios mío… Justo cuando pensaba que los de primero no podían ser peores —dice Taylor, mientras recupera el resuello con las manos apoyadas en las rodillas—. Qué vida más rara tienes, Arden.

—¿Verdad? —dice Caroline llevándose una mano a la barriga.

—¿Te pasa esto a menudo? —pregunta Austin.

—Bueno… bastante. Sí. —Me recojo el pelo en un chongo para apartármelo del cuello sudado—. Pero tengo que admitir que nunca me había divertido tanto huyendo de ellos.

Normalmente me limito a esconderme en algún cuarto, donde encuentre.

—Uf, tanto correr me ha dado hambre. Voy a buscar los hot dogs del puesto de la señora M. antes de que los tiren —anuncia Finn, ya con la mano en el pomo de la puerta—. ¿Alguien quiere? Quizá puedo intentar traer un par.

—Un momento… ¿Te los va a dar así, por las buenas? —pregunto con una ceja enarcada.

Finn me dedica una sonrisa ladina teatral y exagerada.

—No eres la única que sabe sacar provecho de su belleza.

—Ya veo. —Me río.

—Voy contigo —dice Austin tomándole la mano—. Y si alguna de ustedes quiere un hot dog, les sugiero que hagan lo mismo, porque hay cero probabilidades de que lleguen vivos hasta aquí.

Me impulso para sentarme en una mesa mientras Maya y Taylor hacen ademán de seguirlos.

—¿Quieres venir? —le pregunta esta última a Caroline, rozándole la cadera con una suavidad que hace que se me pongan los pelos de punta.

—Creo que me voy a quedar. Pero guárdame uno con cátsup —contesta Caroline con una sonrisa sincera.

—Lo protegeré de Finn con mi vida —le promete Taylor, poniéndose una mano sobre el corazón con gesto dramático.

La miro mientras se marcha. Odio comprender lo que Caroline ve en ella. Es dulce, divertida… Y físicamente estaría cerca del diez hasta en Los Ángeles. Y, sobre todo, está aquí, en Barnwich.

—¡Un millón de hot dogs con cátsup para la estrella del equipo! —la oigo gritarle a Finn mientras la puerta se cierra tras ellos. Caroline y yo nos quedamos a solas y en silencio.

—Así que Taylor… —le digo balanceando las piernas.

—¿Qué pasa con ella? —contesta mirándome.

Me río porque es obvio.

—Es guapa. Y está claro que le gustas.

—Arden…

—¿Y a ti te…?

—¿Y qué si me gusta? ¿A ti qué más te da? —me interrumpe.

—Puede que me sienta culpable —contesto, y dejo de balancear las piernas de forma rítmica—. Por haber llegado y arruinar tu vida sentimental.

—No lo has hecho. Lo sabe todo. Y cuando todo esto termine y tú y yo rompamos, Taylor y yo retomaremos las cosas donde las dejamos —replica.

Quiero preguntarle exactamente dónde las dejaron, pero no lo hago.

—¿Lo sabe todo? Caroline… ¿A cuánta gente se lo has contado?

Se encoge de hombros como si nada.

—Taylor, Maya, Austin, Fi…

—O sea que a todo el mundo —la interrumpo, poniendo la cabeza entre las manos.

—Arden, son mis mejores amigos. No les pienso mentir.

Respiro hondo y exhalo poco a poco, intentando ignorar que estoy un poco molesta. Okey, tampoco es que importe mucho que cuatro personas que no tienen nada que ver conmigo sepan la verdad. Y si Caroline confía en que guarden el secreto, supongo que yo también puedo.

—Está bien —le digo—. Y que conste que… Taylor me cae bien —añado, por si acaso mi opinión tiene alguna importancia para ella. Sin embargo, antes de que le dé tiempo a responder, los demás vuelven con hot dogs suficientes para alimentar a una familia de diez personas.

Nos sentamos a las mesas para comer lo que Finn no engulle en un santiamén y charlamos sobre las cosas de las que deben de hablar los estudiantes normales del último año de prepa. Mejor dicho, ellos hablan y yo me limito a escuchar, porque no sé muy bien qué podría aportar yo al tema de los exámenes, los padres y las solicitudes para la universidad.

—¿Vas a venir a tirarte en trineo con nosotros esta semana? —me pregunta Taylor—. Iremos el martes, cuando empiezan las vacaciones.

—Eh... Sí —contesto, atónita porque me haya invitado. Me sorprende que sea tan linda con la chica que va a salir con su posible novia durante las vacaciones—. Suena divertido. No me tiro en trineo desde... —me interrumpo al ver que Caroline me mira—. Bueno, desde hace mucho tiempo.

—En fin, ahora debería estar despejado. Mejor que nos vayamos antes de que nos dejen encerrados en la prepa —anuncia Maya tirando su servilleta a la basura.

—Maya, Levi me quitó el coche y me trajo porque el suyo está en el taller. ¿Te importa llevarme a casa? —pregunta Caroline, pero esta niega con la cabeza.

—Uf, lo haría, pero tengo que ir a buscar a mi hermana a un concurso de casitas de jengibre en la panadería de Clara. Igual puede llevarte Taylor.

Lo dice mirándome a los ojos, y veo que Taylor empieza a asentir.

—Yo te llevo —suelto sin lograr contenerme. Todo el mundo se vuelve para mirarme.

Los ojos de Caroline oscilan entre Taylor y yo, y al final se encoge de hombros.

—Mi casa está de camino a la de Arden. —Por alguna estúpida razón, me siento como si hubiera ganado algo.

Mientras nos despedimos, Austin me da un abrazo y me retiene un segundo de más para susurrarme al oído:

—¿Seguro que todo esto es falso, Arden James? Te pusiste como un tomate cuando le diste la mano.

Me sobresalto, pero cuando me aparto y lo miro, lo disimulo. Me río como si nada.

—Sí, claro. Llevo toda la cara pintada.

—Pero las orejas no —contesta con una sonrisa traviesa mientras se toca la suya.

Me saco las llaves del bolsillo y lo ignoro, aunque estoy segura de que se me han vuelto a poner rojas.

Salimos al estacionamiento y nos separamos al llegar a los coches. Caroline está temblando. Arranco el motor del Volvo y pongo la calefacción al máximo.

Cuando empiezo a conducir, Caroline saca su libreta y la abre.

—¿Toca pregunta?

Ella asiente y toma un bolígrafo del compartimento del medio.

—¿Cómo te sentiste al asistir a un partido de basquetbol de preparatoria, teniendo en cuenta que no has podido vivir esta experiencia antes?

Tamborileo sobre el volante, ansiosa. Caroline ha dado en el clavo. Llevo toda la noche pensando en eso. De repente, recuerdo por qué siempre revisan las preguntas de las entrevistas que me hacen y vetan las preguntas personales mucho antes de que me pongan el micrófono. Porque no soporto la idea de que todo el mundo lo sepa todo sobre mí. Sin embargo, para mi sorpresa, esta vez no me molesta tanto como de costumbre. Aunque mi respuesta se hará pública en Navidad, ahora mismo quien me lo está preguntando es Caroline.

Exhalo poco a poco, reflexionando sobre cómo expresarlo con palabras.

—Fue raro. Surrealista. Sentarme en las gradas con un grupo de personas que podrían haber sido amigas mías, en la preparatoria a la que habría asistido y animar al equipo al que habría animado, o quizá en el que habría jugado. Como no he ido a la prepa y solo he tenido profesores particulares en los rodajes, supongo que no sabía lo que me estaba perdiendo. Los últimos cuatro años han sido una locura, he estado muy ocupada, y he tenido tanta suerte que me dije que no podía echar de menos lo que podría haber tenido. Lo que tienes tú.

—A juzgar por tu estilo de vida en Los Ángeles, no me parece muy convincente que estés remotamente interesada en llevar una vida normal —repone, como si lo supiera todo sobre mi vida. Y esta vez, en lugar de culpa, lo que siento es una punzada de frustración.

—No es mi estilo de vida, Caroline —contesto—. Bueno, en cualquier caso, se suponía que no tenía que serlo. Empezó solo para llamar más la atención, conseguir papeles mejores y lo que quisiera en esa ciudad. Y luego, bueno... —Levanta la vista al oírme con una chispa de interés en la mirada. Centro mi atención en la carretera que tengo delante. No tengo ganas de profundizar más—. No tiene importancia. Pero la verdad es que después de esta noche... sí que me pregunto cómo habría sido mi vida con un poco de normalidad. Con exámenes de matemáticas y el baile de fin de curso, mejores amigos con los que comer hot dogs y luego reírte hasta que te duela la barriga. Y con porristas enamoradas de ti. —Me dirige una mirada penetrante mientras escribe y le sonrío—. No incluyas eso último, claro, pero la verdad es que me da envidia. Te envidio en varios aspectos, Caroline. No sabía cuánto hasta que volví.

—Pero hablas como si te lo hubiera arrebatado. ¡Podrías haber tenido todo esto! —exclama exasperada—. La normalidad. La experiencia genérica de la preparatoria. Todo.

—¿Y no cumplir mi sueño?

—¿Quién dice que tenía que ser todo o nada, Arden? Yo seguía aquí. Edie seguía aquí. Tenías gente que te quería, que te apoyaba, que te podría haber dado un poco de normalidad siempre que hubieras querido.

Se calla, y es entonces cuando me doy cuenta. «Que te quería. Que te apoyaba. En pasado».

Al ver que no contesto, añade:

—¿Han valido la pena todos los sacrificios que has tenido que hacer?

La miro el tiempo exacto para ver que su rostro está formado por sombras y oscuridad. Luego me vuelvo hacia la carretera, para que me resulte más fácil contestarle.

—No todos —admito en voz baja.

Caroline asiente y se guarda la libretita sin mediar palabra. Guardamos silencio durante el resto del trayecto, hasta que detengo el coche frente a su casa.

—Gracias por traerme. Nos vemos mañana, ¿no?

—Nos vemos mañana.

Abre la puerta del copiloto y la observo recorrer el camino hacia su puerta. Cuando ya casi ha llegado, me quito el cinturón y asomo la cabeza por la ventanilla.

—¡Oye! —le grito. Se vuelve para mirarme con las cejas enarcadas, expectante—. Felicidades por la victoria, LeBron.

Se le dibuja una sonrisa en la cara antes de darse la vuelta y entrar en su casa. Vuelvo a mi asiento justo cuando cierra la puerta.

Durante el trayecto hacia casa, sus preguntas me dan vueltas en la cabeza, y sus amigos, y su mano en la mía, en la cancha. Se suponía que este reportaje tenía que enseñarle al mundo que soy una chica de pueblo, pero, si ni siquiera consigo que Caroline se lo crea, ¿cómo voy a convencer a nadie?

Me quedan diez días.

Diez citas para demostrárselo.

13

CAROLINE

Día tres

No he sabido nada de Arden en toda la mañana. Me paso todo mi turno en el restaurante mirando a la puerta o a mi celular cada dos por tres, aunque hay mucha más gente que de costumbre.

Quizá sea por culpa del grupito de adolescentes de la mesa de la esquina, que llevan aquí instaladas toda la mañana, pero no logro quitármela de la cabeza. Llegaron en un coche con placa de Nueva York y una de ellas lleva una camiseta de *Blues en septiembre.* Por no hablar de que cada vez que paso por su lado sueltan una risita, con las cabezas muy juntas, lo que me resulta un poco desconcertante.

Me siento un poco dividida cuando pienso que lo lleno que está el restaurante y el club de fans de Arden de la esquina están resultando ser buenos para el negocio. Sí, sabía que todo se iba a hacer más público… pero supongo que no esperaba tantos visitantes tan pronto.

Más tarde, al final de mi turno, cuando las chicas me observan irme con las caras aplastadas contra el cristal y todavía sin rastro de Arden, no puedo evitar preguntarme qué las ha llevado exactamente a conducir hasta Barnwich.

Cuando llego a casa, me tiro en la cama e intento pensar en el inminente concurso de chocolate caliente de Austin, en qué comprarle a Riley para Navidad o a Levi para Janucá, en cualquier cosa menos en ella… Sin embargo, al final, la curiosidad puede conmigo.

Tomo el celular y abro Instagram. Dejo los pulgares suspendidos sobre la barra de búsqueda durante unos segundos, dubitativa. Cuando por fin me atrevo a escribir «Arden James» y aparece su perfil verificado en azul, contemplo con atención la foto diminuta de ella con lentes de sol y los labios pintados de rojo y un círculo de colores a su alrededor que me indica que hay varias historias sin ver esperando para sus 10.6 millones de seguidores.

No puedo resistirme. Necesito saber qué diablos hizo que esas chicas de la mesa de la esquina hayan venido hasta Barnwich, que está lejísimos de Nueva York.

Primero, hay un video de Finn sonriendo mientras le pinta la cara a Arden. Luego, una foto de ella con la pancarta que decía «Adelante, Caroline», seguida de una foto mía con el *zoom* saliendo a la cancha con la camiseta sudada de Melanie, a la que Arden se molestó en añadir un emoji con los ojos en forma de corazón.

Frunzo el ceño. Odio que esté tan comprometida con este papel. Si no supiera la verdad, yo misma me lo creería. Una chica de pueblo en un partido de basquetbol en su pueblo con su novia del mismo pueblo.

Yo.

Pongo los ojos en blanco al ver que la siguiente historia es de un plato de los hot cakes de Edie, amontonados en forma de torre y bien cargados de mantequilla y miel, seguidas de una foto con el grupo de chicas de la mesa de la esquina, porque, por supuesto, Arden decidió dejarse caer por ahí justo después de que yo me fuera.

Gimo y me acuesto boca arriba.

—Ya te vale, Caroline.

Estoy molesta conmigo misma porque me importe no haberme encontrado con ella en donde Edie. Estoy molesta solo por pensar en ella.

Salgo de Instagram para escribirles a Austin y Maya, para ver si quieren que nos veamos más tarde en el Barnwich Café, pero me llega un mensaje antes de que me dé tiempo a hacerlo.

Voy a buscarte a casa a las 17:50.

Abrígate.

Es muy propio de Arden que me escriba justo cuando estoy a punto de rendirme. Pienso en contestarle que ya tengo planes, que no estaba esperando como una tonta a que me escribiera, pero me estoy jugando la admisión en la universidad de Columbia. Me guste o no, yo también necesito este artículo, así que le respondo con el emoji del pulgar hacia arriba y luego tiro el teléfono en la cama, decidida a no mirar nada relacionado con «Arden James» en las dos horas que faltan hasta que llegue.

Me ducho y me siento en mi escritorio con una taza de té para estudiar para mi último examen final, que es mañana. Por suerte, es de cálculo y a mi mente le cuesta mucho despistarse cuando necesita cada neurona que tiene para memorizar las fórmulas. Las mates nunca han sido mi fuerte.

Después de mi millonésimo bostezo y mi millonésimo intento de resolver un mismo problema, toco el celular y pongo unos ojos como platos al ver que ya son las 17:35.

—¡Mierda!

Me levanto del escritorio dando traspiés y tomo una camisa extragrande del armario antes de tropezarme con unos jeans. Corro al baño a maquillarme, ya que quién sabe qué tendrá planeado, y quién sabe cuánta gente verá lo que sea que vamos a hacer esta noche.

Riley asoma la cabeza desde su cuarto para ver a qué viene tanto ruido.

—¿Todo bien?

—Arden viene a buscarme a las 17:50 y se me ha venido el tiempo encima.

Se apoya en la puerta del baño y se cruza de brazos.

—Llevas los calcetines desparejados.

Bajo la vista mientras me aplico la máscara de pestañas y veo que llevo un calcetín corto de flores y uno largo blanco. Gimo, termino de ponerme el rímel a toda prisa y vuelvo a mi cuarto a buscar el segundo calcetín largo blanco. Por suerte, el timbre no suena hasta las seis en punto.

Bajo las escaleras mientras me termino de subir el calcetín por la pierna. Hago una pausa en la entrada, pongo la mano en el pomo de la puerta y respiro hondo para recuperar la compostura. Quiero que parezca que ya estaba lista.

—Dijiste a las cinco… —empiezo a decir al abrir la puerta, pero me detengo al ver a Edie con un grupo de ancianas, todas ellas clientas habituales del restaurante: Shirley, Ruth, Clara y Josephine. Las cinco empiezan a cantar al unísono su versión de «Feliz Navidad», acompañadas por Ruth, que está totalmente entregada con el cencerro.

Me pongo el abrigo justo cuando la cabeza de Arden asoma desde atrás con una sonrisa malévola.

—¡Un momento! —exclama Shirley a media canción. El coro de voces estridentes se apaga—. Cariño, no vas lo bastante abrigada.

Las cinco entran en casa a la vez y Riley observa muy divertida desde el final de la escalera cómo me envuelven con más bufandas, me encasquetan un gorro de lana y unas manoplas que parecen hacer emerger de la nada.

Por fin se echan un poco atrás y asienten, satisfechas.

—Ya estás lista —anuncia Josephine, y apenas me da tiempo a meter los pies en unas botas antes de que me saquen de casa, al exterior nevado.

—Toma, para tu amiguita —le dice Clara a Arden, robándole un par de calentadores del bolsillo para que me los dé.

—¡Siempre supe que ustedes dos terminarían juntas! —exclama Ruth luego, provocando un coro de risitas de las demás señoras. Arden se pone como un tomate. Edie es la única que se vuelve y le dirige una mirada cómplice.

Mientras tanto, lucho contra el impulso de arrebatarle el cencerro a Ruth y atizarle a Arden con él.

Por suerte para ella, me parece que con el castañeteo de dientes por haber perdido los calentadores y su delicado cuerpecito de Los Ángeles temblando de frío como una hoja ya tiene suficiente castigo.

—Les dije que eres una soprano estupenda —dice Arden tendiéndome unos cascabeles. Los tomo, pero le lanzo una mirada asesina.

—Y a mí me dijiste que llegarías al diez para las seis. Me pasé quince minutos esperándote.

—Te dije al diez para las seis en lugar de a las seis porque sé que siempre llegas tarde. ¿O querías enseñarme que no sabes cómo abotonarte la camisa?

Bajo la vista y me doy cuenta de que me abroché mal los últimos botones.

Mierda.

Me los arreglo mientras la fulmino con la mirada, pero ella se limita a darme un suave codazo.

—Vamos, Caroline. —Menea sus cascabeles con una sonrisa—. Es hora de contagiarle a los demás nuestra alegría navideña.

Cantar villancicos no es nada raro en Barnwich, sobre todo en los días previos a Navidad. Desde el uno de diciembre hasta el gran día, si asomas la cabeza a la calle por la noche, casi siempre se oye a gente cantando a lo lejos, en algún lugar del pueblo.

Dicho esto, no es cierto que yo sea una soprano estupenda, así que nunca lo he hecho. Lo que es más, nunca lo hemos hecho. Arden y yo, quiero decir. Aunque quizá sea mejor así, para que no sea algo contaminado ni manchado por lo que solía ser. Como el baile del otro día.

Sin embargo, mientras camino a su lado por las mismas calles nevadas de Barnwich por las que hemos paseado cientos de veces, me cuesta no sentir esa vieja punzada de melancolía, la que no ha hecho sino empeorar desde que el pueblo empezó a ir de capa caída. Desde que…

Miro a Arden de reojo. Desde que ella se marchó. Odio admitirlo. Y siento todavía más melancolía por el hecho de que hayamos llegado a esto. A ser dos desconocidas fingiendo algo que no es.

Mientras subimos los escalones de entrada de la casa de mi vecino, me siento tentada de dar media vuelta y volver a mi habitación calientita. Desde aquí, se ve el resplandor de la luz del escritorio a través de la ventana y me parece que después de mi participación en el partido de basquetbol de anoche no soy capaz de soportar una actuación más. Pero entonces Edie se vuelve y le dice «Navidad, dulce Navidad» al grupo por lo bajo con tanta intensidad que me quedo clavada en el suelo hasta que la puerta se abre, revelando al señor y la señora McHugh.

Edie y sus amigas se arrancan a cantar, empezando todas en momentos distintos, antes de encontrarse en el verso «hay que festejar».

Yo voy cantando por lo bajo, casa tras casa, y al cabo de un rato mi melancolía se ha disipado lo suficiente como para empezar a comprender por qué la gente canta tantos villancicos por estos lares. El simpático desorden de las canciones, la alegría de la gente que está en sus casas cuando abre la puerta, que siempre nos ofrezcan galletas y chocolate caliente y que todo el mundo se ría mientras nos vamos calle abajo…

Es tan… Barnwich. Con lo bueno y con lo malo. Alegre y agridulce. La chica responsable de gran parte de lo que me ha llevado a sentir amargura por estas fechas está a mi lado y, en fin, la otra parte siempre está en lo más profundo de mi pecho. Consiste en ser medio judía en un pueblo como este, en el que hay tanta Navidad que no parece haber sitio para esta otra parte de mí.

La siento ahora, mientras estoy en las escaleras de la casa de los Bernstein. El doctor Bernstein me dedica una sonrisa triste por encima de la cabeza de su hija antes de que esta cierre la puerta y, mientras seguimos calle abajo, me descubro deseando ser capaz de encontrar el modo de que ellos también se sintieran vistos, de compartir y propagar la alegría que siento con mi familia en Janucá con todos mis vecinos, igual que se comparte cuando se canta sobre un reno con una nariz roja y brillante.

Arden choca suavemente su brazo con el mío mientras cantamos en el porche de la quinta casa, interrumpiendo mis pensamientos, como si supiera que están yendo por derroteros poco agradables. En un acto reflejo, casi le sonrío. Sin embargo, cuando levanto la vista, me percato de algo.

¡No está cantando! Solo mueve los labios.

—¡Increíble! —exclamo, dándole un golpe con los cascabeles mientras bajamos las escaleras.

—¿Qué pasa? —pregunta Josephine.

—¡Arden no está cantando!

Arden se echa a reír y se frota los brazos mientras las ancianas la rodean y la empujan calle abajo, hacia la siguiente casa. Yo las sigo trotando para no quedarme atrás.

—¡Pues ahora te va a tocar un solo!

—¡«Noche de paz»! ¡Desde el principio!

—¡Un dueto! —repone Arden a toda prisa, tomando a Edie del brazo justo cuando se abre la puerta. Cuando Edie le dedica una sonrisa de oreja a oreja, a Arden se le ilumina la cara con una sonrisa genuinamente suya, una sonrisa que nadie más que Edie podría sacarle.

Ambas empiezan a cantar y, por primera vez en toda la noche, siento que, poco a poco pero de forma inexorable, empiezo a dejarme llevar. Al ver a las dos juntas y felices después de todos estos años, es casi inevitable.

Y aunque ninguna de sus voces es especialmente bonita, Margo, la porrista de quince años que nos ha abierto la puerta se ha quedado anonadada al ver a Arden como para que le importe. Saca su celular para grabarlas con los ojos azules y brillantes, y siento que el momento se desinfla como un globo.

Recuerdo a las chicas que fueron hoy al restaurante buscando a Arden y a los de primero que nos perseguían anoche y, cuando vuelvo a mirar al rostro de Arden, no me extraña ver que ese destello de la chica que conocía ha desaparecido, y que ahora luce una sonrisa que no se le refleja en los ojos. Sin embargo, en su expresión hay algo que me resulta lo bastante familiar como para saber que este escrutinio constante le molesta.

Y eso me sorprende. Sale tanto en la prensa sensacionalista que había dado por hecho que le gustaba recibir esa atención.

Pero ahora, al mirar a la chica que tengo delante, me doy cuenta de que eso no podría ser menos cierto. Simplemente, tiene que quedarse ahí plantada y dejar que ocurra, como si fuera un escarabajo en un microscopio.

De repente, me invade el impulso de protegerla, lo que me toma totalmente desprevenida. Quiero alargar una mano y apartar el celular de Margo, pero me contengo. Cuando la canción termina, Arden se hace cargo de la situación ella misma y con mucha más facilidad y elegancia de lo que lo habría hecho yo.

—Oye, si me prometes no publicar eso, me tomo una foto contigo.

Margo asiente con entusiasmo. Edie agarra el celular y le toma un par de fotos antes de que sigamos nuestro camino.

—Jesús —dice Clara negando con la cabeza y moviendo la media melena blanca al compás del movimiento—. En mis tiempos, las actrices sabían cantar.

—¿Te acuerdas de Judy Garland? —dice Ruth—. ¡Eso sí que era talento!

Las señoras asienten a la vez y empiezan a molestar a Arden, diciéndole que si hubiera sido Judy quien cantara villancicos con ellas les habría salido mucho mejor.

—Mira que eres chismosa —me dice Arden fulminándome con la mirada, pero con poco entusiasmo, mientras caminamos la una al lado de otra por detrás de las señoras.

—Cuánta hostilidad —contesto, y me llevo una mano congelada al pecho—. Judy jamás me habría dicho tal cosa. —Arden sonríe y le tiendo uno de los calentadores a medio usar como ofrenda de paz—. De todos modos, ¿por qué no cantabas?

Toma el calentador y lo hace rodar entre las puntas heladas de sus dedos para ganar tiempo.

—Es ridículo… —murmura al fin, pero mi instinto de periodista se ha despertado de golpe, así que le insisto:

—Vamos… ¿Por qué?

—Es que… Digamos que esa chica publica el video, ¿okey? No solo la prensa sensacionalista y las redes sociales lo convertirían en un millón de cosas que no es, sino que podría tener un impacto en mi imagen. En cómo me ven en la industria. Un momento insignificante como este podría cambiar mi carrera. ¡Podría cambiar mi vida! —Se ríe—. Parece absurdo, pero después de haber pasado los últimos años fingiendo ser… —Se interrumpe y luego se señala. Recuerdo lo que me dijo anoche en el coche, pero ella decide no profundizar más en ello—. Bastaría con que lo viera cualquier productor de Hollywood para que nunca me ofreciera un papel en la próxima *Moulin Rouge!* o *Mamma Mia!*

—Bueno… En cualquier caso, creo que sería lo mejor —repongo.

Ella se echa a reír, pero entramos en otra casa antes de que pueda seguir haciéndole preguntas.

Supongo que es una noche un poco rara para las dos.

—¿Sabes qué? —dice Arden dándome un golpecito en el brazo mientras miramos cómo las señoras van riéndose hacia la puerta principal. Ruth está demasiado risueña para volver a darlo todo con el cencerro—. Igual deberíamos… lanzarnos.

—¿Lanzarnos?

—Sí, mira cuánto se están divirtiendo —dice señalando al grupo, y sus pensamientos son un reflejo de los míos—. Igual podemos divertirnos tanto como ellas si… Si dejamos de rompernos la cabeza y nos lo permitimos.

Asiento al tiempo que se abre la puerta y no puedo evitar pensar en ella y Edie sonriéndose en la última casa. En lo que podría ser esta noche si me dejara llevar.

Arden se encoge de hombros mientras Clara, dándonos por perdidas, empieza a cantar «Los peces en el río».

—A la mierda —mascullo y me uno al coro a viva voz. Arden me lanza sus cascabeles con una carcajada y, para cuando cantamos «los angelitos cantando», ya siento que lo bueno empieza a pesar más que la melancolía.

Vamos a otra casa y luego a otra más, y poco después, la tarde no podría agriarse ni aunque Margo saliera de entre los arbustos con una cámara profesional. Con cada puerta que se abre, me descubro divirtiéndome de verdad. Me abandono a las canciones y a la alegría y a las galletas con trocitos de chocolate.

Pero lo mejor es ver lo feliz que está Edie. Cuando Arden le pasa un brazo sobre los hombros, saco mi celular para tomar una foto de las dos bajo las luces de las farolas.

Pero algo me detiene.

Por mucha frustración que sienta por su culpa, quiero que esta noche Arden se limite a estar aquí, a vivir el momento sin que una cámara se lo estropee.

Tras tres casas más y una mediocre «Hacia Belén va una burra», Ruth gruñe:

—No sé si mi maldita rodilla va a aguantar mucho más.

La alegría navideña desaparece tan rápido que cualquiera diría que a una de ellas la ha atropellado un reno. Las señoras hacen turnos para quejarse mientras caminamos calle abajo, en dirección a mi casa, dando por terminada la noche de ir por ahí cantando villancicos.

—¡Estoy hecha polvo!

—La artritis me está fastidiando…

—¿Alguien necesita una pastilla para la garganta?

Acepto una de las pastillas de Clara y, cuando me la meto en la boca, la cereza mentolada y el aire frío hacen que me lloren los ojos. Poco después, las mujeres se despiden de mí con abrazos antes de entrar en el Corvette rojo y descansar por fin. Sin embargo, Arden se queda atrás y señala mi casa con la cabeza.

—Te acompaño. —Mientras subimos los escalones, la miro de reojo. Odio lo guapa que se ve bajo la luz del porche, con la nariz sonrosada del frío—. Con «La Marimorena» te luciste —dice, y yo niego con la cabeza mientras ella se apoya en la viga del porche—. ¿No tienes una pregunta para mí?

Ah, sí. El artículo. No sé cómo sentirme al darme cuenta de que casi me había olvidado.

Meto la mano en el bolsillo de mi chamarra, saco la libretita y la abro. Echo un vistazo a la lista de preguntas hasta encontrar la que quiero hacerle esta noche. Recuerdo cuando me habló de fingir. Su lista de miedos por estar siendo siempre analizada, como debajo de un microscopio. Y que, incluso cuando está trabajando, graban cada uno de sus movimientos.

—¿Qué papel te dio más miedo interpretar?

Levanto la vista para mirarla, para ver sus ojos oscuros bajo la tenue luz, y me encuentro con la misma expresión que lucía cuando estábamos sentadas frente al árbol de Navidad y ella me miraba. Una expresión que conozco.

—¿Quieres saber la verdad? Este que me ofreció Bianchi. Me aterroriza. Quizá porque es mucho más real que nada que haya interpretado antes. —Exhala un largo suspiro—. Hubo un momento, al final de la prueba, en el que tenía que emocionarme. Y… —La veo negar con la cabeza—. Simplemente, no ocurría. No es algo que tenga que hacer en la mayoría de mis papeles. Bueno, el caso es que… pensé que la había cagado. Que todos los meses que había pasado preparándome, sola en mi habitación, habían sido en vano. Pero entonces pensé en Barnwich, en una imagen en concreto, en un momento concreto, y con eso…

Se calla y se pasa los dedos por el pelo, señal de que lo que está a punto de decir la pone nerviosa. De que, sea lo que sea, será puro, sin filtros, propio de Arden.

Y eso también me pone nerviosa a mí. Siento que se me para el corazón.

Sin embargo, vuelve a levantar la barrera, y tanto su vulnerabilidad como la Arden que conozco desaparecen cuando, con gesto indolente, se encoge de hombros.

—Y funcionó —dice.

—¿Cuál era ese momento? —insisto, pero niega con la cabeza—. ¿En serio? —Al ver que no va a ceder, pongo los ojos en blanco—. Arden…

—No es importante —me interrumpe con un gesto de frustración—. Lo que hace que este papel me dé tanto miedo, Caroline, es lo mucho que tengo que escarbar en las partes más reales de mí misma para que ese personaje también sea real.

¿Las partes más reales de sí misma?

No sé si debería reír o llorar. Si debería creerle o decirle que todo esto es una mentira.

Quiero sacarla de mi porche de un empujón, tirarla en la nieve. Quiero que derribe la maldita barrera, que sea auténtica conmigo, real.

Quiero no volver a verla nunca.

«Quiero… quiero recuperar a mi mejor amiga».

No puedo creer que ese pensamiento haya aflorado en mi mente.

Arden frunce el ceño apenas un segundo antes de continuar.

—Pero puede que si no soy capaz de hacer eso, si no soy capaz de conseguir este papel, mi sueño no valga la pena, después de todo.

Exhalo despacio y la miro. Cuando me pidió que escribiera el artículo y que me hiciera pasar por su novia, no me di cuenta de que este papel significaba para ella algo más que un cheque por una jugosa cantidad y más fama.

Ni de lo bonito y lo difícil que sería estar en un porche frente a ella y escuchar que Barnwich fue lo más real que tuvo una chica que se pasa toda su vida fingiendo.

—Te odio —le suelto con una carcajada patética.

—No es verdad.

Y no soporto que lo sepa. Que, a pesar de lo que me he contado a mí misma, jamás podría odiarla. Puede que odie partes de ella, puede que odie lo que hizo, pero jamás podría odiar a Arden.

Nos miramos a los ojos un largo momento sin mediar palabra.

Y justo cuando estoy a punto de claudicar, nos interrumpe un bocinazo. Las dos damos un brinco y nos volvemos para ver las ventanillas del Corvette bajadas y un montón de cabezas asomadas.

—¡Cuando gustes, James! —grita Ruth mientras Shirley se carcajea a su lado—. ¡Estamos envejeciendo por momentos!

—¡Deja de ligar y vámonos! —exclama Clara.

Arden se ríe como si nada y les hace un gesto.

—Buenas noches, Caroline —dice, tirándome con suavidad del extremo de una de las bufandas antes de bajar los escalones.

—¿Qué momento era? —le pregunto otra vez, y ella se para en seco. Exhala con fuerza, veo la nubecilla de vaho.

—Pensé en el día que me marché —admite mientras se vuelve para mirarme. Luego sube en la parte trasera del coche.

Hay demasiado que decir, así que no digo nada. Me limito a mirarla desde el porche hasta que el coche desaparece en la distancia.

14

ARDEN

Día cuatro

—Por el amor de Dios —gimo, mientras intento con todas mis fuerzas empujar el carrito del supermercado hacia el Volvo mientras mi abu comprueba por enésima vez que no hayamos olvidado ninguno de los artículos de su lista.

—Uf, para ya de quejarte.

Abre la cajuela y veo lo mucho que le cuesta levantar un saco de veinte kilos de harina para meterlo.

—A ver, mejor evitemos las hernias en un lunes por la mañana, ¿de acuerdo? —le digo, antes de arrancarle el saco de las manos decididas y ponerlo al fondo de la cajuela.

—No seas ridícula —repone, más orgullosa que nunca.

—¿Haces esto tú sola cada semana? —pregunto con el ceño fruncido mientras la observo pelearse con el segundo saco de harina, solo para demostrarme que es capaz.

—Siempre lo he hecho y siempre lo haré.

—Seguro que Caroline o Harley podrían…

Hace un gesto de impaciencia con la mano.

—¿Vas a seguir parloteando o me vas a ayudar a vaciar el carro?

Cierro el pico y me pongo manos a la obra antes de que termine haciéndolo todo sola. Cuando por fin cierro la cajuela y empiezo a llevar el carrito a su sitio, me vibra el teléfono en el bolsillo de atrás.

—Hola, Lillian —la saludo cuando su rostro aparece en la pantalla, en su silla blanca y con un cuadro abstracto por encima del hombro.

—Vi unas fotos tuyas y de Caroline en mi *feed* —dice en lugar de saludar.

—Ah, ¿sí? —Me detengo en medio del estacionamiento—. ¿Y por qué pareces tan contrariada? ¿No era todo esto parte del plan? —Se me hace un poco extraño llamarlo así, aunque es exactamente lo que es.

—Bueno, es una foto de las dos en no sé qué evento deportivo. —Se vuelve hacia su laptop para mirarla otra vez—. ¿Qué demonios tienes en la car…? En fin. —Vuelve a aparecer en la pantalla, negando con la cabeza y subiéndose los gruesos lentes de pasta negros por el puente de la nariz—. No se les ve muy enamoradas.

Pongo los ojos en blanco y vuelvo a empujar el carrito, hasta que lo mando rebotando al sitio donde se devuelven.

—¿Lillian, puedes parar?

Salgo de la llamada y voy a Instagram para comprobar que el perfil de Caroline siga siendo privado y esté a salvo de ojos entrometidos y de los comentarios de los troles. «¿Aceptaría ahora mi solicitud de amistad?», me pregunto. Dejo el pulgar suspendido sobre el botón azul de seguir durante un par de segundos, antes de volver a FaceTime.

—Mira —dice Lillian cuando vuelvo a nuestra llamada—, lo único que pasa es que no quiero que esto te explote en la cara cuando Bianchi se dé cuenta de que todo es mentira. Eres actriz, Arden. Actúa.

—Ya lo capté, ¿okey, Lil? Gracias.

Cuelgo y suelto un largo suspiro antes de volver al coche, pateando un montón de nieve sucia por el camino. Miro hacia un lado y veo que un chico con una gorra de beisbol me está mirando fijamente, así que me subo la capucha antes de sentarme en el asiento del copiloto.

—¿Todo bien? —pregunta mi abuela.

Asiento y aprieto la frente contra el cristal frío de la ventanilla mientras ella sale del estacionamiento. En ese momento, Lillian me manda la publicación del partido de basquetbol del fin de semana pasado al que se refería. En la foto, le estoy dando la mano a Caroline, pero ambas estamos mirando hacia otro lado.

Aprieto el botón lateral del celular hasta que la pantalla se torna oscura. Si yo fuera Bianchi y viera eso, pensaría lo mismo que Lillian, pero me parece una mierda de todos modos. Aunque nuestra relación fuera real, ¿si no nos estuviéramos haciendo ojitos todo el rato significaría que no estamos juntas? ¿También tengo que actuar cada segundo de mi vida personal, por si acaso alguien me toma una foto? Sé que la respuesta es sí, y hace bastante tiempo que lo sé, así que no entiendo por qué de repente me molesta tanto. Ahora mismo, mi realidad es esta, por lo que si he de reconducir el plan para que el público pueda publicar fotos en las que Caroline y yo salgamos más acarameladas, eso es lo que haré. No he llegado tan lejos para permitir que unas cuantas fotos sosas e invasivas se interpongan entre la película de Bianchi y yo.

Es así de sencillo.

Miro a los ojos al tipo de la gorra de beisbol cuando mi abuela pasa por su lado y, por supuesto, me toma una foto. No estoy aquí para arreglar las cosas con Caroline, aunque me haga sentir bien que ya no me odie a muerte. Estoy aquí para fingir que salgo con Caroline. Y, como dijo Lillian, soy actriz. Tengo —tenemos— que hacer que sea creíble. Porque siempre hay alguien observándonos.

Recorremos el trayecto de treinta minutos hasta el restaurante en carreteras cubiertas de nieve, mientras los copos frescos aterrizan en el parabrisas más rápido de lo que este es capaz de limpiarlos. Estoy tan ensimismada en mis pensamientos que ni siquiera oigo a mi abuela, que está intentando hablarme, hasta que no estamos de vuelta en Barnwich.

—Porque el mes que viene me mudo a Florida —dice, y la miro con la mandíbula prácticamente en el suelo del coche. Ella echa la cabeza hacia atrás y se ríe—. Solo quería ver si me estabas escuchando. —Niego con la cabeza—. ¿Con qué te estás torturando, pequeña? —pregunta mientras baja el volumen de la radio, que reproduce éxitos navideños.

—Con todo. —Exhalo un fuerte suspiro. No sé ni por dónde empezar.

—¿Podrías concretar un poco? —pregunta al entrar en el estacionamiento del restaurante, pero no puedo más que encogerme de hombros—. ¿Tiene algo que ver con cierta mesera de pelo rubio cobrizo?

—No tengo ni idea, abu. Es solo que… —Recuerdo el día que llegué, decidida a pasarme estos doce días actuando. Estaba convencida de que, cuando todo terminara, podría irme a Los Ángeles y volver a olvidar los pedacitos de mi corazón que había dejado en Barnwich—. Es más complicado de lo que tenía previsto —admito al fin mientras mi abu pisa el freno un poco más bruscamente de la cuenta al llegar a la puerta trasera de la cocina. Me mira al tiempo que estaciona el coche.

—¿Pensabas que plantarte en casa de tu mejor amiga sin avisar y sin que te invitara después de no hablarle durante cuatro años y luego pedirle que fingiera ser tu novia iba a ser sencillo? ¿Que no te removería nada?

Me tapo los ojos y se me escapa una risita de entre los labios.

—Bueno, visto así…

—Arden, ¿por qué es todo esto tan importante para ti? ¿Por qué borraste a Caroline de tu vida?

Niego con la cabeza y suspiro de nuevo, exasperada. Ya sé, por su tono de voz, que le parece absurdo, pero está esperando una respuesta, así que pienso en qué fue lo que lo empezó todo.

—Al principio, mi representante, Lillian, pensó que lo mejor para mí sería cortar todo contacto con Caroline para concentrarme en el trabajo. Y, bueno… La verdad es que tenía razón. Si hubiera seguido en contacto con Caroline, me habría resultado mucho más difícil seguir en esto lo suficiente para llegar a donde estoy ahora. Esto es lo que siempre he querido. Es por lo que me he pasado los últimos cuatro años trabajando, aunque no siempre fuera consciente de ello, aunque haya perdido cosas por el camino… —le digo a mi abu—. Todo lo que merece la pena requiere de algún sacrificio —añado, recordando que Lillian me dijo eso mismo en mi primer rodaje, cuando me encontró llorando en mi remolque en el decimoquinto cumpleaños de Caroline.

—Arden, ya no eres una niña. Nadie puede obligarte a tomar esas decisiones. No tienes por qué vivir esta vida solo porque sea lo que querías cuando tenías catorce años.

—Son palabras muy sabias, abu, pero no pude seguir siendo una niña mucho tiempo —contesto.

—Tu madre y tu padre… Ellos no… —empieza a decir ella.

—Vamos. Se nos va a derretir el helado —la interrumpo mientras agarro la manija de la puerta. No necesito oír los patéticos intentos de mi abuela por defender a mis padres, como hacía siempre.

—Esto es importante —dice, pero yo tiro de la manija de todos modos y empiezo a salir—. ¡Siéntate ahora mismo, Arden! —me grita ella, algo que no ha hecho en todos los años que llevo en este mundo—. Ya sé que se te han subido los humos, pero sigo siendo tu abuela y cuando haya algo que quiera decirte, tendrás que escucharme. —La miro a los ojos; su pecho sube y baja con rapidez—. Por favor —añade con más amabilidad. Yo asiento, aunque noto que una oleada de ansiedad me aplasta el pecho cuando me vuelvo a sentar y cierro la puerta—. A tus padres nunca les gustó estar fijos en un sitio. Por eso, cuando surgió aquella oportunidad, pensé que así mejorarían las cosas y que lo mejor para ti era estar con ellos. Pero todo ocurrió muy rápido, y yo pensaba que vendrían a menudo. Así que... dejé que te llevaran. A seis mil kilómetros de aquí. De tu hogar. Lejos de mí. Y ha sido el peor error de mi vida.

—Abu... —empiezo a decir, perpleja. Quiero decirle que ella no tiene la culpa de nada, pero alza una mano para acallarme.

—Déjame terminar. —Se recoloca en su asiento para estar más de cara a mí—. Ojalá pudiera decir que no creía que tu madre te abandonaría del todo, pero creo que, en el fondo... sí, lo sabía. Simplemente, no quería asumir que había fracasado tanto al educarla. Arden, quiero decirte que... Siempre he querido decirte que... —Una especie de gimoteo se le escapa de los labios y, por primera vez en mucho tiempo, siento que estoy enojadísima con mis padres. La tomo de las manos y, trazando círculos con el pulgar, le acaricio la piel, delgada y curtida por todos los años pasados trabajando en una cocina. Tiene los ojos tan anegados en lágrimas que casi no se le distinguen las pupilas—. Lo siento mucho —termina, y le doy un abrazo tan fuerte que casi no puedo respirar.

—Te quiero, abu. Pero no eres tú la que tiene que disculparse. Estoy bien. Estaré bien —contesto, porque si yo fuera abuela, supongo que es lo que querría que me dijera ahora mismo mi nieta. Pasé tanto tiempo sin volver a casa porque tenía demasiado miedo de lo que pudiera pensar de mí, de lo que pudiera decirme, y lo único que ella quería era disculparse conmigo porque estaba cargando con una culpa que no le correspondía. Me siento aún peor que la noche que llegué por haber malgastado tanto el tiempo, por todo el dolor que he causado. Igual que mamá y papá.

Al final, nos soltamos y nos enderezamos en nuestros asientos, no sin enjugarnos un par de lágrimas. Cuando se recompone, decido hacerle la pregunta. La única que solo me doy permiso para plantearme cuando estoy sola en mi casa enorme y vacía, la razón por la que intento estar sola lo menos posible.

—Abu, ¿yo soy como ellos? ¿Como ella?

—No, cariño. —Niega con la cabeza con fervor—. Ella nunca pudo estar quieta. Nunca estaba contenta. Era como si siempre estuviera buscando algo, incluso cuando era pequeña. Y nunca parece encontrarlo. —Entorna los ojos, con la mirada perdida en el parabrisas.

—¿Crees que se me haya pegado algo de ella? —pregunto, y de nuevo sacude la cabeza mientras se le dibuja una dulce sonrisa.

—Algunas cosas, sí. La valentía. La ambición. Pero tú siempre has sido como un árbol, Arden. Echas raíces estés donde estés. Haces que se note tu presencia. —Me mira—. Callie es como la brisa, está aquí un minuto y al siguiente ya se ha marchado, tan rápido que ni siquiera puedes estar segura de que haya estado aquí. Pero ¿tú? Creo que vivir sin raíces te hace más daño del que demuestras. No tener un lugar fijo. Y sé muy bien que, cuando te vas, todos lo notamos.

Me miro a mí misma a los ojos en el reflejo del cristal y recuerdo centenares de momentos en la silla de maquillaje, frente a una persona que apenas conocía. Y ahora que vuelvo a estar en casa... No sé. Casi me siento como si la persona que veo en el reflejo fuera yo misma, en lugar de una desconocida.

—Ya me he dado cuenta de que este papel es especial para ti, de que es distinto a los demás. No espero que renuncies a tu sueño, ni querría que lo hicieras. Pero ahora tienes la oportunidad de hacer las cosas de otro modo. Tienes razón. Todo lo que vale la pena hacer requiere de sacrificios, pero tampoco debería arrebatártelo todo. —Recuerdo a mi yo de quince años hecha un ovillo en el suelo del remolque y entiendo perfectamente a qué se refiere mi abuela—. Vamos, cariño, mete ese helado en el congelador antes de que se convierta en un montón de basura —me pide, dándome un par de palmaditas en el muslo, y sale del coche.

Descargamos la compra juntas y la llevamos a la cocina y, durante todo ese tiempo, no paro de preguntarme por qué Lillian no me dejó tomarme ni un solo minuto para llamar a mi mejor amiga el día de su cumpleaños. Como si una sola llamada hubiera bastado para destruir toda mi carrera.

Justo cuando dejo el último saco de harina en el suelo, me vibra el celular, pero, por una vez, no es ella.

Hola, soy Austin. Hoy es el concurso de chocolate caliente a las 17:30 en el Barnwich Café. Va a ir todo el pueblo, así que si necesitabas ideas para tu cuarta «cita»... deberías venir :)

Ah, y con todo el pueblo quiero decir TODO el pueblo.

Se me hace la boca agua solo de pensar en pasarme una hora entera engullendo chocolate caliente, y creo que no me vendría mal pasar la noche con un grupo de gente.

Además... lo del chocolate caliente grita «cita navideña típica», y si todo el pueblo va a estar presente... podría ser la oportunidad perfecta para sacar algunas de esas fotos románticas que sé que necesito para conseguir este papel.

Cuando estoy a punto de decirle que sí, recibo otro mensaje: es una foto de Caroline con el pelo en un semirrecogido y la barbilla apoyada en la mano mientras escribe en su libreta, sin enterarse de nada.

Por cierto, tu chica se ve muy guapa hoy.

Le contesto que allí estaré y luego sonrío para mí misma y me guardo el celular para seguir ayudando a mi abuela a descargar. Austin no se equivoca. Puede que conseguir que esas fotos románticas parezcan creíbles sea más fácil de lo que pensaba.

15

CAROLINE

Día cuatro

Mientras recorremos la calle Mayor, camino del Barnwich Café, después de nuestro último examen final antes de las vacaciones, me siento como si me hubieran quitado un peso de encima. Cuando echo un vistazo a mi celular, Maya entrelaza su brazo con el mío para que no choque con nadie. Durante los últimos dos días se ve más gente por la calle, y me cuesta no admitir que Arden tenía razón. Su presencia y el flujo constante de historias de Instagram desde Barnwich están empezando a tener un efecto en el turismo, que aumenta poco a poco.

—¿Te ha escrito Arden? —pregunta Maya mientras me aparta del camino de un grupo de gente con patines de hielo que va hacia la pista del parque.

—No —responde Finn, mirando mi pantalla desde el otro lado, porque, al parecer, salir de mentira con Arden implica la pérdida absoluta de mi intimidad.

Lo fulmino con la mirada y me meto el celular en el bolsillo.

—Solo quiero asegurarme de que venga para poder escribir el artículo. Por Columbia.

—Ya —replica Maya.

—Lo digo en serio. Arden no podría importarme menos.

—Ya —repite Finn, y ambos intercambian una miradita.

—¿Tú no estabas de parte de Taylor? —le digo con los dientes apretados, y Maya gime.

—Sí, pero... —Frunce el ceño—. Uf. Es que Arden se pasó medio partido de basquetbol preguntándome por la escuela de arte y mirando fotos de mis últimos proyectos. Y no de esa manera falsa para complacer, estaba interesada de verdad. Y, por mucho que odie admitirlo... —Niega con la cabeza—. Se hace querer, ¿verdad?

—Sí, hasta que deja de hacerlo.

Mientras nos acercamos, atisbo a Arden apoyada despreocupadamente en un lado del Barnwich Café, con pinta de ser demasiado *cool* para este pueblo, con su chamarra de borrego y los lentes de sol colgando de la boca mientras escribe en su celular.

—¡Arden! —la llama Finn. Ella levanta la vista, sonríe y se guarda los lentes y el celular en el bolsillo.

Y cuando se aparta de la pared y su mirada se cruza con la mía, noto un cosquilleo en el corazón, como anoche, y sé que Maya y Finn tienen razón. Me estoy engañando.

—Hola —la saludo mientras sigo a los demás al interior del local e intento mantener ese cosquilleo bajo control. Ni que fuera la primera vez que veo una chica guapa. Dios.

Pero entonces me sujeta de la muñeca y me lleva hacia un lado, por el callejón, para que no nos oiga toda la gente que se dirige al concurso de chocolate caliente. Se vuelve para mirarme, no sin antes echar un vistazo detrás de mí para asegurarse de que esté todo despejado.

—Esta mañana me llamó mi representante y me dijo que tenemos que hacerlo un poco más... creíble.

—Yo también me alegro de verte. Estoy bien, gracias por preguntar.

—Caroline.

Me cruzo de brazos y la miro con el ceño fruncido.

—¿Más creíble? ¿Qué significa eso?

—No sé —contesta y suelta un suspiro—. Publicaron *online* un par de fotos del partido del basquetbol y no parece precisamente que estemos viviendo un romance épico. —Baja la voz y añade—: No quiero hacer nada con lo que no te sientas cómoda, pero podrías… No sé…

Sin dejar de mirarme a los ojos, da un paso el frente, acercándose lo suficiente para que le vea la pequeña cicatriz que tiene en la barbilla, la que se hizo cuando se cayó del manubrio de mi bici cuando teníamos diez años, lo suficiente para que me fije en cómo su pecho sube y baja, para que me roce la rodilla con la suya. Lo suficiente para que mi mirada se deslice, sin quererlo… hacia sus labios.

Alarga una mano y me acaricia el brazo con las puntas de los dedos hasta llegar a la palma de mi mano. Me quedo sin aliento.

—¿Puedes fingir que estás enamorada de mí?

Esa no es la parte difícil. Estuve enamorada de ella una vez. Lo que me da miedo es… desempolvar todas esas emociones enterradas, fingir que nunca han existido.

Actuar como si sentirlas ahora fuera puro teatro.

Sobre todo ahora que la tengo aquí, justo delante de mí, con pinta de estar a punto de besarme.

Un momento. ¿Va a besarme?

—Está bien. —Giro la cabeza para echar un vistazo al callejón, interrumpiendo el momento—. Pero nada de besos —le aclaro para recuperar un poco el control sobre mí misma. Puede que ya no odie a Arden, puede que incluso quiera sinceramente que consiga ese papel, pero eso no significa de ningún modo que confíe en ella. Y aún menos que vaya a enamorarme de ella otra vez.

—Nada de besos —accede, y asiente para mostrar su aprobación con tanta firmeza que me pregunto si la extrañeza de este momento me la he imaginado yo.

Entramos para unirnos al resto del grupo y la bocanada de dulzura cálida y chocolateada que nos golpea al cruzar la puerta me ayuda a recuperar la compostura. Este es uno de los acontecimientos de la temporada más típicos de Barnwich y, como no podía ser de otro modo, el local está abarrotado de gente que se pasea alrededor de los seis puestos que han preparado para los finalistas. Austin está al final del lado opuesto a nosotras, y remueve con el ceño fruncido unos vasitos diminutos de muestras para probar. Durante la ronda eliminatoria, todos los participantes tenían que preparar la receta de chocolate caliente de toda la vida, pero ahora pueden añadir cualquier sabor que quieran, lo que me da la sensación de que va a ser bueno para unos y malo para otros.

Me percato de que, cuando entramos, varias personas se vuelven para mirarnos, así que me recuerdo orientar mi cuerpo hacia Arden en lugar de hacia otro lado, como si deseara estar cerca de ella. Nos detenemos al llegar junto a Finn, Maya y —mierda— Taylor, que debe de haber llegado mientras nosotras hablábamos en el callejón.

—Sus papeletas —nos dice tendiéndonos dos papelitos amarillos y un lápiz. Veo que baja la mirada hacia nuestras manos entrelazadas y aparto la vista. Arden acepta las papeletas y me pone el lápiz diminuto detrás de la oreja.

A pesar de lo incómoda que me siento, mientras nos dirigimos al primer puesto no le suelto la mano. El señor Horowitz, que es profesor de ciencias en la escuela, está removiendo un chocolate caliente de menta.

Arden toma un vasito y da un buen trago. Una vez más, demuestra ser una actriz excelente, solo yo me doy cuenta de que algo no va bien porque entorna muy sutilmente un ojo cuando se lo traga. Mientras los demás hacen muecas de disgusto, ella transforma su expresión con una sonrisa de oreja a oreja.

—¡Vaya, señor Horowitz! —exclama—. ¡Está increíble!

—Déjame probarlo —le pido en voz baja mientras la aparto un poco y le quito el vaso para darle un sorbito.

—Es como si la leche agria hubiera tenido un bebé con el Listerine —susurra entre dientes sin dejar de sonreír mientras yo hago todo lo posible para tragármelo, porque su descripción es tirando a generosa.

—Vaya manera de empezar —gime Taylor mientras hace gárgaras con un vaso de agua y nos dirigimos al puesto siguiente.

—Menos competencia para Austin —susurra Finn al tiempo que Ruth, nuestra compañera del coro de villancicos y la campeona del año pasado, nos ofrece un chocolate caliente clásico.

—Sin tonterías —nos dice a la defensiva cuando aceptamos los vasos. Saborear la riqueza y la dulzura de su chocolate nos resulta fácil después de que el señor Horowitz haya intentado matarnos a nosotros y a medio Barnwich con una sobredosis de menta.

—Carajo, este tiene que ser el mejor —exclama Arden mientras rellena la papeleta—. O el segundo mejor —añade a toda prisa, cambiando el «1» por un «2» a toda prisa al ver que Finn la mira mal.

El siguiente, un chocolate blanco demasiado dulce de Alexis, una de las compañeras del equipo de futbol de Riley, va a ir directo al quinto puesto. El siguiente, que es mucho mejor, es de canela y naranja y el responsable es uno de los empleados del Barnwich Café. Después probamos uno que no está mal de *red velvet* de un turista que vino hasta aquí solo para participar en el concurso.

Arden levanta el vasito de *red velvet.*

—Este tiene que ser al menos tercero.

—Ni de locos. —Me vuelvo hacia ella—. ¿Ese te parece mejor que el de canela y naranja? No te lo crees ni tú. —Me fijo en que tiene un poco de crema batida en el bigote—. Tienes un poco de…

Alargo una mano y se la limpio con el pulgar. Entonces ella me mira los labios. Dejo mi mano sobre su mejilla suave un poco más de lo necesario.

Solo para aparentar, como me pidió, por supuesto.

—Por favor… Váyanse a un hotel —suelta Maya, abanicándose con la papeleta y con una chispa traviesa en la mirada. Taylor, por su parte, me dirige una mirada interrogante. Me sorprende que Arden se aparte a toda prisa, como si la hubiera visto, y disimula lo repentino de su movimiento tirando el vaso en el bote de basura que hay junto a nosotras. Y yo me siento…

No sé. ¿Decepcionada? Hago una mueca.

¿En serio? ¿Estoy decepcionada? La sola posibilidad de estarlo me asusta. Aunque todo esto sea una actuación, jugar con fuego es peligroso. Sobre todo si ese fuego es Arden.

Por suerte, llegamos al puesto de Austin y puedo concentrarme de nuevo en la razón principal por la que estamos aquí: apoyarlo. Él levanta la cabeza cuando nos oye corear su nombre y le saco un par de fotos mientras está concentrado en su trabajo. Casi me derrito al ver que está preparando chocolate caliente con caramelo salado, el preferido de Finn, aunque él odia con todas sus fuerzas cualquier cosa que lleve caramelo.

Verlos tan enamorados, siempre pensando el uno en el otro, ya sea con detalles como unos guantes horrorosos o bebidas de invierno calientitas, hace que la mentira en la que estoy envuelta me duela un poquito más.

Damos un traguito y es facilísimo demostrar con grandes aspavientos lo bueno que está. Es una exquisitez. La suave dulzura del caramelo le añade aún más profundidad al sabor, junto con las explosiones diminutas y crujientes de la sal.

—Madre del amor hermoso —exclama Taylor, y se lanza directo por otro vaso. Austin le aparta la mano de un manotazo.

—¡Necesito también los votos de los demás!

—Es increíble —dice Arden—. Se nota lo mucho que has trabajado para equilibrar todos los sabores a la perfección.

Austin se sonroja, complacido porque alguien se haya dado cuenta.

—Tardé tres meses solo para encontrar la cantidad exacta de caramelo. Y no me hagas hablar de la sal.

¿¡Tres meses!? Echo un vistazo a los vasitos de la sal ya medida, pesada hasta el último gránulo. Soy su mejor amiga y ni siquiera yo sabía que se había esforzado tanto. Y va Arden, aparece aquí y… lo sabe, sin más. Lo ha hecho sentirse valorado.

Me parece que ahora mismo podría besarla de mentira.

Ella asiente.

—No me extraña. Has hecho el mejor chocolate caliente por mucho. —Vacila y se pasa los dedos por el pelo—. No quiero incomodarte ni nada, pero si tienes un perfil de Instagram como barista o algo así, podría publicar sobre eso. O compartirlo. No sé si…

—Dios mío, sí —contesta Austin, con los ojos muy abiertos de la emoción.

Arden se relaja de inmediato y saca su celular para que él busque su cuenta. Me termino el resto del chocolate, intento mantener mis sentimientos, sean cuales sean, bajo control, y me uno a Taylor en su agónica observación del resto de vasitos de muestra. Y, de algún modo, Arden repara también en ello, porque me tiende su vaso medio vacío al tiempo que Austin le devuelve el celular.

Lo acepto. Y odio que Maya tenga razón: se hace querer, te guste o no.

—Lo digo en serio, Austin —digo tras otro trago perfecto—. Creo que oigo cantar a un coro de ángeles.

—Seguro que es por el subidón de azúcar —responde con modestia mientras le da un segundo vaso a Finn con extra de crema batida.

—Eso es favoritismo —masculla Taylor mientras vamos a dejar nuestras papeletas en la mesa donde Sheila y Margie, dos amigas de Edie del grupo que juega a las cartas los sábados por la noche, están muy ajetreadas contando todos los votos.

Mientras esperamos los resultados, intento mirar a Arden con adoración, lo que se me antoja particularmente difícil porque… Yo qué sé. Me cuesta mucho mirarla a los ojos después de lo que ocurrió con Austin. Me da la sensación de que, si lo hiciera, vería demasiado de Arden y no lo suficiente de «Arden James».

—Demonios —susurra, agachando la cabeza y rozándome la mejilla con la suya. Señala con la cabeza al otro lado de la habitación, lo que me indica que el gesto no es parte de la farsa—. ¡Mira!

Sigo su mirada y veo a Ruth dando vueltas alrededor de la mesa del recuento. Finge dejar un par de vasitos a dos de las señoras que están contando los votos y, cuando cree que nadie la ve, mete la mano en el bolso, saca un puñado de papeletas amarillas y las deja a toda prisa sobre la mesa.

—¡Ruth está haciendo trampa! —exclamo horrorizada. Y entonces la cosa va peor: Sheila toma las papeletas, le guiña un ojo y se las pasa a Margie—. ¡Y la están ayudando!

En Barnwich, esto es prácticamente un crimen. ¿Amañar los votos en el concurso anual de chocolate caliente? Más o menos lo mismo que cometer un asesinato.

Esto me daría para un artículo estupendo, pero no soporto la idea de que Austin pierda solo por conseguir una exclusiva. Cuando Ruth vuelve a meter la mano en el bolso para sacar otro puñado de papeletas, me oigo gritar:

—¡Está haciendo trampa!

La sala entera se queda quieta. Ruth pone unos ojos como platos y levanta la cabeza para mirarme, pero se recupera enseguida y nos ofrece una actuación casi del calibre de las de Arden.

—¿Yo? ¡Si solo estaba dejando un poco de chocolate para nuestras trabajadoras juezas! ¿Eso es hacer trampa?

—¿Qué tienes en el bolso? —pregunta Arden mientras me rodea los hombros con el brazo. Un frente unido.

Ruth mete la mano en el bolso con aire inocente y saca... el puto cencerro del día que cantamos villancicos.

Arden pone los ojos en blanco.

—¿Qué más?

Ruth desvía la mirada fugazmente hacia la puerta y antes de que el señor Lee, el propietario del Barnwich Café, pueda confiscarle el bolso, echa a correr a través de la multitud, esquivando a la gente con la habilidad de un jugador profesional de futbol americano, con las papeletas amañadas revoloteando tras ella.

—¡Se escapa! —grita el señor Lee.

Varias personas intentan atraparla en un gesto de valentía, pero fracasan. Ruth logra llegar hasta la puerta sin que la atrapen y sale a la calle, donde desaparece en mitad de la noche, no sin antes pintarle dedo a Arden a través del cristal.

Miro a Arden boquiabierta y luego las dos empezamos a reírnos a carcajadas, lo que me parece de una familiaridad espeluznante. Enseguida se nos une el resto de los presentes, mientras todos intentamos comprender lo que acaba de ocurrir.

—Cuando sacó el cencerro... —dice Finn secándose las lágrimas de los ojos.

—¡Y le pintó dedo a Arden! —añade Taylor sin dejar de reír.

La situación parece más graciosa con cada cosa que dicen. Arden y yo estamos dobladas de risa, y nos apoyamos la una en la otra.

Pero el señor Lee no se ríe. Se ha puesto en modo control de daños y ha apartado a Sheila y a Margie de la mesa para luego subirse en ella para echar un vistazo a su alrededor. Se muerde el labio, intentando trazar un plan. Cuando todo el mundo ha probado los chocolates, la multitud se queda en silencio y espera a que hable.

—¡Feliz Navidad! —exclama, y todo el mundo responde lo mismo.

Todo el mundo menos Riley.

—¡Feliz Janucá! —contesta mirándome a los ojos, y nos sonreímos.

—Bueno, ¡gracias a todos por haber venido a nuestro sexagésimo concurso anual de chocolate caliente! Ha sido memorable, eso es innegable. —Suspira y la gente responde silbando, riendo y vitoreando—. Como el voto popular fue amañado, creo que la única manera justa de proclamar un ganador es que todos decidamos como grupo, aquí y ahora.

Echo un vistazo a Austin. Tiene los dedos cruzados detrás de la espalda y se está mordiendo el labio inferior. La victoria no solo le pondría mil dólares en el bolsillo, sino que sería una cosa más que añadir en su currículum, una cosa más que le ayudara en su camino, en su sueño de tener un día su propia cafetería.

Lo mismo que este artículo representa para mí.

Bajo la mirada y descubro que Arden también tiene los dedos cruzados.

—Voy a ir puesto por puesto —explica el señor Lee señalando las mesas— y, cuando diga el nombre de un participante, si creen que debe ser el ganador, ¡vitoréenlo lo más fuerte que puedan! ¿De acuerdo?

Todo el mundo aplaude fuerte para mostrar su asentimiento.

—¡En primer lugar tenemos al señor Horowitz, con su particular chocolate caliente con menta!

Se podría oír el ruido de un alfiler al caer al suelo.

Alguien tose por las inmediaciones de los baños y suena como un trueno en mitad del silencio.

Ni siquiera su mujer le aplaude. Es terrible.

—Hum, okey —repone el señor Lee rascándose la barbilla—. ¡Seguro que tiene más suerte la próxima vez, señor Horowitz! —Señala la mesa siguiente—. ¿Qué les pareció Alexis Piccadillo con su chocolate blanco caliente?

Alexis se sonroja cuando se oyen algunos aplausos por la sala y sus amigos de clase gritan como locos, liderados por una tal Riley Beckett. Es una buena amiga, porque sé que odia el chocolate blanco con todas sus fuerzas.

El señor Lee sonríe, niega con la cabeza y les hace unos gestos para que se callen.

—¡Muy bien! Parece que Alexis y su chocolate blanco tienen unos cuantos fans. ¡Bien hecho!

Uno de sus amigos suelta un grito de ánimo final y el señor Lee pasa al siguiente participante.

—¿Y qué hay del delicioso chocolate caliente con canela y naranja de la señora Walters?

La gente grita más que con Alexis, pero ni por asomo hacen tanto ruido como con los aplausos que recibe después la forastera, Abigail Darcy, y su chocolate caliente de *red velvet.* A Abigail se le ilumina la cara con una sonrisa y saluda, mientras Austin la mira, nervioso.

Arden se acerca a mí, rozándome el hombro con el pecho y me susurra contra la nuca:

—Te dije que estaba mejor que el de canela y naranja.

Resoplo a modo de protesta, intentando ignorar el escalofrío que me recorre el brazo.

—Y por último, pero no por ello menos importante... ¡Austin Beck... —Finn silba antes de que el señor Lee pueda terminar siquiera de decir su nombre— ...er y su chocolate con caram...

Pero el resto de la gente también se vuelve loca, y la voz del propietario se pierde entre los silbidos y los gritos de todos nosotros. Austin se pone como un tomate y esconde la cara en las manos, ya que el estruendo lo acaba de coronar como el claro vencedor.

El señor Lee tarda más de un minuto en conseguir que la gente deje de gritar lo bastante para anunciar el resultado oficialmente.

—¡Y con eso, queda claro que Austin Becker, del Barnwich Café, debe ser declarado ganador del sexagésimo concurso anual de chocolate caliente de Barnwich!

La gente empieza a vitorear otra vez al tiempo que Finn levanta a Austin en un abrazo y empieza a darle vueltas. Solo lo suelta el tiempo justo para que Austin pose en una foto con el señor Lee para el periódico local.

Mientras la multitud empieza a dispersarse, Finn se queda con Austin para ayudarle a recoger y Taylor entabla una conversación con una chica del equipo de porristas. Los demás salimos del local detrás del torrente de gente, incluida Riley, que va riéndose calle abajo con sus amigos. Pero, en cuanto estamos fuera, Maya se inventa no sé qué excusa sobre un proyecto para clase que sé que no existe y nos deja a Arden y a mí a solas bajo el letrero del Barnwich Café.

—Hoy formamos un buen equipo —dice enarcando una ceja—. Nosotras solitas salvamos la integridad del concurso de chocolate caliente.

Me echo a reír.

—Nuestros nombres saldrán en los libros de historia de Barnwich.

Arden sonríe, y su sonrisa es tan auténtica y tan bonita que me veo obligada a apartar la vista. Nos quedamos en silencio cuando la nieve empieza a caer entre nosotras, brillando en su melena oscura.

—Yo... ya te mandaré luego la pregunta de hoy —le digo, porque, de repente, esto de fingir se me antoja un poco abrumador. Miro hacia mi casa, que está a solo dos manzanas de aquí. Tengo ganas de poner espacio entre las dos—. Me voy a...

Me doy la vuelta para marcharme, pero ella dice:

—Espera... —Y me toma de la mano para darme un abrazo. Cierro los ojos con fuerza mientras mis brazos le rodean la cintura y mi cara se entierra en su cuello. Su piel huele a lo mismo de siempre.

Pero estar tan cerca de ella me resulta...

¿Extraño? ¿Distinto?

No. Íntimo.

Hace cuatro años eran abrazos rápidos, un roce de manos, las rodillas tocándose debajo de la mesa y yo deseando en silencio que fuera a más.

La única otra vez que me sentí así fue el invierno antes de que se fuera, cuando, en casa de Jacob Klein, se tiró al lago antes de que se congelara a cambio de cincuenta dólares, vestida solo con su tanga y sostén. La abracé mientras temblaba, para calentarla con el calor de mi cuerpo.

Ahora vuelvo a sentir los latidos de su corazón a través de su camiseta. Noto su peso contra mí, como aquella noche.

Después de todo lo que hemos fingido desde que volvió a casa, esta es la primera vez que la cercanía me parece real. Y eso me desconcierta.

—Para que sea creíble —me susurra con la boca pegada a mi pelo—. Nos están tomando una foto.

Se me cae el alma a los pies. Pero, cuando abro los ojos, no veo ninguna cámara ni ningún teléfono.

«Me está mintiendo».

Pero ¿por qué?

Nos separamos sin mediar palabra y me marcho por la calle vacía, aturdida. Tras varios pasos, me vuelvo para verla irse en la dirección contraria y me apoyo la palma de la mano en la barriga, como si así pudiera contener al ejército de mariposas que amenazan con atravesarme la piel.

Por la noche, después de cenar, me acuesto en la cama y miro al techo, todavía con el corazón latiéndome desbocado.

Y no solo porque me haya tomado una cantidad obscena de azúcar.

«Limítate a hacer tu trabajo, Caroline», mascullo, y por fin reúno el coraje necesario para tomar mi celular y abrir el chat de Arden para escribir la pregunta de hoy.

Puede que sea una mala actriz, pero sé de buena tinta que soy una buena periodista.

¿Dónde te ves en diez años?

Casi al instante, aparecen tres puntitos que parpadean. Luego se esfuman. Y así sucesivamente, una y otra vez. Intento imaginar lo que creo que dirá mientras visualizo imágenes de Arden con bonitos vestidos de diseñador en entregas de premios, o bebiendo champán en algún lugar elegante con unas vistas maravillosas, o paseando despreocupadamente por una calle adoquinada con unos lentes de sol.

¿Un Óscar? ¿Un Emmy? ¿Una ciudad diferente cada noche?, insisto cuando los tres puntitos vuelven a desaparecer.

Esta vez su respuesta me llega enseguida.

Ja, ja, no.

Y luego:

A ver, ganar un Óscar sería increíble, pero siento que desde que me fui de Barnwich voy en un tren que va a toda velocidad, como si no pudiera parar un poco, dar la vuelta o bajar. Espero que cuando tenga veintiocho años ya sea capaz de sentir que tengo algún tipo de control, que mi vida es más que una carrera, que una imagen de mierda que han construido para mí, ¿sabes? Yo solo... quiero las pequeñas cosas. Amigos, familia, un sitio al que llamar hogar, alguna constante con la que pueda contar, porque esta industria siempre está buscando el modo de echarte a patadas.

Pienso en la conversación que mantuvimos hace un par de noches, después del partido de basquetbol, sobre la normalidad. Sobre la parte de ella que envidia lo ordinario y lo mundano. El celular vuelve a vibrar y la pantalla se ilumina.

Quizá también alguien que me esté esperando en casa.

Trago saliva. La imagen previa que me había formado de Arden cambia drásticamente. Veo el mismo vestido elegante, pero en lugar de lucirlo en una glamurosa alfombra roja, ha vuelto a casa temprano y, sin ni siquiera cambiarse, se acurruca en un enorme sofá de cuero debajo de una manta calientita. Alguien le da la mano y hay un Óscar sobre la repisa de la chimenea.

No debería sorprenderme. Hace cuatro años, eso era, palabra por palabra, lo que habría pensado que me diría. Y, sin embargo, me sorprende.

Me sigue resultando extraño oír de su boca cómo han sido los últimos cuatro años en lugar de suponerlo, en lugar de intentar reconciliar a la Arden que conocía como la palma de mi mano con la que aparece en las páginas de las revistas y fracasar en el intento. También me resulta extraño pensar en cómo habría sido si hubiera estado a su lado en tiempo real y ella hubiera podido contármelo todo, cómo habría sido experimentar una pequeña parte de ello, en lugar de quedarme atrás. Hay muchas cosas de su vida que he dado por supuestas solo por lo que he visto en internet, cosas que he dado por hecho sobre ella y sobre sus razones para no ponerse en contacto conmigo, porque ella no estaba aquí para decirme lo contrario.

Es difícil conciliar ambas cosas en mi mente, sobre todo cuando todavía siento el dolor de ser la chica del abrigo rosa a la que dejó atrás.

Los tres puntitos aparecen de nuevo, y luego los sustituye un mensaje:

¿Y tú?

Vacilo. Sé que esto es una puerta por la que puedo dejarla entrar o que puedo cerrarle. Me muerdo el labio, todavía pensando en ese momento en el que me quedé en la curva y la observé marcharse hace tantos años, y luego... hoy. Sus brazos alrededor de mi cuerpo en la salida del Barnwich Café, la sensación de tener su rostro bajo las puntas de mis dedos.

Y empiezo a escribir, rindiéndome, decidiendo que un poco de Arden es mejor que nada, aunque solo sea un ratito. La única forma que tengo de sanar de todo esto es empezar a hablar con ella de verdad, en lugar de seguir manteniendo las distancias.

Una carrera como periodista de éxito, viviendo en Nueva York o en Los Ángeles, con un perro y una novia.

¿Taylor Hill?, pregunta, y yo vacilo. No sé qué contestar.

Hace unos días pensaba que era posible que esos sentimientos llegaran a nacer, pero de algún modo, por frustrante que sea, lo que siento por Arden en nuestra relación falsa, y por muy enojada que esté con ella, es más fuerte que lo que siento por Taylor. Casi hemos dejado de escribirnos porque estoy atrapada en la órbita de Arden.

Suspiro y me decido por una respuesta diplomática: No suelen gustarme las rubias.

No puedo decir lo mismo.

Me quedo mirando la pantalla un largo rato y luego toco el botón del lateral para que se ponga negra. Apoyo el teléfono contra mi pecho y decido no volver a mirarlo.

Entonces vibra y me levanto a toda prisa para leer el mensaje, convirtiéndome en una mentirosa al instante.

Pero el mensaje es de Riley.

Eres tendencia.

Frunzo el ceño y clico en el tuit que me mandó, en el que aparece una foto mía y de Arden en el Barnwich Café. Le estoy limpiando la crema batida del labio con una sonrisa tímida, y Arden me mira con una expresión dulce, con una mirada… de adoración. Un solo comentario de su representante y ya ha conseguido algo más que añadir a su *reel* para los Óscar.

Luego bajo y veo… ¡Dios mío!

¿Veinticuatro mil me gusta en una hora?

Echo un vistazo a algunos de los comentarios. La gente se pregunta quién soy, o comenta que hacemos buena pareja, o se queja de que Arden debería mirarlos así a ellos en lugar de a mí.

Y luego está la gente que es mala y punto.

Busco su nombre y veo que han reposteado la foto un centenar de veces en muchos otros tuits, así como otras instantáneas nuestras en el Barnwich Café y también del partido de basquetbol de hace un par de días. Sigo viendo una imagen tras otra y solo me detengo al llegar a una fotografía borrosa de hace apenas unas horas, en la que estamos charlando fuera rodeadas de la nieve que cae, unos instantes antes de que me abrazara.

Supongo que… que no pensé bien en lo importante que es esta pequeña parte de nuestro acuerdo.

La parte en la que Arden es «Arden James» y esto no es solo un reportaje de fondo ni un simple artículo firmado para mi portafolios. No es algo sencillo y sin dobleces, como el resto de cosas que he hecho. Yo soy parte de la historia. Ahora, para bien o para mal, mi cara está en todas las redes sociales. He dejado de ser una persona invisible, escondida tras las palabras que escribo.

Puede que ahora no sepan quién soy, pero cuando se publique el reportaje lo sabrán. Mierda, seguro que lo acabarán descubriendo hoy mismo, antes de la medianoche.

Es... abrumador. Y solo es un pequeño aperitivo de lo que ella recibe todos los días.

No me extraña que ansíe normalidad. No me extraña que quiera constancia y las pequeñas cosas.

Espero que lo logre algún día. Dentro de diez años, cuando lo quiera de verdad. Cuando se haya cansado de las noches sin fin, de las fiestas y de las chicas. Y no para conseguir un papel, para decirle a la gente lo que quiere oír o para cambiar su imagen. Espero que encuentre algo verdadero con alguien de verdad.

Me pongo de lado, suelto el celular y miro por la ventana, pensando en que ahora seré eternamente conocida como «la chica que salió con Arden James aquellas navidades».

Y aunque no fuera así, aunque no lo soy y aunque me odie a mí misma por ello, a una parte de mí ella todavía le importa lo suficiente, todavía alberga sentimientos lo bastante poderosos como para pensar que merece la pena, si eso significa disponer de unos cuantos días más para volver a conocer a la chica que nunca he sido capaz de olvidar.

16

ARDEN

Día cinco

—¡Aquí voy! —grito al tirarme de cabeza en un trineo rojo. Bajo a toda velocidad la colina del Cementerio, que está cubierta de nieve. Es el primer día de vacaciones de Caroline. El viento frío me molesta en los ojos y me irrita las orejas. Me inclino hacia la derecha, directo hacia la rampa que Antonio y L.J. fabricaron con nieve. Caigo justo en el centro y, cuando surco los aires antes de volver a aterrizar, siento que se me va a salir el corazón por la boca.

A pesar del subidón de adrenalina, clavo los dedos de los pies en la nieve para reducir la velocidad antes de llegar a la hilera de árboles que marca el final. Sé, por experiencia propia, que al otro lado hay un arroyo helado que se resquebrajará seguro si te das contra él con la fuerza suficiente, y que hará que los pantalones de esquiar pesen unas treinta y nueve toneladas.

Pero casi no me he parado del todo cuando oigo que Caroline grita mi nombre. Un segundo después se da de bruces contra mí, utilizando mi cuerpo como guardarraíl humano.

Gimo mientras intentamos desenredar la maraña de brazos y piernas en la que nos hemos convertido. Me tumbo boca arriba y, de repente, su cabeza aparece sobre el cielo gris, y sus ojos cafés cálidos estudian mi rostro, enmarcados por varios mechones de pelo rubio cobrizo que se le han salido del gorro de lana.

—¿Estás bien?

—Creo que me perforaste un pulmón —replico, pero me incorporo, recordando que yo también tengo un gorro en el bolsillo de la chamarra. Lo saco y me lo pongo; mis orejas congeladas casi suspiran de alivio.

—Un momento… —Caroline se incorpora y tira del borde del gorro beige, justo por debajo de la raya azul—. ¿Este es el gorro que te hice yo? ¡No puedo creer que lo hayas encontrado en casa de Edie!

—No. —Niego con la cabeza—. Lo traje de Los Ángeles. Me lo pongo cada invierno, aunque nunca nieve.

Me mira a los ojos y, esta vez, sus labios carnosos no luchan por reprimir la sonrisa. La idea de besarlos se me cruza por la mente, pero la aparto a toda prisa.

«Dios, me estoy metiendo demasiado en el personaje».

—Ahora ya no te queda grande.

Estoy a punto de preguntarle si me está diciendo que soy tan cabezona como Levi cuando Austin nos grita desde la cima de la colina.

—¡Eh! ¡Tortolitos! —Nos volvemos para mirarlo, a él y al resto del grupo, todos ataviados con abrigos de plumas y ropa de esquí—. ¡Quítense de en medio!

Me echo a reír y niego con la cabeza, pero agarro mi trineo y la mano de Caroline y tiro de ella para volver a subir la colina. Aunque está bastante desierta, excepto por nosotros, no la suelto al llegar a la cima.

Y ella a mí tampoco.

Odio lo feliz que me hace eso, sobre todo cuando descubro otra vez a Taylor Hill mirando nuestros dedos entrelazados.

Nos quedamos así y vemos cómo Finn se estampa, cómo Austin no llega ni siquiera a la rampa y cómo L.J. se tira de pie, hasta que el trineo se le resbala y acaba deslizándose colina abajo sobre su trasero. Solo Taylor y Antonio consiguen bajar juntos a la perfección.

—¿Vienes? —pregunta Caroline, tirando de mí hacia el borde otra vez.

—Creo que me voy a saltar esta ronda. Así se me recuperan las costillas, contra las que te acabas de estrellar. —Le doy un empujoncito juguetón y ella se sube al trineo para seguir a los demás colina abajo.

—Bueno —dice Maya mientras da un trago de chocolate caliente de un termo haciendo mucho ruido. Es evidente que vino más por socializar que por tirarse en trineo—. Parece que ustedes dos… se están llevando bien.

—Bueno, soy una profesional, y Caroline hizo de los tres reyes magos en la obra de teatro de la escuela el año que todo el mundo estaba con la gripe, así que es evidente que tiene algo de talento en lo que a actuar se refiere —contesto con una carcajada, pero Maya me mira con desconfianza.

—Las vi ayer después del concurso al salir del Barnwich Café, Arden James. No te atrevas a plantarte ahí y decirme que todo es una farsa.

—¿Ahora estás de mi parte? Pensé que me odiabas. Más o menos —le digo, apartando la vista para que no me lea el pensamiento.

—No te odio. Simplemente, no confiaba en ti… nada de nada.

—¿Y ahora sí? —pregunto, dándole un codazo con gesto juguetón hasta que me da un golpe con el hombro para alejarme un metro.

—El jurado todavía no ha tomado una decisión. Yo solo quiero que Caroline consiga lo que quiere.

—Caroline va a conseguir exactamente lo que quiere. Un artículo publicado en la *Cosmopolitan.*

—Arden, no me cuentes historias —replica. Las evasivas no me van a servir de nada con ella—. Y, pase lo que pase, si vas a presumir de ella *online,* más te vale que estés ahí para protegerla cuando llegue la ruptura.

—¿Está bien? ¿Después de todo lo de anoche? —pregunto, pensando en los millones de notificaciones que recibí. Todo el mundo enloqueció al enterarse de lo nuestro. Yo ya estoy acostumbrada, claro, pero… Caroline no sabe lo que es que te tiren a los leones, no conoce el escrutinio sin fin de Internet.

—¿Por qué no se lo preguntas a ella? —replica Maya, señalando a Caroline y al resto del grupo, que están subiendo la colina de nuevo entre suspiros y resoplidos.

—¡Arden! ¡A que no te atreves a saltar por la rampa a toda velocidad! —me grita Finn.

He de forzar una carcajada, pero aprovecho la oportunidad para dar por finalizada esta conversación, ya que no estoy preparada para tenerla.

—Quizá más tarde. ¿Caroline, te tiras conmigo? —pregunto, señalando un trineo lo bastante grande para dos personas. Ella asiente.

Lo sostengo en la cima de la colina y Caroline se sube en la parte delantera, haciendo crujir la nieve bajo su peso. Le doy un empujón y luego me subo detrás de un salto, intentando no pensar demasiado en lo cerca que estoy ahora mismo de ella. Bajamos volando la colina y luego nos detenemos en la falda en una parada perfecta.

—Oye, Caroline… Hum… —Me pongo de pie y me sacudo la ropa. Ella me mira—. Estás bien, ¿no? Le eché un vistazo a tu Instagram hace unos días y vi que lo tienes privado, pero sé que los *posts* de anoche… eran duros. Si estás reconsiderando lo del artículo, o lo que sea, lo entiendo. No quiero que…

—Arden. —Se pone de pie y me aparta hacia un lado tirándome de la manga del abrigo para que Antonio no nos tire al suelo—. No pasa nada. O sea, sí que pasa. En plan... Es ridículo que no tengas intimidad y que la gente te trate como si fueras un espectáculo. Y no me apasiona que Twitter esté empapelado con mi cara, pero soy capaz de hacer cualquier cosa para entrar en Columbia, así que...

Se encoge de hombros y yo asiento, fingiendo que no siento una pequeña punzada porque pasar tiempo conmigo no sea lo que alimente su motivación, aunque fuera solo un poco. Porque Maya esté equivocada y ese abrazo de anoche en la salida del Barnwich Café significara más para mí que para ella.

«No dejes que te afecte, Arden».

Nos dirigimos de nuevo a la cima. Caroline se inclina sobre Maya, le roba el termo y le da un buen trago. Les doy un poco de espacio y me voy con Finn, que me da un golpecito con una sonrisa de oreja a oreja.

—¿Hacemos una carrera?

—No sé, a ver...

Echo a correr hacia el borde y me tiro de cabeza en un trineo para sacar ventaja. Oigo la risa de Finn mientras me persigue y los dos volamos colina abajo, hombro contra hombro. Cuando llegamos al final, casi al mismo tiempo, él se levanta de un salto y me tiende la mano.

—Creo que fue un empate —dice enarcando una ceja—. Aunque la salida fue un poco cuestionable.

Le tomo la mano y él tira de mí. Luego, subimos la colina charlando y bromeando.

Dios. Hacía muchísimo tiempo que no hacía algo así, lo que debería hacer una chica de dieciocho años con sus amigos. Había olvidado que pasar tiempo con tus amigos no tiene por qué implicar paparazi, dinero y alcohol, por no hablar de cosas mucho peores.

Cuando vivía en este pueblo, tenía muy claro que necesitaba irme, pero ahora que estoy aquí… casi siento que tengo que esforzarme para recuperar esa sensación. Pensaba que mi regreso me daría un poco de inspiración para mi papel en la película de Bianchi, pero no me está recordando todas las razones por las que no pude quedarme, como a mi personaje. Lo que me está recordando es todo lo que podría haber tenido si no me hubiera ido.

Pero tal vez eso no sea malo.

Tal vez mi abu tiene razón, y se suponía que tenía que dejar aquí mis raíces, aunque no pudiera quedarme.

Me tiro en trineo varias veces más durante la hora siguiente, aunque no dejo de prestar atención a Caroline. Cuando se desliza colina abajo, cuando habla con Maya y Austin, cuando pasa por mi lado…

—¡Caroline! —la llama Taylor, haciéndole gestos para que se suba en su trineo, delante de ella—. ¿Te tiras conmigo?

—¡Claro! —responde ella, y tira su disco naranja al suelo para subirse.

Me agarro con fuerza a mi trineo y aprieto los dientes, intentando ignorar los celos que me burbujean en el estómago cuando veo que Taylor la abraza por la cintura y desliza las piernas a los lados de su cuerpo.

—Arden, ven aquí ahora mismo o… —Me vuelvo y veo que Austin está señalando la parte delantera de su trineo. Me dedica una pequeña sonrisa y se la devuelvo, asiento y me subo justo cuando Taylor y Caroline se tiran, ambas riéndose.

—¡Les ayudo a tomar impulso! —grita Finn, que nos empuja de repente desde atrás. L.J. y Antonio se le unen, tomando impulso con las piernas, y el trineo se desliza cada vez más rápido.

—¡Demonios! —grita Austin mientras ganamos cada vez más velocidad. Bajamos con una velocidad como para partirnos el cuello—. ¡Finn, te voy a matar! ¡Dios mío, DIOS MÍO! ¡Arden, nos vamos a mataaar! —No puedo evitar reírme, aunque me lloran los ojos por la velocidad—. ¡No! ¡Yo paso! —dice, y se tira del trineo para rodar colina abajo en una nube de polvo blanco.

Yo también contemplo la posibilidad de rendirme, hasta que veo a Caroline y a Taylor, todo sonrisas, apretujadas en el trineo que va delante de mí.

Así que me inclino hacia delante y voy por la rampa.

Con todas mis fuerzas.

No creo que nadie, en toda la historia de la colina del Cementerio, haya dado un salto como este. El tiempo se ralentiza a mi alrededor y juraría que toda mi vida me pasa por delante de los ojos.

Y entonces aterrizo de golpe y se me rompe el trasero en mil pedazos por el impacto. Me bajo rodando del trineo, revolcándome, mientras el dolor reverbera por todo mi cuerpo.

—¡Creo que me partí el trasero! —grito, recibiendo unas carcajadas estruendosas desde la cima de la colina—. ¿Se puede perder una nalga? ¡Creo que me falta una!

Me quedo tumbada boca abajo en la nieve, esperando a que el dolor remita.

—Bueno, al menos no te diste en tu fuente de ingresos —dice una voz. Levanto la cabeza y me encuentro con Caroline de brazos cruzados. Ni rastro de Taylor. Le da una patadita a mi trineo—. Súbete, yo tiro de él.

Con un gemido, me subo al trineo de plástico y Caroline agarra la cuerda y, despacio pero con seguridad, centímetro a centímetro, sube la colina tirando de mí. Todos aplauden cuando llegamos a la cima, y yo levanto una mano y saludo con gesto dramático, al tiempo que Caroline me mira y pone los ojos en blanco, jadeando y resoplando.

—Creo que saltaste a dos metros del suelo —dice Finn asombrado.

—¡Estuvo increíble! —exclama L.J., asintiendo con entusiasmo.

—Fue lo bastante alto como para que me hiciera un poco de pipí encima.

Mientras todos intentan superarme, Caroline me lleva a la camioneta de Finn, donde tenemos todas las cosas de comer, y me deja caer en la nieve. Mientras me incorporo, con mucho esfuerzo, ella rebusca con un termo en la parte trasera y luego se sienta a mi lado, sorbiendo café de un vaso de papel.

—Veamos —dice, y se saca su libretita multiusos de los pantalones de esquiar.

—Por Dios, Caroline. ¿Llevas eso a todas partes? —Le quito el café y doy un trago, pero hago una mueca al saborearlo. Tiene demasiada leche y azúcar para mi gusto, pero el calor del líquido compensa las horribles proporciones de sus ingredientes.

—Más o menos. —Vuelve a tomar su café y pasa las páginas, leyendo sus apuntes en diagonal—. Has trabajado sin parar desde los catorce años, haciendo una película o una serie de televisión detrás de otra… ¿Qué haces para divertirte… cuando no estoy yo? —añade guiñándome un ojo.

—¿Para divertirme? —pregunto con los ojos entornados—. Todo el país, tú incluida, sabe lo que hago para divertirme. Ese es precisamente el problema. —Por mi mente pasan imágenes de salas oscuras, vasos con sal en el borde, luces estroboscópicas y música a todo volumen; chicas que olvido mucho más rápido de lo que tardo en aprender sus nombres. Miembros del elenco con los que tengo una relación cercana durante varios meses y luego se convierten en una imagen fugaz en mi perfil de Instagram.

Puede que al principio fuera divertido, o, al menos, mejor que la alternativa. Pero después de un día como el de hoy... Nada de eso me parece particularmente divertido.

—Sí, pero... harás otras cosas además de todo eso. Me refiero a cosas divertidas de las que te acuerdes. Como esto —añade, encogiéndose de hombros.

—Caroline, yo no hago este tipo de cosas. Nunca.

—Ya. —Asiente—. En Los Ángeles no nieva mucho.

—No me refiero a tirarme en trineo. Me refiero a... todo esto. —Nos señalo a nosotras y luego al resto del grupo.

—¿Qué? —Frunce el ceño, esforzándose por comprender—. ¿Me estás diciendo que nunca sales con tus amigos? He visto miles de fotos tuyas con miles de personas diferentes. Debes de ser amiga de algunas de ellas.

—Sí, bueno, tengo amigos... Pero son sobre todo coprotagonistas o gente del sector. Y la gente que conozco cuando salgo... En fin, suelen ser mucho mayores que yo o solo los veo una noche. —Aparto la vista y contemplo la colina del Cementerio—. Así que... No sé. Quizá en realidad no tengo...

—Arden —me interrumpe, y su voz suena como si saber que no tengo amigos le causara dolor físico—. ¿No te sientes sola?

—Yo... No lo sé. —Me encojo de hombros.

Estoy a punto de dejar ahí mi respuesta, donde la concluyo siempre, antes de confesarle las cosas que me reconcomen y que me quitan el sueño, las cosas que Lillian jamás querría que leyera el público de la *Cosmopolitan*. Pero entonces recuerdo lo que mi abu me dijo el otro día en su coche, que yo no soy mi madre, y que ya no soy ninguna niña. Y que puedo decidir yo misma lo que quiero y lo que no.

Y no quiero pasar los últimos ocho días con Caroline guardando las distancias.

—Caroline, cada día, después de rodar, vuelvo a una casa oscura y vacía. Necesito quedarme dormida viendo *reality shows* basura en la pantalla plana para no oír que los oídos me pitan toda la noche. Me paso los fines de semana borracha, acostada en la cama, despierta, con una desconocida al lado, solo para olvidar. Nunca quise que esto se convirtiera en mi vida, pero en algún momento del camino, simplemente… me perdí. Todo el mundo piensa que debo de pasarme la vida rodeada de gente que me quiere solo porque soy famosa, pero la verdad es que… estoy sola desde el día en que me fui —termino con los ojos llorosos del viento frío y de la verdad, pero consigo mirarla.

—Pero podrías haber… —empieza a decir Caroline, con una voz en la que la empatía lucha contra su propio dolor.

—Ya lo sé —contesto. Ella no me presiona más. En lugar de eso, se acerca un poco más a mí, entrelaza su brazo con el mío y me apoya la cabeza en el hombro. No sé muy bien qué pasará cuando termine mi tiempo aquí. No sé si Caroline y yo conseguiremos mantener una amistad a distancia este vez, pero lo cierto es que ahora mismo no me da la gana pensar en ello. Ahora mismo, lo único que quiero es disfrutar del tiempo que nos quede.

—Bueno, pues escribiré «no tiene amigos» en el…

Le tiro la libretita de un manotazo y ella se agacha para recogerla entre risas. Por fin inhalo con fuerza, agradecida por este respiro en la tensión.

Cuando apenas he terminado de pensar en eso, una bola de nieve me impacta en toda la cara. Volteo y veo a Finn doblándose de risa, antes de que a él le estrellen otra.

—Okey. Esa sí que me dio en mi fuente de…

Ahogo un grito cuando Caroline me estampa un puñado de nieve en toda la cabeza antes de ponerse de pie de un salto y correr hacia el grupo, mirando atrás lo justo para gritarme:

—¡Date prisa, Hollywood!

¡¿Hollywood?!

«Se va a enterar».

Voy cojeando tras ella, sin dejar de sujetarme el trasero deshecho.

17

CAROLINE

Día seis

Creo que me he cambiado de ropa seis veces.

Puede que siete.

Suspiro con fuerza, me giro hacia la izquierda y luego giro hacia la derecha para inspeccionar la última elección de jeans y suéter en el espejo. Llevo la larga melena en un medio recogido.

—Estás guapa —dice Riley mientras entra en mi habitación y se tira en la cama con una bolsa de Doritos en las manos—. Para tu cita.

La miro a los ojos a través del espejo.

—No es una cita.

—Ya.

—No lo es.

—¡Okey! —repone, metiéndose un Dorito en la boca sonriente y moviendo las cejas—. Pero te está costando mucho arreglarte para no ser una cita.

Pongo los ojos en blanco, tomo un collar de la estantería y me lo pongo. Luego me rocío en el perfume que mi madre me compró por mi cumpleaños, que huele dulce, a flores.

—¿Qué vaif afer?

—¿Qué?

Traga lo que tiene en la boca.

—Que qué van a hacer.

—No lo sé —contesto, encogiéndome de hombros. Tomo el celular y miro qué hora es: las 19:58—. Me dijo que vendrá a buscarme a las ocho.

—Ya entendí, ya entendí. —Riley asiente—. O sea que te pasaste dos horas arreglándote, terminaste antes de la hora por primera vez en tu vida y no es una cita.

—Exacto. —Me meto la cartera y el celular en el bolsillo, apago la luz de mi cuarto y salgo al pasillo.

Riley se baja de la cama de un salto y me sigue.

—¿Te gustaría que lo fuera?

—¿Que fuera qué?

—Una cita.

Me paro en el primer escalón y me vuelvo para fulminarla con la mirada.

—Riley…

Ella se mete otro Dorito en la boca con aire inocente, y espera una respuesta que no le pienso dar. La ignoro y bajo las escaleras.

—¡Eso no es un no! —dice, y justo en ese momento suena el timbre. A las ocho en punto.

Le dedico una mirada asesina antes de abrir la puerta. Y ahí está Arden, tan perfecta como siempre, con una chamarra de cuero negra y un par de botas lo bastante caras como para pagarme la universidad. Se puso una gorra de beisbol que no va mucho con el resto de su atuendo. «¿Será para ocultar su rostro?».

Me mira de arriba abajo y esboza esa sonrisa torcida tan suya.

—Estás guapa. —Parece sincera y siento que me arden las mejillas.

Oigo un fuerte crujido y me vuelvo para ver a Riley, que está plantada a mi lado masticando.

—Caroline dice que esto no es una cita.

—Bueno, técnicamente, sí que es una cita —repone Arden mientras se inclina para agarrar un Dorito. Luego se lo mete en la boca—. Estamos saliendo juntas de mentira.

Tomo mi chamarra y empujo a Arden hacia su coche.

—¡Adiós, Riley!

—¡Adiós! —contesta—. ¡Diviértete en tu cita!

Me paro al llegar junto al Volvo y rodeo la manija congelada con los dedos para esperar a que Arden lo abra. Sin embargo, ella gira a la izquierda de repente, en dirección al pueblo.

Corro tras ella y la agarro de la manga de la chamarra.

—¿Adónde vamos?

—Ya lo verás —responde, y me empiezo a devanar los sesos pensando en todos los sitios a los que podríamos ir desde allí, lugares a los que solíamos ir, o acontecimientos navideños de Barnwich que estén programados para esta noche, intentando descubrir adónde me lleva.

—¿A la librería?

—No.

—¿A la panadería de Clara?

—¡Tampoco!

—¿Al salón de juegos?

—No, pero… —Vacila y frunce el ceño al tiempo que dobla la esquina que da a la calle Mayor—. Eso también habría sido divertido.

Echo un vistazo a la calle que se extiende ante nosotras. Los carteles cuelgan por debajo de las guirnaldas de lucecitas brillantes.

—¿A Sabores de Italia?

—No.

Espero que no tenga en mente el pequeño estudio de cerámica de la esquina, donde íbamos siempre de niñas, porque cerró hace un par de años.

De repente, se para delante del Bar Hermanos Beckett. Abre la puerta y el estruendo de una chica graznando una canción de Adele casi me revienta los tímpanos.

La noche de karaoke.

—Ay, no... —Doy un paso atrás.

—Ay, sí. Vamos a hacerlo. Se me ocurrió que sería divertido hacer algo para el artículo que no esté tan centrado en la Navidad, y de paso podemos hacerles un poco de publicidad a tus hermanos.

Claro. Para el artículo.

Arden me toma de la mano y tira de mí al interior del bar oscuro, iluminado tenuemente solo por un cartel de neón con el nombre colgado en la pared, unas lámparas colgantes modernas que yo ayudé a colocar y el foco del escenario de la esquina, donde Jessica O'Reilly, que iba a clase con Levi, grazna como una gaviota herida. Arden me lleva por entre las mesas y las sillas, que están sorprendentemente abarrotadas, en dirección a los taburetes de cuero rojo que hay en la barra. Mis hermanos están muy atareados preparando bebidas delante de su pared llena de alcohol. Varias cabezas se vuelven hacia nosotras cuando pasa Arden, pero no tantas como a la luz del día. Ella confirma mis sospechas bajándose la gorra de beisbol. Es evidente que se da cuenta de que es el centro de todas las miradas.

Arden señala un taburete vacío y yo me siento y luego lo hago girar hasta quedar cara a cara con Miles. Me quedo sin aliento cuando ella se acerca lo bastante como para que su pecho me presione suavemente el hombro.

—¡Hola! —saluda mi hermano cuando levanta la vista del gin-tonic que está preparando.

—¡Miles! ¡Este sitio es fantástico! —dice Arden, y él sonríe de oreja a oreja, orgulloso, mientras le pasa la copa deslizándola por la barra al señor Green, que debe de haber terminado de trabajar ahora mismo, porque todavía lleva el disfraz de Santa Claus, con el sombrero medio caído.

—¿Qué les sirvo?

—Dos cervezas, por favor —pide Arden con aire inocente. Su aliento me hace cosquillas en el cuello, me llena el estómago de mariposas. Miles se ríe y nos sirve dos Coca-Colas y luego se echa el trapo por encima del hombro.

—Miiiiles —protesta ella. El chico que está sentado en el taburete al lado del nuestro se levanta y ella se aparta de mí para sentarse. Esa parte de mí que no consigo acallar protesta.

—Nada de Miles, Arden James. —Levanta una ceja oscura antes de ir a atender a los otros clientes de la barra. Arden, frustrada, se gira en el taburete para mirarme y yo hago lo mismo, rozándole la rodilla con la mía.

—Bueno —dice—. ¿Vienes por aquí a menudo?

—¿Es una frasecita para ligar? —Me mira divertida y da un traguito a su bebida. Me encojo de hombros y contesto—: La verdad es que no. A veces paso por aquí después de clase. El primer mes o los dos primeros veníamos cada día que estaba abierto. A veces éramos los únicos clientes. Pero ahora...

Señalo a la modesta multitud de gente que hay en el bar mientras el señor Green sube al escenario con su gin-tonic recién hecho ante varios aplausos y silbidos.

Tal vez, en parte, sea por el efecto Arden, pero a veces pienso que es porque el bar de mis hermanos es el único sitio del pueblo en el que se atreven a alejarse de la tradición. En el que están dispuestos a probar cosas nuevas, en lugar de repetir las de siempre. Noches de trivia, de citas y karaoke, sin que se requiera venir disfrazado de elfo.

Quizá Barnwich también necesite probar cosas nuevas.

Arden echa un vistazo a su alrededor para fijarse en todo mientras yo la observo a ella, a su rostro resplandeciente bajo la luz roja de neón.

De repente, la cabeza de Levi aparece entre nosotras, tapándome las vistas de Arden. Nos cambia los refrescos por dos botellines de cerveza de verdad, nos guiña un ojo y se lleva un dedo a los labios.

Me río mientras veo a Arden acercar su botella a la mía para brindar.

—¡Chin chin!

Golpeo la mía contra la de ella y las dos nos unimos al resto del bar, que están cantando a coro con el señor Green una versión de «Piano Man» mientras se balancean a un lado y al otro en sus sillas.

La noche de karaoke sigue adelante, con algunas actuaciones mejores que otras. Contemplamos incómodas cómo Erica Miller, que se acaba de divorciar, canta «Shallow» sin dejar de llorar. Luego, una turista de algún lugar del sur canta una canción de Shania Twain de una forma bastante pasable. Sin embargo, la cosa mejora con creces con la impresionante versión de «Bohemian Rhapsody» del conserje de la escuela de educación primaria, el señor Stukuley.

—¡Qué fuerte! —Agarro a Arden del brazo justo cuando el señor Stukuley canta la nota alta, esa nota alta, y varias personas sueltan silbidos de admiración.

—Una vez lo oí cantar mientras limpiaba los baños del segundo piso —dice Arden con una carcajada—. Sabía que lo tenía dentro.

Nos miramos a los ojos y no sé qué hace que me sienta más mareada, si la cerveza o que su mano se deslice por mi muñeca y luego por la palma de mi mano hasta que la rodea con sus dedos cálidos. Detrás de ella, descubro a dos chicas sentadas al final de la barra, con las cabezas muy juntas. Una de ellas saca su celular y le toma una foto a Arden.

No puedo evitar preguntarme si hizo este gesto porque ya se había dado cuenta de que la estaban mirando.

Recuerdo la sonrisa falsa de Arden en el porche de casa de Margo y todo lo que vi en Twitter hace un par de noches y le agarro la mano con más fuerza. Lucho contra el impulso de llevármela de aquí, de protegerla. Pero esto es una cita falsa. Lo que necesitamos, lo que Arden necesita, es que nos vean.

Así que la suelto para ser capaz de contenerme, y disfrazo el movimiento poniendo las dos manos sobre la barra e inclinándome hacia delante.

—¡Miiiiiles! —lo llamo, y mi hermano se asoma—. ¿Nos pones unas papas fritas?

Me mira con desconfianza.

—Levi no les habrá… —Y entonces ve las dos botellas vacías de cerveza y exhala un largo suspiro—. Sí, ahora les pongo unas papas fritas.

Poco después, aparece el platito rojo y blanco ante nosotras. Chocamos cuando las dos alargamos la mano hacia la misma papa frita perfecta, impecablemente crujiente y salada con sutileza. Pero Arden me sorprende apartando la suya e indicándome con un gesto que me la coma yo. En lugar de eso, la parto en dos y le tiendo la mitad. Ella esboza una pequeña sonrisa, se acerca y se la come directamente de mi mano.

Pongo los ojos en blanco para disimular el rubor que se me extiende por las mejillas y miro de nuevo hacia el escenario, donde una mujer de la edad de Edie está luciéndose con una de Cher.

—¿Quieres pasar? —pregunta con aire juguetón.

—¿Qué? ¿Al karaoke? ¡Estás loca!

Arden se mete una papa en la boca y mira al escenario con un brillo travieso en la mirada.

—Pues yo sería un crack.

—Dice la chica que en el coro de villancicos solo movía los labios…

—Qué cruel. —Se lleva una mano al pecho—. Pero tienes razón. —Da un trago de las nuevas cervezas que nos trajo Levi, a quien al parecer no le afectan las amenazas de Miles, y luego señala los baños con la cabeza—. Tengo que mear. Ahora vuelvo.

Y yo estoy tan ocupada mirándola irse que casi no me doy cuenta cuando Levi se sienta a mi lado con una palangana vacía debajo del brazo.

—Bueno… —dice, con una sonrisa reflejada en sus ojos castaños—. ¿De qué va todo esto?

Lo fulmino con la mirada y me como otra papa frita.

—¿Qué quieres decir con eso?

—Lo tuyo con Arden. —Se inclina hacia delante con aire conspirador. Cuando yo tenía trece años, me robó el diario, así que sabe de mi enamoramiento tortuoso y apasionado por Arden.

—No hay nada. Nada de verdad, al menos. Ya lo sabes. Arden y yo nunca hemos tenido nada. —Mis sentimientos están en el pasado; esto no es más que una onda expansiva provocada por esta relación de mentira. Arden siempre ha sido un «quizá». Un «lo que pudiera haber sido». En todo caso, este jueguecito de fingir es como recibir por fin una respuesta para poder pasar página—. Le quedan aquí siete días más y luego… —Me encojo de hombros mientras mastico una papa frita. El alcohol me afecta demasiado fácilmente como para no ser sincera—. Luego se volverá a olvidar de Barnwich. Se volverá a olvidar de mí.

—Ya… —Pero mira detrás de mí y esboza una sonrisa de oreja a oreja. El bar entero empieza a silbar y a aplaudir.

Me doy la vuelta y veo que Arden se ha subido al escenario y le ha quitado el micrófono a la imitadora de Cher.

—Hola a todos —saluda. Varios celulares se alzan por la sala, expectantes; la emoción es palpable. Se aclara la garganta—. La siguiente canción es para mi novia.

Ay, Dios.

Me mira a los ojos y, cuando esa sonrisa suya tan irritante aparece, sé de inmediato lo que está a punto de hacer.

—Por el amor de Dios —murmuro. Cuando las notas empiezan a sonar, me resisto al impulso de esconderme debajo de la mesa.

—*Where it began…* —empieza a cantar, y el bar entero se vuelve hacia mí al instante—. *I can't begin to know when…*

Mientras canta, se baja del escenario y empieza a abrirse paso entre las mesas, interactuando con el público todo el camino: les acerca el micrófono para que canten, da un trago de la copa de alguien y le guiña un ojo… Incluso le rodea el hombro con un brazo al señor Green.

Compensa lo que le falta de voz con un carisma multiplicado por diez, y cuando llega al puente de la canción parece que el bar entero está cantando con ella, meciéndose de izquierda a derecha al compás de sus movimientos.

—*Touching me…* —Alarga un brazo y un océano de manos se alzan para tocarla; algunos incluso la rozan con las puntas de los dedos—. *Touching you…*

Y sería tan fácil rendirse… Mi quizá con Arden James. Imaginarme cómo sería ser suya de verdad, mirarla cantarme una serenata en un karaoke o conseguirle a Austin diez mil seguidores más en Instagram o escuchar a Maya hablar sobre su escuela de arte. Tal vez sea mejor que no sea real, porque no sé si mi corazón podría soportar enamorarse de una sola persona tantas veces en un día.

Hace una pirueta y se sube al extremo de la barra, pero esta vez me mira a los ojos como si en el bar no hubiera nadie más.

—*Sweet Caroline…*

—*¡Pam, pam, pam!* —corean los demás al tiempo que ella se quita la gorra y se la lanza al público. Todo el mundo salta para agarrarla.

—*Good times never seemed so good…*

—*¡So good! ¡So good! ¡So good!* —canta el resto del bar. Mientras tanto, ella se acerca cada vez más a mí, haciendo que el corazón me lata con tanta fuerza que me siento mareada.

No tarda en llegar hasta mí. Se agacha hasta que estamos cara a cara, y es encantadora, tanto que, aunque sigo sin saber qué es real y qué no, no sé si todavía quiero saberlo.

Me ofrece una mano y enarca una ceja a modo de desafío. La gente vitorea.

—Hasta reventar —dice solo moviendo los labios, pero, de algún modo, sé que no solo me está retando a cantar en un karaoke. Exhalo con fuerza y, al final, me rindo. Dejo que tire de mí y me suba a la barra con ella, me permito abandonarme a la mentira. Y aunque todo esto esté totalmente fuera de mi zona de confort, hay algo en su forma de mirarme que me hace estar menos asustada, como me ha pasado siempre.

—*Look at the night…* —cantamos juntas en el micro. Una persona alza su botella de cerveza y todo el mundo la imita.

Ella sonríe al ver el océano de botellas, la sala entera llena de gente, y los contempla mientras canta la estrofa, pero cuando llegamos de nuevo al estribillo es a mí a quien mira, solo a mí, con los ojos brillantes bajo el resplandor del cartel de neón, los mismos ojos que me miraban cuando nos quedábamos despiertas hasta tarde contándonos secretos en susurros, cuando bebíamos malteadas en el Comedor de Edie y cuando patinábamos sobre hielo hasta que ya no nos sentíamos los pies. Los mismos ojos de los que me enamoré miles de veces. Caigo en la cuenta de que lo que pensaba que era una cicatriz no era más que una costra.

La canción termina y recibimos unos aplausos atronadores. Arden baja el micrófono hasta que lo único que se interpone entre nosotras es el aire. Baja la mirada a mis labios, y durante un momento fugaz, lo que duraría un solo latido, parece que vamos a besarnos. Esta vez no me lo niego. Quiero besarla.

Quiero que sea real.

Sin embargo, ella parpadea y aparta la vista para sonreírle a la multitud. Baja de un salto de la barra y me tiende la mano para ayudarme a bajar antes de volver al escenario para darle el micro al siguiente.

Mientras la observo alejarse, Levi se me acerca y me susurra al oído:

—Pues a mí no me da la sensación de que se haya olvidado de ti.

Y no puedo evitar desear que quizá ella también quiera que sea real.

18

ARDEN

Día seis

Al cabo de un rato, salimos del bar, riéndonos sin parar. El frío invernal de Barnwich parece menos cruel después de las dos cervezas que llevo encima gracias a Levi.

—*Sweet Caroline*... —canto mientras volvemos a casa de los Beckett por la acera iluminada por el tenue resplandor naranja de las farolas.

Caroline suelta una carcajada mientras doblamos la esquina hacia su calle, pero, de repente, ahoga un grito. Se ha resbalado con una placa de hielo y tiene los brazos y las piernas en el aire. La sujeto para que no se caiga y ella se agarra con fuerza de mi chamarra, pero no sirve de nada. Las dos terminamos tiradas en el suelo, ella encima de mí.

—¡Ay, mi trasero! —protesto—. ¡Todavía me duele de cuando nos tiramos en trineo! —Nos echamos a reír otra vez y me fijo, por enésima vez esta noche, que despide un olor cálido, y dulce, y delicioso, un olor que no me resulta familiar y que todavía no logro ubicar mezclado con el mismo champú que usa desde los once años, el que viene en una botella azul.

Quizá no hayan sido las cervezas lo que me ha hecho entrar en calor.

—Dios, hacía siglos que no me la pasaba tan bien una noche. Me había olvidado de que las cosas podían ser así —comento mientras asimilo todo lo ocurrido.

—Sí… —Se interrumpe y busca una respuesta en mis ojos—. Es como…

—Como en los viejos tiempos —termino, y ella asiente.

Nos ponemos de pie y seguimos el camino hacia su casa, con cuidado de no volver a resbalar. Cuando llegamos a la puerta ya es más de medianoche, y todo está silencioso y calmo a nuestro alrededor.

—Tengo que mear antes de irme —le digo.

Me sujeta de la manga de la chamarra y tira de mí escalones arriba. La veo trastear con las llaves; se le caen tres veces antes de conseguir meter la correcta en el cerrojo.

—Tienes manos de mantequilla —susurro cuando se las arregla para que se le caigan otra vez después de sacarlas. Es evidente que va mucho más tomada que yo, aunque yo me siento ebria de otra cosa. Cuando por fin entramos de puntitas, Blue golpea el tapete con la cola a modo de saludo.

Me apoyo en el perchero de sombreros de la esquina para no perder el equilibrio mientras me quito las botas, que me aprietan tanto que me han hecho ampollas, pero empieza a volcarse. Por suerte, Caroline lo sujeta antes de que golpee el suelo.

—¡Arden! —susurra entre dientes, y yo le sonrío.

—¿Qué? ¿Cómo iba yo a…? —Oímos un crujido en el suelo del piso de arriba y ella me tapa la boca con la mano. Nos volvemos hacia los escalones oscuros que llevan al segundo piso y luego miro su cara pálida, iluminada por la luz de la luna que entra a través de la ventana. Mientras busca la fuente del sonido, las pestañas arrojan sombras contra sus mejillas.

Las sombras desaparecen cuando alguien enciende la luz del recibidor, revelando a la señora Beckett, que está en la parte superior de los escalones con una piyama de rayas y los brazos cruzados.

Nos separamos de inmediato y yo la saludo con la mano, incómoda, entornando los ojos para protegerme de la luz cegadora.

—¡Buenos días! —dice Caroline.

Me río, pero la señora Beckett baja los brazos de golpe. Se ha dado cuenta de inmediato.

—Voy a matar a tus hermanos.

—Señora Beckett, solo nos dieron una cerveza. —Ella me fulmina con la mirada—. Bueno, quizá dos. Es solo que no está acostum…

Caroline me da un codazo para que me calle.

—Pueden meterse en un lío tremendo. Y tú deberías tener más sentido común —le dice a su hija.

Las dos agachamos la cabeza en un intento de parecer arrepentidas, hasta que el perchero para los sombreros que tenemos detrás se va volcando poco a poco hasta caer al suelo con un restallido y nos echamos a reír.

—Muy bien. Ha llegado la hora de que se vayan a la cama. —Me señala mientras levanto el perchero—. Arden, avisa a Edie que te quedas a dormir.

Le enseño las llaves que tengo en el bolsillo.

—Pero puedo…

Si las miradas mataran, estaría muerta.

—La verdad es que no pensaba que tuvieras sentido común, pero aún albergaba la esperanza.

Eso me dolió.

Baja los escalones y me quita las llaves de la mano. Me recuerda más a las madres que he tenido en mis películas que a mi propia madre.

—Te las devolveré mañana. Me voy a la cama. Caroline, ya hablaremos cuando te despiertes. —Me siento un poco como si me hubieran dado una bofetada, pero también me siento… ¿bien? Parece que de verdad le importa que pueda pasarme algo.

Apaga la luz y las dos nos quedamos unos instantes en la oscuridad, hasta que oímos que cierra la puerta de su dormitorio.

Caroline y yo nos miramos. Me aclaro la garganta.

—¿Todavía tienes el cajón de la comida? —susurro tímidamente, esperando a que llegue el momento en el que se bajoneé por lo que acaba de pasar.

—Pues claro —contesta y se va directo a la cocina.

—Espera, ¿ya está? ¿No estás disgustada? —pregunto mientras la sigo.

—¿Lo dices por lo de mi madre? —Resopla—. Ya se le pasará. No es la primera vez que me tomo una cerveza, Arden. Además, ¿de verdad tengo yo la culpa si quien me la dio es mi hermano mayor? —Esboza una sonrisita—. Seguro que a Levi le irá peor que a mí.

—Veo que todavía te aprovechas de ser la hermana pequeña. —Niego con la cabeza. Blue trota detrás de nosotras, siguiendo la luz de la linterna de Caroline, con la que nos guía hasta la despensa, que está repleta y organizada a la perfección, con cereales, sopas, pastas, latas de conservas y…

El cajón.

Caroline lo abre, revelando una miríada de cosas para picar. Chocolatinas, galletas, golosinas, caramelos… cualquier cosa que se te ocurra.

Los Beckett siempre tenían las mejores botanas. El señor Beckett preparaba la clase de almuerzos que hacía que todos los niños de Barnwich quisieran cambiarlo por el suyo.

Tomamos un buen puñado de cosas y subimos corriendo a su habitación, como hacíamos siempre, y nos tiramos en la cama después de hacer una parada en el baño para mear. Caroline enciende la lamparita y su tenue resplandor amarillo ilumina la estancia, aunque permite que las sombras sigan pululando por las esquinas.

—Míranos —le digo mientras me meto un caramelo masticable en la boca. Estamos acostadas boca arriba—. Una piyamada. Es aún más como los viejos tiempos de lo que me esperaba.

—Bueno, esta vez, técnicamente, me estás pagando para salir conmigo —contesta masticando una galleta de canela.

Me echo a reír.

—Técnicamente, te paga *Cosmopolitan,* no yo.

Da otro mordisco, sonríe y luego suelta una risita en silencio.

—Seguramente no te acuerdes, pero justo estuve pensando en aquella vez que Jacob Klein te pagó cincuenta dólares para que saltaras al lago que había detrás de su casa.

—El día que casi muero de hipotermia es un poco difícil de olvidar —contesto—. Y, cuando me sequé, nos fuimos de la fiesta temprano y nos lo gastamos todo en golosinas y en esmaltes de uñas del Walmart.

—Fue mi esmalte preferido durante unos dos años.

—¿Qué fue de él?

—¿De Jacob? —pregunta Caroline mientras agarra otra galleta—. Él también se fue a Los Ángeles. Hizo un piloto para Amazon que al final no salió.

—¿En serio? —Me vuelvo de golpe para mirarla.

Se ríe.

—No. Empieza en Penn State después del verano.

Sonrío y niego con la cabeza mientras arrugo la envoltura del caramelo. Luego agarro una bolsa de Doritos picantes.

—Dame uno —me pide alargando la mano.

—Pero si no te gusta el picante —repongo confundida—. ¿Te acuerdas de aquella vez que le pusimos *sriracha* a los huevos en lugar de cátsup? Creí que tendría que cargarte en la espalda y llevarte corriendo al hospital.

Se ríe.

—Ya, bueno... —Alarga la mano otra vez y chasquea los dedos—. Mis papilas gustativas han cambiado. No todo sigue igual después de cuatro años.

Le tiendo la bolsa abierta y me muerdo el labio, debatiendo en mi interior si estoy dispuesta a arriesgarme a estropear estos avances. Cantarle en público es una cosa, pero hablar con ella aquí, en su cuarto, a solas, es otro nivel de vulnerabilidad.

De todos modos, algo me dice que vale la pena intentarlo.

—Bueno, en ese caso, deberíamos hacernos preguntas —sugiero.

Caroline se pone el resto del Dorito entre los dientes y se mete la mano en el bolsillo de atrás para sacar su libretita. La abre por una página en blanco, pero, cuando está a punto de preguntarme algo, se la quito y la tiro al suelo.

—¡Oye! —se queja lanzándome una mirada asesina.

—Sin la libretita. Me refiero a... hacernos preguntas para conocernos mejor. O sea, tal y como somos ahora. De verdad. *Off the record.*

Veo que lo está pensando; sus ojos se mueven por todo el techo. Contengo el aliento todo el rato, hasta que, por fin... asiente.

—Está bien.

—¿Está bien?

—Si vuelves a preguntármelo igual te contesto que no. —Me dirige un mirada penetrante y me coso la boca—. ¿Qué es lo peor de vivir en Los Ángeles?

—El tráfico —miento. Qué buen comienzo—. ¿Qué famosa te gusta más? Y no vale decir que yo —bromeo, y se pone roja de inmediato, así que sé que la respuesta no me va a dejar indiferente.

—Andrew Garfield.

La miro confundida.

—Pero ¿tú no eres lesbiana?

Se encoge de hombros y niega con la cabeza.

—Sí, pero… No se pueden controlar los sentimientos, supongo. Y ese británico dulce despierta los míos. ¿Qué querrías ser si no fueras actriz?

—Profesora en una preparatoria. —Me meto un puñado de Doritos en la boca.

Ella ladea la cabeza, intrigada.

—Yo también. O sea, si lo de ser periodista no me va bien, me gustaría dar clases de escritura o algo por el estilo.

—¿Quién es tu hermano preferido? —pregunto.

—Los quiero a todos igual —contesta, pero luego se tapa la boca con la mano para taparse una sonrisa y, por las rendijas de sus dedos, confiesa—: Levi.

—Yo me quedo con Riley.

—Solo porque besa el suelo que pisas.

—Tiene buen gusto, ¿qué puedo decir? —Me encojo de hombros y ella me lanza una bolsa de caramelos masticables.

Pasamos la siguiente hora preguntándonos cosas la una a la otra. Descubro que todavía se duerme escuchando música y que cada primavera, religiosamente, planta un huerto con su madre. Que cada verano se va unas semanas a la casa de la playa de la familia de Maya y que ha ido a todos los partidos de futbol americano con Austin, pero solo para acompañarlo a animar a Finn. Que trabaja en el restaurante sobre todo para echarle una ojeada a Edie, y cuando le cuento lo del supermercado al por mayor me asegura que de ahora en adelante irá con ella.

Y ella también descubre cosas sobre mí. Que el sitio más *cool* al que he ido a rodar fue Croacia y que el peor fue un viejo manicomio en el que tuve que pasar la noche. Que algunos viernes me pongo una peluca y unos lentes de sol y voy sola al cine. Que cada Nochevieja veo *Cuando Harry conoció a Sally* como hacía siempre con Edie, aunque sea cuando vuelvo a casa de una fiesta mucho después de la medianoche. Que hace dos años adopté a un perro anciano y desdentado que se llamaba Neil y que pasamos seis meses estupendos juntos antes de que muriera.

Le cuento todas aquellas cosas de las que nunca hablo en las entrevistas, cuando he de hacer ruedas de prensa promocionando las películas. Cosas que me parecen… En fin, demasiado personales como para exponerlas al juicio de todo el mundo.

—¿Qué es lo peor de la preparatoria? —pregunto.

—La comida de la cafetería —contesta, pero luego vacila—. Y tener que levantarme a las siete.

—¡Dios! Qué no daría yo por poder dormir hasta las siete entre semana —gimo—. Los días de rodaje, casi siempre tengo que estar en el set como a las cinco de la mañana. Es un asco.

Caroline se ríe y se deja caer en la cama, mirando al techo.

—Pues cuando éramos pequeñas yo no conseguía sacarte de la cama ni para comer los hot cakes de Edie. —Hace una pausa y las dos nos quedamos en silencio, pensando en nuestras próximas preguntas. Yo también me acuesto boca arriba, mirando el ventilador girar y girar sobre nosotras.

—¿Qué pasó con tus padres? ¿Dónde están? —pregunta Caroline al cabo de unos segundos en voz baja.

Me encojo de hombros y suelto una risa patética. Sé que podría convertir la respuesta en una especie de chiste.

¿En un crucero por el Rin?

¿En una cabaña en el Caribe?

¿A dos metros bajo tierra en alguna parte?

Una parte importante de mí quiere hacerlo, porque temo que, si no lo hago, me echaré a llorar. Pero después de haberle contado a Caroline lo sola que me siento en Los Ángeles después de haber ido a montar en trineo, y de ver que no se acabó el mundo, no quiero seguir guardando las distancias con ella. Por una vez, quiero que alguien vea lo que hay detrás de la fachada.

Así que respiro hondo y empiezo:

—¿Te acuerdas de que pensábamos que las cosas mejorarían cuando nos fuéramos a Los Ángeles? ¿Qué finalmente dejarían de pelearse...? —Ella asiente—. Bueno, pues funcionó. Pero simplemente porque dejaron de estar. Empezaron a usar mi dinero para huir de todas sus responsabilidades. Bueno, de su única responsabilidad, que era yo. Así que decidí que si no querían seguir siendo mis padres, de acuerdo, pero no dejaría que siguieran robándome el dinero. Me emancipé legalmente al cumplir los dieciséis, pero en realidad para entonces ya llevaba mucho tiempo sola —le cuento con la mirada fija en el techo.

—No entiendo cómo pudieron marcharse, así, sin más —repone Caroline mientras yo intento deshacer el nudo que se me ha formado en la garganta.

—La verdad es que no creo que ninguno de los dos estuviera hecho para ser padre —admito al fin—. No como los tuyos. Un padre que hace hot cakes cada martes. Una madre que se deja la piel en el trabajo pero que aun así te hace sentir que siempre tiene tiempo para ti. Que te grita cuando vuelves a casa un poco pedo y te quita las llaves del coche de las manos sin pensárselo dos veces. —Me noto la espalda demasiado caliente pegada al colchón; desearía que el ventilador girara más rápido—. Unos padres que... que te quieren de verdad —termino, intentando soltar el resto del aire poco a poco, antes de que se me escape ninguna lágrima.

Pero entonces Caroline mueve la mano por la cama, entre las dos, desliza los dedos por mi palma y luego los entrelaza con los míos. No lo hace por el artículo o porque tal vez haya alguien mirándonos. Lo hace solo por mí. Y después de eso, no hay nada que pueda hacer para que las lágrimas no rueden por mis mejillas.

—Lo siento. Te merecías algo mejor —me asegura estrechándome la mano.

—La mayoría de días no siento que sea así. Me da la sensación de que siempre tomo las decisiones equivocadas —repongo encogiéndome de hombros.

—Arden… —Se pone de lado para mirarme, pero le indico con un gesto que estoy preparada para pasar a la siguiente pregunta. Se queda en silencio mientras yo me tomo un segundo para recomponerme un poco.

—¿Por qué periodismo? —pregunto cuando logro hablar de nuevo, con la esperanza de que esta vez me responda de verdad.

Frunce el ceño y arruga la nariz, y por un instante creo que no lo hará, que todavía no quiere compartir eso conmigo. Pero, al cabo de unos segundos, exhala un largo suspiro, me suelta la mano y se baja de la cama para buscar algo que hay debajo.

Saca una caja de zapatos polvorienta y desvencijada, y la coloca entre las dos. Cuando me incorporo, me la acerca con un empujoncito, así que la abro. Está llena de artículos y recortes de periódico recortados con cuidado. Tomo uno, y luego otro, y se me encoge el estómago al ver que todos son sobre…

Son sobre mí. Sobre mi primer año en Hollywood.

UNA CHICA DE BARNWICH EN LA GRAN PANTALLA.

ARDEN JAMES: HA NACIDO UNA ESTRELLA.

LA REDEFINICIÓN DE UNA CARRERA METEÓRICA.

Me quedo mirando a Caroline. Por fin se ha soltado la melena rubia cobrizo del pasador con el que la ha tenido toda la noche sujeta, y tiene la mirada fija en uno de los artículos, que sostiene en una mano.

—Leí tantos artículos el año que te fuiste… Unos eran buenos, otros malos. Yo… te buscaba en cada uno de ellos. Buscaba rasgos tuyos que me resultaran familiares. Pero no los encontré en ninguno, y eso me hizo pensar en cómo ser una buena escritora. Una buena periodista. En que deberías ser capaz de capturar a la persona protagonista en la historia que estás intentando contar, lograr que cobre vida para los lectores. Que sean honestos y reales, y no una colección de palabras clave para el SEO. —Se encoge de hombros, pero se le arruga un poco el papel en las manos—. El caso es que me hizo desear dedicarme a eso. Ser una periodista que fuera capaz de hacer eso. Y bueno, al principio no quería admitirlo, pero supongo que, en cierto modo, este reportaje para la *Cosmo* es mi primera oportunidad de tener un impacto real con algo así.

Se dispone a dejar el recorte en la caja, pero la tomo de la mano. Ella levanta la vista y clava sus ojos castaños en mí.

—Lo siento. Siento no haber llamado, Caroline. Siento no haber vuelto. Y siento no haberte dado ninguna buena razón para perdonarme pero a veces me cuesta hablar de… en fin, de mis sentimientos. De por qué yo… —La miro a los ojos, y ella me aguanta la mirada y yo… no parezco capaz de encontrar las palabras. O quizá sí que puedo y simplemente no quiero, porque lo cierto es que esos sentimientos me siguen dando un miedo terrible.

Pero, antes de que pueda terminar la frase, Caroline parpadea y aparta la vista a toda prisa.

Luego se baja de la cama; los resortes del colchón rechinan.

—Olvidé el celular abajo. Ahora vuelvo.

La observo salir y suspiro. Luego echo otro vistazo a la caja y cierro la tapa con cuidado.

Cuando vuelve, bosteza de una forma un poco exagerada. No es una gran actriz.

—¿Estás lista para dormir? —pregunta mientras se sube a la cama y aparta un lado del edredón.

—Okey —contesto, aunque me gustaría seguir despierta y pasarme toda la noche hablando con ella, como solíamos hacer. Me gustaría haber conseguido pronunciar esas palabras. Me gustaría... En fin, qué más da. De todos modos, es mejor no seguir tentando a la suerte, así que me recuesto a su lado. Sus sábanas huelen igual que su champú.

Tarda un rato, pero es ella quien se duerme primero, escuchando su lista de reproducción para dormir de Spotify con un audífono. Tiene los ojos cerrados y los labios entreabiertos, y respira de forma suave y acompasada. Alargo una mano para quitarle el audífono, y noto la vibración de la música al dejar las puntas de los dedos en su mejilla, en un momento robado.

Esto se parece mucho a los viejos tiempos, pero sigo notando el peso de los cuatro años que nos han separado. Ni siquiera sé si podría borrarlos ahora contándole la verdad, confesándole por qué no la llamé y por qué nunca volví. Confesándole lo que siento. Y luego pienso en lo rápido que se fue del cuarto, sin querer ni siquiera quedarse a ver si yo encontraba las palabras necesarias para terminar la frase.

Tal vez sea demasiado tarde. Tal vez Caroline ya no quiera la respuesta a esa pregunta.

19

CAROLINE

Día siete

Lo primero que veo al despertarme es el rostro de Arden.

Me acurruco entre las mantas, contemplando sus rasgos familiares ahora que ya no lleva nada de maquillaje. Nariz afilada, labios suaves, esa pequeña cicatriz en la barbilla. De algún modo, todavía es más atractiva sin esa característica raya del ojo, y su falta hace que se parezca un poquito más a… en fin…

A mi Arden.

Sobre todo después de la noche de ayer y de su disculpa. Aunque no me dio ninguna explicación, me di cuenta de que estaba siendo muy sincera.

Y esta vez no creo que pueda reprochárselo. Me levanté y me fui antes de que pudiera dármela porque… porque de repente tuve miedo. Miedo de no poder soportar la respuesta si no era la que yo quería.

De pronto, se mueve y abre despacio los ojos café oscuro, y yo intento actuar como si no la hubiera estado mirando fijamente. Alza una mano. Y se frota el ojo derecho.

—Buenos días —murmura.

—Buenos días —contesto, y me giro para tomar el celular de la mesita de noche. Frunzo el ceño al ver que la pantalla está llena de notificaciones. Toco una de las de Instagram y pongo unos ojos como platos al ver que...

—¡¿Diez mil solicitudes de seguimiento?!

—Ay, Dios. —Arden se incorpora y mira el celular por encima de mi hombro. Las dos vemos un video de mala calidad del bar de anoche que ha llegado a TikTok. El nombre de la canción y la pequeña dedicatoria de Arden antes de cantarla debe de habérselo dejado bastante fácil a sus fans. Me han encontrado.

Miro las capturas de pantalla, los fans gritando: «ARDEN TIENE NOVIA DE VDD» con emojis de caritas llorando en los comentarios... Hay hasta un artículo titulado *Diez cosas que no sabías sobre la nueva novia de Arden James.* Lo abro y descubro que la mitad de las cosas son erróneas, desde el número de hermanos (han puesto uno menos) hasta la que dice que aspiro a ser jugadora de basquetbol. Pero, sin lugar a duda, lo peor de todo es que de algún modo se han hecho con una foto mía del anuario de cuando tenía catorce años. El corazón me late desbocado mientras intento asimilarlo todo.

A ver, sabía que este día llegaría. Es solo que... ha llegado mucho antes de lo que pensaba. Creía que, con la publicación del artículo, tendría un poco más de control sobre cómo y cuándo ocurriría.

—Carajo. —Dejo el celular en el colchón con un fuerte golpe al ver que han publicado dos capturas del final de la canción, de ese momento en concreto. El momento en el que Arden se acercó a mí y a mí me ardían las mejillas al ver que me estaba mirando los labios.

Se me hace rarísimo verlo desde fuera. Ver lo natural que me mostré anoche y lo evidente que es que... en fin, que me gusta.

Me pregunto si a Arden también le resultó evidente o si simplemente pensó que eso de fingir se me empezaba a dar mejor.

Nos quedamos un buen rato sentadas en silencio, la una al lado de la otra.

—¿Seguro que estás...? —empieza a preguntar Arden.

—¿Quieres que hagamos algo hoy? —la interrumpo volviéndome hacia ella—. Como antes. Sin que nos vea la gente. Sin las citas de mentira. Sin todo... —Señalo el celular—. Podríamos hacer galletas y ver...

—*Love Actually.* —Las dos lo decimos al unísono. Era nuestra película preferida. Debimos de verla un centenar de veces, incluso cuando no era Navidad, pero creo que no he vuelto a verla desde que se fue.

—Sin duda —dice ella, y asiente—. Entonces, ¿galletas para desayunar?

—Galletas para desayunar.

Arden toma prestados una camiseta grande y un pants abandonado de la vieja habitación de Levi y Miles, porque todos mis pantalones le quedarían cortos, y nos dirigimos al pasillo. Quito una notita que mi madre me dejó pegada en la puerta: «Ya hablaremos luego». Lo escribió con un marcador negro.

Mis padres se fueron al trabajo, lo que pospone el sermón de mi madre al menos unas cuantas horas. Sin embargo, antes siquiera de terminar de bajar las escaleras, ya oigo a Riley masticar el cereal lo bastante fuerte como para que se oiga desde el Barnwich Café.

—Vaya, vaya, vaya —dice, apoyándose en el respaldo de la silla—. Parece que la cita de anoche resultó bien.

Nos tiende la caja de cereal que tiene al lado para rellenarse el tazón cuando quiera y Arden toma un puñado. Yo no me molesto en contestarle con el «no era una cita» de siempre porque... ya no lo sé.

En lugar de eso, voy a la despensa a buscar los ingredientes para la receta de galletas con trocitos de chocolate de mi padre. Cuando salgo, me encuentro a Arden sentada en la encimera, lanzándole cereal a Riley para que lo atrape con la boca.

—¿Cuándo es Janucá? —pregunta Arden señalando con la cabeza la menorá que hay encima de la repisa de la ventana.

—Este año empieza súper tarde —contesta Riley mientras se lanza a la izquierda para atrapar otro cereal. Mientras tanto, enciendo el horno para que se vaya calentando—. En Navidad, de hecho. Pero la fiesta de Janucá de la familia es este sábado porque la abuela y el abuelo se van de viaje para celebrar su quincuagésimo aniversario de boda. —Mastica ruidosamente sin dejar de sonreírle—. ¡Podrías venir!

—Oh, yo no… —Me lanza una mirada fugaz y yo me encojo de hombros.

—Puedes venir si quieres. —Echo el azúcar morena, la harina y la mantequilla en un cuenco—. Sin presiones, por supuesto.

De repente, suena el timbre y Riley da un brinco, deja el cuenco de cereal en el fregadero y se larga, desertando del momento incómodo que ella misma ha creado.

—¡Me voy! ¡Estaré en casa de Sammy! —En un abrir y cerrar de ojos se ha ido de casa, no sin decirle adiós a Arden (y no a mí).

Esta se baja de la encimera y se mete el resto del cereal que tenía en la mano en la boca.

—¿Seguro que te parece bien?

—Probarás el mejor *brisket* de tu vida —contesto mientras asiento, como si no fuera gran cosa, aunque me parezca que lo es—. Además, a mi abuela le encantó *Operación Gorrión.* La ve una vez al mes.

Suelta una carcajada y se acerca para echar un huevo a la mezcla, rozándome el brazo suavemente con el suyo.

—A mi abu no le gustó nada.

—Puede que Edie tenga mejor gusto que mi abuela para las películas.

Nos movemos como un mecanismo bien engrasado, como hemos hecho cientos de veces. Añado el extracto de vainilla y la leche. Arden añade los ingredientes secos y luego un montón enorme de chispas de chocolate.

—Creo que estaría *cool* que en el artículo hubiera un poco de Janucá —dice mientras mezcla la masa—. En Barnwich es todo tan… navideño. Me parece un poco mal que no haya nada para la gente que celebra otras fiestas, para la gente que profesa otras religiones.

La miro, sorprendida porque Arden se haya dado cuenta de lo que siento. De lo que nadie más parece ver.

—A mí también me gustaría que Barnwich tuviera algo para nosotros. Es solo que no sé cómo… cómo encajaría. En un pueblo como este. A veces, ni yo misma siento que encaje —reconozco.

—Bueno, Levi, Miles, Riley, tú y tu madre forman parte de este pueblo tanto como Edie, tu padre y yo. Y tampoco son los únicos judíos. —Se encoge de hombros. Yo pienso en varios chicos judíos que conozco de la prepa, Sarah, Heather, Jake y Zoey, en los Goldberg, que viven a dos manzanas de aquí, en los Bernstein, a cuya casa fuimos a cantar villancicos, que viven aquí al lado. Mientras tanto, ella sigue hablando—: Quizá podríamos encontrar un modo de… No sé, quizá sea eso lo que Barnwich necesita. Lo que falta. En lugar de hacer siempre más de lo mismo y esperar un resultado distinto, quizá lo que necesite sea algo nuevo. Más… diversidad. —La miro un largo rato mientras toma dos cucharas del cajón de los cubiertos y me tiende una como si nada, como si no acabara de dar voz a cada uno de mis pensamientos más ocultos—. Sigamos dándole vueltas. Mientras tanto… tenemos que probar eso —añade, señalando el cuenco de masa de galletas que tenemos delante.

Asiento, me lo acerco y tomo una cucharada a rebosar. Ella hace lo mismo.

—¿Crees que tus fans me odiarán si pescas una salmonelosis? —pregunto con la boca llena. La masa de galletas es suave, dulce y deliciosa. El azúcar morena es la protagonista, tal y como recordaba.

—Por supuesto —contesta lanzándome una chispa de chocolate—. ¿Crees que ahora eres tendencia? Espera y verás.

Gimo y me llevo otro bocado a la boca. Distribuimos la masa en la bandeja y luego Arden la mete en el horno. Poco después, la cocina empieza a oler increíble. Tras varios minutos fregando lo que hemos ensuciado, nos dirigimos a la sala seguidas por el aroma de las galletas, y tras sentarme al lado de ella en el sofá pongo la película. Nos quedamos de piedra cuando, antes de que empiece, aparece un anuncio de una serie de televisión que Arden hizo el año pasado.

—Qué seria —digo mientras Arden imita la foto, con los brazos cruzados y el ceño fruncido. Le doy un empujón y ella sonríe, relajando la frente.

—Ese día tenía un grano gigante —dice, señalándose la barbilla en la foto, donde yo solo veo piel lisa y perfecta—. Alguien debió de haber pasado al menos dos horas retocando eso.

—¿Demasiados gusanos de gomita?

A Arden solo le salían granos en la piel anormalmente perfecta cuando comía cantidades ingentes de golosinas. Los gusanos ácidos eran su debilidad.

Ella me mira a la defensiva.

—Compré diez bolsas grandes por cinco dólares, ¡cinco!, cuando la tienda de al lado de mi casa quebró. ¿Lo puedes creer? —Tiro el control remoto en el sofá al oír el timbre del horno y Arden me sigue, sin dejar de justificarse—. De acuerdo, sí, tal vez estuvieran un poco rancios. ¿Me impidió eso terminarme dos bolsas antes de la mañana siguiente? Por supuesto que no.

Ponemos las galletas en un plato, tomamos dos vasos de leche y volvemos a la sala. Cuando pulsamos el «play» y nos acurrucamos bajo la misma manta, de repente ya no sé distinguir el pasado del presente. Vuelvo a tener catorce años y lo único en lo que puedo pensar es en su pierna, que está a apenas un centímetro de la mía. El plato está entre las dos. No logro prestar atención a la película hasta media docena de galletas después, cuando ya va por la mitad y Hugh Grant está bailando por los pasillos del número 10 de Downing Street.

De algún modo, cuando consigo perderme en ella, la película me hace pensar otra vez en Barnwich. En mi conversación con Arden y en lo que me gustaría que este pueblo pudiera ser, con todas esas historias distintas y las gentes que se entrecruzan. En abrazar a cada persona y cada perspectiva, todas las celebraciones distintas que nos unen.

Sin embargo, mis pensamientos se interrumpen cuando empezamos a ver *Si tuviera 30.* Hemos dejado el plato en la mesa de café, y Arden se ha acercado lo bastante a mi regazo como para rozarme la mano con la cabeza, y he de obligar a mis dedos a resistirse al impulso de enredarse en su pelo.

—Uf —dice cuando termina la escena de los siete minutos en el cielo y sacan a Matty del armario de un empujón mientras me pasa otra galleta—. Esta parte siempre duele. ¡A él le gusta muchísimo!

—Pero todo termina bien —le recuerdo, y ella resopla y me mira.

—Supongo que tienes razón. A mí me gustabas muchísimo tú en los viejos tiempos. ¡Y míranos ahora! Enamoradas en Instagram.

Casi me atraganto con el trozo de galleta que tengo en la boca.

—¿Qué? —consigo decir.

¿Que a Arden le gustaba yo? Estoy mareada. No es posible que…

—Bueno… —Se encoge de hombros—. Quizá no fuera que me gustabas.

—Ah. Okey. —Resisto el impulso de poner los ojos en blanco. Por supuesto que no le gustaba. Eso sería ridículo.

—Era más que eso —dice con una carcajada. Vuelve a mirar al televisor y el trozo de galleta se me vuelve a quedar atorado en la tráquea—. Estaba tan enamorada de ti que a veces pensaba que me iba a morir, o algo así. Qué tontería, ¿verdad?

Me quedo ahí plantada, demasiado anonadada para decir nada. Ella se mete el resto de su galleta en la boca, como si no hubiera puesto mi mundo del revés en menos de un minuto, y baja las piernas del sofá antes de que yo tenga alguna idea de cómo responder.

—Tengo que ir al baño —anuncia—. Ahora vuelvo.

La observo irse agarrada a la manta, intentando asimilar lo que me acaba de contar. Intentando comprender que Arden acaba de abrir una puerta para luego cerrarla de un portazo.

¿Es posible que Arden estuviera enamorada de mí?

Pienso en todos aquellos momentos que significaron tanto para mí y en los que estaba segura que ella ni siquiera había reparado. Nuestras manos rozándose cuando nos recostábamos en la nieve a mirar las estrellas; las piyamadas en las que nos quedábamos hablando hasta altas horas de la noche para luego despertarnos acurrucadas la una contra la otra por las mañanas. La noche que saltó al lago en la fiesta de Jacob Klein y luego apretujó su cuerpo contra el mío, con las caras muy cerca. Lo mucho que deseaba besarla.

¿Nada de eso fue solo por mi parte?

¿Estaba Arden al otro lado, sufriendo tanto como yo? ¿Quizá deseando besarme tanto como yo deseaba besarla a ella?

Pero ¿cómo es posible que ella sintiera lo mismo que yo y simplemente… rompiera aquella conexión con la misma rapidez con la que se ha levantado para ir al baño?

¿Debería decírselo? ¿Debería…?

Me vuelvo hacia ella en cuanto entra en la sala, pero está mirando su celular y está haciendo una mueca.

—Hubo una fuga de agua en la cocina del restaurante. Tienen que cerrarlo toda la tarde. Y seguirá cerrado por la noche si el problema es más grave de lo que parece —me cuenta. Se queda junto al sofá, dubitativa, y se frota la cara—. Mi abu está preocupada, se lo noto. —Mira hacia la puerta—. Debería irme.

—Puedo ir contigo —me ofrezco, y ella asiente. Nos cambiamos, vamos a su coche y así, una vez más, me quedo con más preguntas que respuestas.

El restaurante no está lejos, pero Arden se pasa todo el trayecto mordiéndose el labio, nerviosa.

Sin pensar, le tomo la mano sobre el compartimento que hay entre los asientos y se la estrecho. Ella me mira y me dedica una pequeña sonrisa mientras nuestros dedos se entrelazan.

Cuando llegamos, nos encontramos que el estacionamiento está abarrotado, a pesar de que el restaurante esté cerrado. Cruzamos una mirada interrogante hasta que nos estacionamos en un sitio vacío y descubrimos que dentro está lo que parece medio pueblo, fregando o sacando los muebles para que se sequen. Llevamos las ventanillas cerradas, pero se oyen los villancicos a todo volumen.

Esta vez, cuando nos miramos de nuevo, las dos estamos sonriendo.

—¡Barnwich! —exclamamos al unísono, y bajamos del coche riendo para ir en busca de Edie.

Es increíble la cantidad de gente que ha venido. Son tantos que Tom ha preparado una tiendecita con un asador y está preparando hamburguesas y hot dogs para todo el mundo con su camiseta de siempre llena de manchas, aunque no debemos de estar a más de cero grados. Por suerte, a su lado han dispuesto una mesa de chocolate caliente.

Me siento igual que cuando reflexionaba mientras veíamos *Love Actually.* Me pregunto si el pueblo recibiría con los brazos abiertos algo distinto si Arden y yo lo intentáramos.

Encontramos a Edie en mitad de todo el caos, aceptando galletas y buenos deseos y dirigiendo a las hordas de gente que han venido a ayudar. Las dos señoras que regentan la tienda de postales del pueblo están colocando las últimas decoraciones navideñas cubiertas de polvo de Edie, las preferidas de Arden, las que rescatamos del desván. Veo que Arden estira el cuello para contemplar nuestra corona navideña, que ahora cuelga orgullosa de la puerta del restaurante, pero enseguida se concentra en lo que tiene entre manos.

—¿Estás bien? —le pregunta a Edie mientras la abraza con un solo brazo. El señor Green se marcha para hacer su turno como Santa Claus, ya con el disfraz puesto.

Edie asiente y le da unos cuantos golpecitos a su nieta en el costado.

—En realidad no está todo bien, pero… lo estará. Es una reparación grande, pero dice el fontanero que mañana deberíamos estar abiertos otra vez, gracias a toda esta ayuda.

—Si necesitas algo me lo dirás, ¿verdad, abu? —pregunta Arden. Edie sonríe, pero no contesta a su pregunta. Sin embargo, las dos sabemos que cerrar el negocio un día en una temporada alta que ya no está resultando muy boyante es una gran pérdida. Todo el pueblo lo sabe; por eso están aquí.

Cuando Edie se marcha a ayudar a Tom en el asador, Arden y yo nos ponemos en la fila del chocolate caliente.

—¿Qué tan mal van las cosas? —pregunta.

—No ibas desencaminada con lo que dijiste sobre Barnwich —admito mientras miro a toda la gente que ha venido a ayudar, a todos los que luchan para mantener este sitio a flote—. Ya no viene tanta gente durante las fiestas como antiguamente. Antes no quería admitirlo, pero la cosa ha empezado a cambiar desde que regresaste.

Pienso en la calle Mayor, en el restaurante, incluso en el bar, anoche. Los últimos días ha ido apareciendo por aquí más gente de la que Barnwich ha visto en los últimos tiempos, gracias a sus historias de Instagram y a los artículos que se han publicado en consecuencia.

Arden está a punto de responder cuando llegamos al principio de la fila y descubrimos, sorprendidas, que quien está sirviendo el chocolate caliente es Ruth.

—¿Escupiste en nuestros vasos? —bromea Arden cuando Ruth le tiende uno. Yo me echo a reír, pero la mujer se limita a fulminarnos con la mirada. Es evidente que todavía no nos ha perdonado por el incidente en el Barnwich Café, así que agarramos nuestros chocolates y nos vamos a toda prisa a apoyarnos contra la fachada del restaurante.

Arden da un largo trago del suyo con gesto pensativo. Mientras tanto, el celular me vibra ruidosamente en la mano. La pantalla está encendida todo el rato, porque no hacen más que llegar notificaciones.

—¡Caroline! —exclama Arden de repente, tomándome del brazo. Levanto la vista y veo que se le ha iluminado la cara de la emoción—. Mañana trabajas, ¿no?

—Sí, de seis a mediodía.

—Mi abu no acepta mi dinero, pero… —Levanta su celular—. ¿Y si mañana yo te ayudo en tu turno? Podría subir un *post* hoy. Seguro que vendría mucha gente.

Asiento. Entiendo lo que se propone.

—¡Sí! Algo tipo «hot cakes con Arden James».

—¡Exacto! —Esboza una sonrisa torcida—. Deberíamos tomarnos una foto para la publicación.

—¿Deberíamos? ¿Las dos?

—A ver, no es que quiera explotarte aún más, pero… somos virales. Si sales en la foto que yo publique, la gente tendrá todavía más ganas de venir para ver nuestra relación de primera mano. Madre mía, yo misma les serviría hot cakes a los paparazis si sé que ese dinero va a acabar en los bolsillos de mi abuela.

No le falta razón. Sin embargo, echo un vistazo a lo que llevo puesto: una sudadera antigua, un par de leggins y un abrigo de plumas enorme. Nada especialmente favorecedor.

—¿Puedo ir a casa a cambiarme, al menos?

—Estás bien —repone ella encogiéndose de hombros—. Guapa, incluso. —Lo dice como si nada, igual que hace una hora, cuando me confesó que le gustaba, pero me quedo perpleja de todos modos—. Además, a la gente le encantará que la foto sea «auténtica» y «natural». Ya sabes, «común y corriente». —Esboza una sonrisa sarcástica—. Estilo Bianchi.

Por primera vez desde que salimos del bar, anoche, no puedo evitar preguntarme si para ella esto no significa nada más.

Se acerca a mí lo suficiente como para que note el calor que irradia de su cuerpo y alza el teléfono, con el cartel del Comedor de Edie de fondo. Me apoyo en ella, sonríe y toma un par de fotos. Sin dejar de tocar el botón, se vuelve para mirarme y yo también alzo la vista hacia ella.

Podría acercarme un poco y besarla. En parte, lo deseo tanto que me duelen hasta los huesos.

Pero Arden me dijo que estuvo enamorada, en pasado. No que lo esté ahora.

Así que vuelvo a mirar a la cámara y Arden también. Tras una última foto se aparta, llevándose con ella su calor. Y, a pesar de todo, me estremezco.

Arden se da cuenta y deja de mirar las fotos para mirarme a mí.

—Si quieres te llevo a casa —se ofrece y yo asiento, porque todavía me da vueltas la cabeza al pensar en cada momento y cada conversación que hemos mantenido desde que vino a buscarme ayer por la noche—. No tiene sentido que nos congelemos aquí las dos.

De camino a casa, lucho contra la necesidad de confesárselo, de gritarle que yo sentía lo mismo. Que hace todos esos años, yo también estaba enamorada de ella. Quiero preguntarle por qué no me lo dijo. Por qué lo mantuvo en secreto.

Y, sobre todo, por qué nunca me llamó después de marcharse si lo sentía de verdad.

No me atrevo a decir nada hasta que no está a medio camino hacia su coche, después de dejarme en la puerta.

—¡Espera! —la llamo, y ella se vuelve para mirarme con esos ojos oscuros, con esa cara que no he logrado sacarme de la cabeza, ni del corazón, en años—. Yo… —titubeo. Las palabras se me quedan atoradas en la garganta mientras ella vuelve poco a poco sobre sus pasos. Así que en lugar de decirle lo que siento, lo que estoy empezando a pensar que podría sentir otra vez, saco la libretita del bolsillo de mi chamarra y se la muestro—. Anoche me olvidé de hacerte la pregunta de rigor. Así que tengo dos preguntas para hoy.

Apoya la cabeza en la columna del porche mientras yo miro las páginas de mi libreta.

—Pues sí que la llevas siempre encima… —comenta.

—Sí.

—¿Hasta cuando duermes?

—¿No la viste anoche metida en la cama?

Se ríe mientras paso las páginas, pero lo veo todo borroso, todo se mezcla; hay palabras que parecen saltar ante mis ojos, pero no tienen sentido. Al final, la cierro y exhalo con fuerza mientras la miro, mientras me preparo para preguntarle lo más cercano a lo que de verdad quiero saber.

—¿Qué fue lo más fácil de marcharte de Barnwich? —pregunto, preparando el terreno.

—Perseguir mis sueños. Ver que mis padres eran felices, aunque yo no formara parte de esa felicidad.

—Y… —Me yergo—. ¿Qué fue lo más difícil?

—Esa sí es fácil —contesta, dedicándome esa sonrisa torcida tan suya—. Dejarte a ti.

Y se marcha sin decir nada más. Baja los escalones del porche, se mete en su coche. El motor cobra vida y se aleja rumbo a donde Edie. Contemplo el Volvo azul hasta que desaparece en la distancia y me siento en el suelo frío del último escalón con la cabeza dándome vueltas.

Lo único que oigo es su voz, pronunciando esa frase una y otra vez.

«Dejarte a ti».

«Dejarte a ti».

«Dejarte a ti».

Y lo único que quiero es hacerle la misma pregunta cuya respuesta tanto me daba miedo anoche. Cuya respuesta aún me da miedo oír, incluso ahora.

«Entonces, ¿por qué lo hiciste?».

20

ARDEN

Día ocho

—Arden, ¿qué demonios hace aquí toda esta gente?

Le sonrío a mi abuela mientras paramos frente al restaurante, a la mañana siguiente. Todavía no ha salido el sol, pero tanto el estacionamiento como la calle de alrededor están llenos de coches, y la fila de gente que ha decidido enfrentarse al frío para comerse unos hot cakes recorre toda la acera.

Aunque, bueno, no han venido solo por los hot cakes. Es evidente que a mi publicación de anoche no le ha ido nada mal. Subí la foto en la que estaba mirando a Caroline y ella miraba a cámara con el pie de foto: «¡Mañana servimos hot cakes de 6 a 12 en el Comedor de Edie, en Barnwich, Pennsylvania! ¡Pasen por aquí!», y luego ignoré el millón de llamadas y mensajes de Lillian en los que protestaba porque me había cargado mi estética alternativa de Instagram con todas esas fotos profesionales en las que parezco cualquiera menos yo. Y me siento totalmente resarcida, porque ha acumulado más me gusta que ninguna otra publicación desde que gané el Teen Choice Award hace poco más de un año.

Lo que, si soy sincera, hace que me pregunte si era necesario construir este personaje público en un primer momento. A la gente en serio parece encantarle la Arden de Barnwich de siempre, y la verdad es que a mí también me cae bastante bien.

—¡Hola a todos! ¡Gracias por venir! —saludo tras bajar la ventanilla del Volvo. Me escuecen los ojos por culpa del aire frío, pero hago un gesto a los de la fila con la mano de todos modos. Se oyen varios grititos de emoción por parte de quienes me reconocen, y los flashes de las cámaras empiezan a dejarse ver en la tenue luz. Me apoyo en el respaldo mientras nos dirigimos a la parte trasera y, cuando subo la ventanilla, mi abu me dirige una mirada penetrante.

—¿Qué pasa? Es para que los números vayan mejor.

—Ya. debería haberme imaginado que te traías algo entre manos cuando te vi despierta a las cinco preguntándome si podías acompañarme al trabajo.

Estaciona el coche y entramos. Tom, Harley y Caroline ya están aquí, mirando desde la ventanilla de la cocina a toda la gente que espera fuera, ansiosa. Ya huele a gloria: hay veinte jarras de café caliente y un montón de tocino esperando, ya preparado.

—Qué mañanita nos espera —gruñe Tom.

—Pues sí, sospecho que gracias a estas dos —contesta mi abu con una sonrisita, mirándonos a Caroline y a mí. Los tres se vuelven pero Caroline es la única que me mira a los ojos. Sus mejillas sonrosadas son imposibles de disimular, sobre todo porque se ha apartado el pelo de la cara.

Como solo queda un cuarto de hora para abrir, Edie se pone manos a la obra y nos asigna tareas a todos, para que nos preparemos lo máximo posible antes de abrir las puertas. Tom se pone a hacer hot cakes mientras Harley y yo preparamos los platos y las tazas de café. Al cabo de unos minutos, alguien llama a la puerta de atrás y Caroline abre, dando la bienvenida a una ráfaga de aire frío y a Maya, Austin, Finn y Taylor, que entran en el restaurante muertos de sueño.

—Buenos días —saluda Austin con un gesto soñoliento. Finn mira el tocino con anhelo.

—Pensé que no nos vendrían mal unas cuantas manos más —dice Caroline, y mi abu asiente agradecida mientras bate la mezcla para los hot cakes con todas sus fuerzas.

—Tómense un café y que Harley los ponga al día.

Harley se sube a la barra masticando ruidosamente un chicle de color rosa, divide al grupo y le asigna una tarea a cada uno, desde lavar a apuntar los pedidos, pasando por ayudar a Tom en la cocina.

—¡Abrimos en un minuto! —anuncia mi abuela con la mirada fija en el reloj.

—Toma —dice Caroline tirándome un delantal.

Me lo pongo y luego me recojo el pelo en una cola de caballo. Tengo el estómago un poco encogido. Cierro los ojos y respiro hondo para prepararme mientras nos dirigimos a la puerta principal. La gente está mirando a través de los cristales como si yo fuera un extraño animal exótico en una jaula. Me señalan, toman fotos y golpean el cristal para llamar mi atención.

Dios mío.

¿Qué he hecho?

De repente, recuerdo por qué nunca hablé en público de esto. De este restaurante, de Edie, de Caroline y de mi vida antes de encontrar la fama. No era solo para mantener mi imagen de chica mala, era también porque Barnwich era el único lugar que siempre seguiría siendo mío, intacto, protegido del mundo exterior. Protegido incluso de mí. Si nunca volvía, no podría estropearlo, igual que lo estropeo todo.

Pero ahora yo misma los invité, los dejé entrar en una vida que empezaba a parecerme real otra vez, que empezaba a parecerme mía, y he puesto bajo los reflectores a las personas que me importan de verdad.

—¿Estás bien? —me pregunta Caroline, estudiando mi rostro con curiosidad.

—Sí, estoy bien… solo un poco nerviosa. ¿Por?

Se encoge de hombros.

—No pensé que tú también te pusieras… nerviosa. Fue idea tuya. Pensé que te sentías cómoda con esto.

—¿Cómo me voy a sentir cómoda ante el escrutinio constante de gente que no sabe nada sobre mí? —pregunto, señalando a la multitud. Caroline ladea ligeramente la cabeza y me mira a los ojos como si estuviera buscando algo—. Pero no me voy a quedar escondida en la cocina de brazos cruzados. Esta es la vida que elegí, ¿no?

—Cuando tenías catorce años —me recuerda.

—¿Y qué más da ahora? —Suelto una carcajada patética—. Es mi vida.

Aparto rápidamente la vista de ella y me dibujo una sonrisa en la cara. Saludo y señalo a la gente, guiño un ojo; mi memoria muscular funciona, aunque siga con los pies pegados al suelo.

Y entonces Harley quita el cerrojo.

—¡Prepárense! —nos advierte.

Y abre la puerta. La gente entra de inmediato y corre para adueñarse de las mesas y los taburetes, ignorando totalmente a Austin, que está junto al atril de recepción e iba a asignarles las mesas.

Maya y Taylor salen de la cocina con los cafés y el agua y, de repente, todo se convierte en un torbellino de apuntar pedidos, firmar autógrafos, servir hot cakes y posar en fotos. Incluso cuando empiezo a sentirme abrumada, con cada «tilín» de la caja registradora y con las mejillas cada vez más rojas de mi abu, que va de un lado a otro de la cocina sin parar, cada vez me siento mejor sobre la decisión que tomé. Cada vez me siento más agradecida.

—¿Puedo tomarme una con las dos? —le pregunta a Caroline una niña con brackets mientras pasa junto a ella con dos platos de hot cakes.

—Oh, yo no... —empiezo a decir.

—Claro —me interrumpe Caroline recolocándose los platos. Le pongo una mano en la parte baja de la espalda, movida por otra memoria muscular, y se me pone la piel de gallina.

Y entonces, en un instante, se ha ido tan rápidamente como ha venido, directo a servir los platos en la última mesa.

Tom toca la campanilla y me dirijo a la cocina por otro pedido, pero me encuentro con Taylor en la ventanilla.

—Gracias por venir hoy a ayudarnos —le digo.

—No es nada. Este sitio siempre me ha encantado —contesta. Cuando estoy a punto de volver a salir, me agarra de la muñeca inesperadamente—. Oye, Arden... —Mira atrás para asegurarse de que todo esté despejado, de que no haya nadie lo bastante cerca para oírla, y se acerca a mí—. Escucha, sé que están haciendo todo esto para el artículo, pero... —Hace una pausa y exhala despacio. Mira detrás de mí, al otro lado del restaurante, donde está Caroline—. Salta a la vista que Caroline siente algo por ti de verdad. Solo quiero que seas consciente de ello, ¿de acuerdo? De lo clavada que está contigo, antes de que desaparezcas para volver a tu vida real y la dejes aquí con el corazón roto. Sobre todo cuando tiene a alguien aquí, en Barnwich, que no le haría eso.

Abro y cierro la boca mientras intento comprender lo que me acaba de decir.

—Caroline no... Apenas volvimos a ser amigas... Ella...

Pone los ojos en blanco y toma varias tazas y una jarra llena.

—Arden, no me vengas con tonterías.

La miro mientras se va y luego veo que Caroline se acerca garabateando algo en una hoja de pedidos.

—¿Cómo carajos se hace un huevo a la plancha sin la yema? —masculla mientras la arranca del bloque y la pega en la fila. Finn la toma desde el otro lado de inmediato mientras yo todavía estoy intentando entender lo que Taylor me dijo.

Caroline siente algo por mí.

¡Caroline siente algo por mí!

Busco alguna señal en la expresión de su rostro, en sus movimientos, pero no veo nada en su mirada. Agarra tres vasos de agua para llevarlos a una mesa que se acaba de ocupar y susurra:

—Tus fans son ridículos.

Ayer le confesé que había estado enamorada de ella pensando que, si alguna vez había sentido algo por mí, si lo sentía ahora, me diría algo, cualquier cosa. Y, por mucho que en el fondo de mi corazón quisiera que ella sintiera lo mismo que yo, una parte de mí sintió alivio cuando no lo hizo. Porque, si sintiera algo por mí, las cosas se complicarían muchísimo. Ayer, cuando respondí a su pregunta, fui sincera. Dejarla fue lo más difícil, igual que dejar a Edie, quizá. Pero volver a marcharme sabiendo que siente algo por mí sería casi imposible, y quedarme no es una opción. Que ella no dijera nada lo simplificaba todo. Así, la única que sufriría sería yo.

Pero si Taylor tiene razón… Si Caroline siente lo mismo que yo siento por ella… Tenemos un prob…

—Oye —dice una voz. Me vuelvo y veo a Finn, que, no sé cómo, pero ahora lleva la misma cinta en la cabeza que Tom—. Se te está enfriando el pedido. —Señala los tres platos de hot cakes con la espátula.

—Ah, sí —contesto un poco aturdida—. Perdón.

Sonrío y supero el resto de la mañana valiéndome de mi encanto, que parece lo único que sé hacer ahora mismo. Intento cruzar miradas con Caroline, tratar de encontrar una respuesta a mi pregunta muda, pero está tan atareada que apenas me mira.

Sin embargo, un rato después viene a buscarme mientras yo intento encontrar más popotes en una de las alacenas.

—Mañana pasaremos a buscarte a las tres para la fiesta de Janucá —me informa mientras se inclina a mi lado para tomar unas servilletas de la estantería que yo estoy mirando. Se da cuenta de que no las encuentro y señala una caja en la esquina superior derecha que está etiquetada como «POPOTES».

—Suena bien —contesto mientras alargo una mano para tomarla. Cuando bajo la vista, veo que ya se está yendo—. Caroline —la llamo sin poder contenerme. Se da la vuelta con los ojos muy abiertos, pero, entonces, el resto de lo que dijo Taylor me detiene.

«De lo enamorada que está de ti».

«Desaparecerás».

La he tenido tanto tiempo en mi corazón que seguramente tenga un lugar en él para siempre. Más o menos encima de mi ventrículo derecho.

Pero este no es mi hogar. Hace tiempo que no lo es. Tengo una vida hecha a un mundo de aquí, donde me espera el papel para el que siento que he trabajado durante años. Algo para lo que lo he sacrificado, literalmente, todo.

Ni siquiera diez días maravillosos pueden borrar todo eso. Y dentro de seis días… me marcharé.

—¿Qué me pongo? —le pregunto.

Se encoge de hombros.

—Lo que quieras. Es una reunión informal, no es como el estreno de una película ni nada por el estilo.

Asiento y salgo con ella de la alacena. Luego la miro mientras desaparece por una esquina, siempre un poco fuera de mi alcance.

Y siempre por mi culpa.

Suspiro y me apoyo en la pared, hasta que Edie me sorprende apareciendo ante mí.

—¿Qué es esto de echar flojera? —me dice dando un golpecito en la caja de popotes que tengo en la mano—. ¿No estás acostumbrada a trabajar duro? ¿Es que en Hollywood estás siempre entre almohadones?

Me echo a reír y niego con la cabeza.

—Oye, ¡muchos días trabajo más de doce horas! No, es que… —Miro tras ella y veo a todo el mundo trabajando en la cocina. Maya está lavando los platos con tanto ahínco que hace el ruido suficiente para que no se oiga nuestra conversación—. Taylor me dijo que Caroline siente algo por mí. —Espero a que mi abu reaccione, pero se limita a mirarme como si acabara de decirle algo tan obvio como que el cielo es azul—. ¿Lo sabías? —Ahogo un grito y ella pone los ojos en blanco.

—Arden, hasta un tonto en el lado de la calle sabría que esa chica siente algo por ti.

—¿Qué? ¿Desde cuándo? ¿Cuándo te…?

Se encoge de hombros.

—Desde siempre.

—¿Siempre?

—Escúchame, Arden. —Me toma la cara con sus manos curtidas y clava sus ojos oscuros en los míos—. No juegues con el corazón de esa chica, ¿de acuerdo? Lo hagas a propósito o no. Yo te eduqué mejor que eso. Tus actos tienen consecuencias. Irte o quedarte, aquí o allí. Lo de fingir está bien, pero no empieces nada si no estás segura de poder terminarlo.

Pienso en la última semana. Empezó con Caroline empujándome a un montón de nieve y ha terminado con las dos recostadas en su cama, de la mano. Me ha hecho falta volver para comprender el daño que le causé cuando me fui hace cuatro años. Le rompí el corazón. Durante este tiempo pensaba que estábamos reparando nuestra amistad, pero hemos estado cultivando algo totalmente distinto. Algo mucho más importante y peligroso. Esta vez, tenía pensado seguir en contacto con ella cuando me fuera. Iba a llamarla a menudo y venir de visita siempre que pudiera. Pero ahora... empiezo a recordar la razón por la que todo pasó como pasó la primera vez. Y tal vez esa sea la única forma de protegernos de verdad a ambas. Porque no me puedo ni imaginar cómo se sentiría si dejara que nuestra relación siguiera creciendo hasta convertirse en algo más serio.

Asiento para transmitirle a mi abu que lo he entendido y ella me da un golpecito en la frente y señala el restaurante abarrotado.

—Y ahora sal ahí antes de que nos toque empezar a reutilizar popotes.

Me pinto una sonrisa en la cara y vuelvo al trabajo. Me trago mis sentimientos y me pavoneo por todo el restaurante. Arden James, el plato del día.

Por fin, cuando ya casi es mediodía, me aclaro la garganta, me subo en la barra y digo:

—¡Hola a todos!

Todas las cabezas se vuelven hacia mí. Mi abu aparece por detrás y me golpea con un menú para hacerme bajar.

—¿Qué es esta manía que te ha dado por subirte a cada barra de Barnwich? —dice, pegándome otra vez en la rodilla. Se oyen varias carcajadas.

—Ella es mi abuela, Edie —digo señalándola, sin amedrentarme ante sus amenazas—. Ha regentado este restaurante aquí, en Barnwich, los últimos treinta y cinco años. —La gente aplaude y mi abuela se rinde y, en lugar de intentar que me baje, agacha la cabeza, avergonzada—. No sé ni contar las veces que he estado en un rodaje, o viajando por todo el mundo, o en una entrega de premios, y lo único en lo que pensaba era en estar aquí, en una de esas mesas, saboreando los hot cakes de mi abu. —Ella sonríe al oírme y me mira con los ojos llenos de lágrimas. Y entonces me doy cuenta de que no creo que se lo haya dicho nunca. Ojalá se lo hubiera dicho antes—. En cualquier caso, solo quiero decir que me siento muy agradecida porque hoy hayan venido a apoyar este sitio, y a apoyar a mi abuela. Sé que algunos de ustedes han venido desde muy lejos para verme… —Dedico una sonrisa a un grupo de ancianas a las que les encantó *Operación Gorrión* y que viajaron toda la noche desde Boston para conocerme. Ahora están haciendo planes para disfrutar de Barnwich en toda su navideña gloria—. Pero espero que vuelvan una y otra vez por los hot cakes. Es muy importante para mí. —Señalo a mi abu—. Y ahora ¡un aplauso para Edie!

Todo el restaurante estalla en aplausos y vítores y, con un impulso de Finn que termina con las resistencias de mi abuela, le ayudo a subirse a la barra. Le rodeo los hombros con un brazo y un chico en el fondo que tiene una cámara nos toma una foto.

—No estaré mucho más tiempo en Barnwich —continúo—, pero espero que cuiden muy bien de ella cuando me haya ido. —Miro a Taylor a los ojos e intercambiamos una mirada que habla por sí sola.

Cuando por fin reúno el coraje necesario para mirar a Caroline, ya ha desaparecido en el interior de la cocina.

Mejor así. Estar en el centro de todas las miradas, delante de toda esta gente, de todas estas cámaras, me ha recordado lo que he venido a hacer aquí.

Taylor y mi abu tienen razón. He de ser realista. Tengo un trabajo que amo y he de concentrarme en eso. O, al menos en un trabajo que esta vez sí podría amar.

He de terminar el artículo, conseguir ese papel y hacer que mi vida en Los Ángeles merezca la pena.

Y dejar de desear lo que no puedo tener.

21

CAROLINE

Día nueve

—Deja la pierna quieta —dice Riley mientras conducimos por la calle Mayor hacia casa de Edie para recoger a Arden. Levi me mira por el retrovisor mientras Riley se inclina hacia mí para estudiar mi rostro.

—¿Qué?

—¿Estás nerviosa?

—No.

La empujo ligeramente hacia su lado del coche y miro las calles abarrotadas por la ventana, el borrón de bufandas y gorros de lana y los famosos vasos negros del Barnwich Café. Cuando los observo, la melancolía se me antoja menos amarga. Vinieron por Arden, pero se han quedado por Barnwich y por toda su magia navideña.

No estoy nerviosa. Estoy…

Confundida, quizá.

Supongo que esa palabra lo expresa bastante bien.

Pienso en Arden diciéndome que hace años estaba enamorada de mí un minuto y al siguiente encima de la barra del restaurante advirtiendo de que no se quedará en Barnwich mucho tiempo más. Recuerdo que Austin me tomó del brazo mientras lo decía y que Maya me miró desde detrás de él, y que Arden se fue justo después despidiéndose con la mano sin más y que yo luego escribí una pregunta en nuestro chat una vez y otra, hasta por fin decidirme por: **¿Cuál es tu mejor recuerdo en el Comedor de Edie?**

Justo cuando empezaba a imaginarme cómo sería todo si decidiera quedarse por aquí, o si tal vez sentía lo mismo que yo, me confirmó que nunca lo hará. Me ha vuelto a cerrar esa puerta.

Contemplo la colina del Cementerio al pasar y después Levi baja la velocidad para entrar en la calle de Edie y luego, en la entrada de su casa. Arden sale por la puerta principal y siento que me queman las entrañas al ver que se acerca al coche.

Riley me pone una mano en el hombro.

—Sal. Quiero que Arden se siente en medio.

Exhalo, frustrada, abro la puerta y me encuentro cara a cara con Arden.

—Hola —saluda y me sonríe, una sonrisa que le arruga hasta las comisuras de los ojos. Pero hay algo distinto en ella. Vuelve a parecer la estrella de cine que es «Arden James», y eso hace que me sienta menos segura.

—Riley quiere que te sientes en medio —suelto.

—De acuerdo —contesta.

Bajo la vista y veo que se ha puesto una chamarra de cuero estilo bómber. ¿Es la de…? Lo es. Es la misma que llevaba en *Operación Gorrión,* con los parches y todo.

—¿Me estás tomando el pelo? —digo acariciando el parche de la bandera de Estados Unidos del hombro—. A mi abuela le va a dar un ataque.

Arden mira la chamarra.

—Ah, sí. Le pedí a mi representante que me la enviara cuando me dijiste que era fan de la película.

Por millonésima vez en mi vida, he de resistir el impulso de besarla o de darle un empujón.

Esta chica es una contradicción con patas. Primero dice que se va y luego hace algo tan considerado y bonito como esto. Me dice que estaba enamorada de mí pero luego se marcha y no me vuelve a llamar nunca más. Me está volviendo loca.

—¡Vamos a llegar tarde! —nos avisa Riley desde dentro, y Arden pasa por mi lado de inmediato para sentarse en medio.

Yo suspiro y saludo a Edie con la mano antes de entrar en el coche.

Miles pone un poco de música, pero Riley ya está parloteando con Arden sin parar. Intento distraerme para no pensar en lo cerca que tiene la rodilla de la mía, recordándome, una y otra vez, que volverá a marcharse. Dentro de cuatro días nuestras citas falsas habrán llegado a su fin, y dentro de cinco seguramente se habrá marchado ya.

Nos estacionamos en la calle, justo en la puerta de la casa de mis abuelos. La curva está llena de coches, todos de mis parientes, entre los que se encuentra el Toyota de mis padres. La abuela y el abuelo viven justo en las afueras de Pittsburgh y desde aquí se ven los edificios de la ciudad en la distancia.

Me encanta venir cada año para la fiesta de Janucá. Recuerdo cuando de niña jugaba con mis hermanos y mis primos en el patio de atrás. La hierba estaba cubierta de nieve y patinábamos hacia la ciudad en el horizonte hasta que el olor de los *latkes* nos hacía entrar en casa. Y, aunque ya no hacemos eso, estar aquí me despierta la misma expectación. Es nostalgia de la buena, a diferencia de lo que he sentido en Barnwich durante las fiestas de los últimos años.

Salimos del coche y recorremos los setos en fila; Arden va al final. Cuando estamos a punto de subir por el camino de entrada, que es bastante empinado, miro atrás y la veo con los brazos cruzados y mordiéndose el labio.

Bajo el ritmo para darle tiempo a que me alcance.

—¿Estás bien? —le pregunto—. Estás muy callada.

—Solo tengo hambre —contesta, lo que comprendo muy bien. Casi huelo los *latkes* y el *brisket* desde aquí.

Lo comprendo, pero no creo que sea la verdad.

Seguimos caminando de todos modos, acelerando para atrapar a mis hermanos, que ya están cruzando el umbral. Nos llegan las voces de mi familia.

—¡Hola! —saluda mi abuela, que lleva hasta el último pelo de su melena blanca como la nieve colocado en su lugar. El contraste con su suéter negro y su pañuelo de flores es notable—. ¿Cómo estuvo el viaje?

—¡Bien! No había nada de tráfico —contesta Miles mientras ella lo abraza. Luego le toca a Riley y después me mira a mí con una sonrisa de oreja a oreja.

—¡Caroline! —exclama. Me da un sonoro beso en la mejilla, sin duda dejándome la marca del labial—. ¿Cómo va la solicitud para…? —Se para en seco. Mira detrás de mí y pone unos ojos como platos. Y entonces dice—: Arden James.

—Gracias por invitarme hoy a…

—Oh, ¡eres aún más guapa en persona! —dice mi abuela mientras le apretuja la cara—. No sabes cuánto me gustó tu película, *Operación Gorrión;* ¡me encantó! Y… —Sus ojos se convierten en dos esferas perfectas—. ¡¿Es esta la chamarra?!

—¿Quieres probártela? —pregunta Arden mientras se la quita.

—¡Oh! ¡No podría! —contesta mi abuela, pero ya ha metido un brazo en una de las mangas—. ¡David! ¡Ven a conocer a la novia de Caroline! —le dice a mi abuelo.

—Abuela, no es…

Me hace callar y se vuelve hacia un lado y hacia el otro para mirarse en el espejo del recibidor mientras mi abuelo se acerca poco a poco, vestido con una camisa de rayas.

—¿Qué pasa? —pregunta, rodeándome la cintura con un brazo.

—Hola, abuelo. —Me da un beso en la mejilla, rascándome con la barba, y luego me limpia con suavidad la marca de labial de mi abuela.

—¡Que alguien me tome una foto! —grita mi abuela yendo hacia la sala, donde un grupo de mis tíos y tías están sentados en los sofás blancos y varios primos pequeños corren a su alrededor, emocionados por los regalos. Mi padre, que está sentado en un sillón en la esquina, me guiña un ojo. Mi madre está enfrascada en una animada conversación con su hermana; tienen las cabezas muy juntas y se ríen como si nada, como si ella no me hubiera echado la bronca hace dos noches por haber bebido cerveza. Riley se les acerca correteando, para, por una vez, meter las narices en los asuntos de otra persona.

Los demás vamos a la cocina a servirnos algo de beber. Mientras caminamos sobre las baldosas de terracota roja, veo a mi prima Hannah, que está en primero de carrera en la Universidad de Nueva York, apoyada en una pared con su hermano mayor, Ethan, ambos con vasos de plástico llenos de Coca-Cola.

—No lo puedo creer —dice Hannah, incorporándose al instante—. ¿Arden James?

—Hola. —Arden la saluda tímidamente con la mano. Su encanto de siempre, su forma de hacerte sentir como si fueras la única persona en una habitación, no está por ninguna parte. Es como si una Arden indescifrable hubiera ocupado su lugar. No intenta ni emular la fanfarronería del otro día en el restaurante.

Algo no va bien. Es como si ya estuviera a kilómetros de distancia, aunque esté aquí.

—¿De verdad están saliendo juntas? —pregunta Hannah sin medias tintas mientras Arden se sirve un refresco en el antiguo minibar de la esquina. Levi le guiña un ojo y le añade un chorrito de whisky, pero Miles le cambia el vaso y masculla no sé qué sobre que ya los metió en bastantes líos con mamá por las dos cervezas que nos dio en el bar.

—¿Cómo te va en la universidad? —le pregunto a Hannah para evitar responder mientras le sirvo otro refresco a Arden.

—Ah —contesta Ethan con una carcajada—. Así que esas tenemos...

Arden no se ríe. No dice nada. Se limita a aceptar la bebida que le ofrezco y a evitar mi mirada.

Charlamos sobre las clases, el bar y el nuevo trabajo de Ethan, que está increíble porque es escritor de viajes, mientras picamos de los aperitivos dispuestos en la encimera de madera de la cocina.

—¿Estás trabajando en algo nuevo? —le pregunta Ethan a Arden, y ella asiente.

—Este verano saldrá una nueva película en Netflix, y antes de venir de Los Ángeles hice una prueba para un papel muy *cool.*

—Si la película que sale este verano es *Operación Gorrión II,* a la abuela le dará un ataque al corazón —dice Hannah, y todos nos reímos.

—¿Todavía lleva puesta...? —empieza a decir Levi, pero justo entonces nuestra abuela entra en la cocina con sus hermanas Paula y Linda para cortar el *brisket* y encender los fogones para los *latkes,* aún, en efecto, con la chamarra de Arden puesta.

—No sé si la vas a recuperar —le digo a Arden.

—¿Crees que dormirá con ella puesta? —pregunta Arden, y todos asentimos mientras la abuela nos pide con un gesto que le ayudemos a sacar los platos. Unos minutos después, empiezan a entrar los demás, atraídos por el olor de las papas.

—¿Tienes hambre? —pregunta mi madre mientras rodea a Arden con un brazo. Esta asiente y echa un vistazo a la sartén por encima del hombro de mi abuela.

—Un montón.

Agarramos platos y cubiertos, y Arden me sigue. Pongo los ojos en blanco al ver que mi abuela le sirve un *latke* de más y le guiña un ojo. Cuando llegamos ante los cuencos de salsa de manzana y crema agria, Arden mira primero uno y luego el otro.

—Salsa de manzana —le digo mientras le echo una cucharada en uno de los *latkes*—. Confía en mí.

—Miente —repone Riley, y le pone crema agria en el otro.

Nos sentamos en la sala y empezamos a comer. Arden suelta un silbido tras su primer bocado de *brisket.*

—Esto es increíble.

—¿Verdad? —dice Miles, que tiene el plato a rebosar de comida—. Solía pedirle que me lo hiciera por mi cumpleaños, en lugar de un pastel.

Arden me mira para que se lo confirme y asiento.

—Es verdad. Con velas y todo. Cada año.

Arden entorna los ojos y nos mira primero a mí y luego a mi hermano.

—No lo creo. —Nos echamos a reír y ella niega con la cabeza, pero sonríe. Es la primera sonrisa sincera que le he visto en todo el día—. Casi caigo.

—Arden, ¿cuándo vuelves a Los Ángeles? —pregunta Levi con la boca llena.

—Eh… —Su expresión cambia al instante. Ha vuelto a levantar la guardia. Se encoge de hombros y se lleva otro bocado a la boca—. Todavía no lo sé. Creo que mi representante me quiere allí el día después de Navidad.

«Cinco días».

Me remuevo en mi asiento e ignoro la mirada que me echa Levi para concentrarme en mis zanahorias, que estoy cortando en pedacitos cada vez más pequeños, hasta que la conversación se desvía a cuándo llegará la próxima ola de nevadas, los sitios preferidos para comer en Los Ángeles de Arden y lo irritante que es la compañera de cuarto de Hannah.

Cuando terminamos y vamos a dejar los platos a la cocina, Arden se acerca a mí y se me eriza la piel cuando me susurra al oído:

—La salsa de manzana era la elección correcta.

—Ya lo sé —replico.

Al atardecer, entramos todos en la cocina, donde mis abuelos sacan su surtido de menorás de varias formas, tamaños y estilos. Nuestra celebración no es nada ortodoxa. Cada unidad familiar tiene una que encaja con su personalidad, desde las más tradicionales, en forma de árbol dorado de varios brazos, a la muy buscada *banorá* (una menorá en forma de banana). Y cambia de año en año, a medida que los hijos van creciendo, que nacen nuevos bebés o que la tía Lauren te aparta de un codazo para hacerse con la más bonita, la de cerámica verde.

—¡Arden! Tienes que encender una —dice mi madre.

Todos se apresuran a buscar la más adecuada para ella. Mientras los demás levantan dinosaurios verdes o complejas figuras de cerámica, debatiendo sobre qué opción es mejor, yo me fijo en que su mirada se detiene sobre una menorá en forma de combi de Volkswagen lindísima que seguramente mi abuela encontró en un mercadillo. Sin embargo, no dice nada, ni tampoco discute cuando Ethan le pone en las manos una en forma de pájaro dorado diciendo no sé qué sobre *Operación Gorrión* con lo que, al parecer, se gana el consenso de los demás.

Pero cuando todo el mundo desvía su atención hacia otro lado, yo tomo el autobús y se lo pongo delante. Ethan se vuelve y abre la boca para protestar, pero le tiendo el pájaro dorado y le digo:

—Si tanto te gusta, enciéndelo tú.

Él sonríe y niega con la cabeza antes de volverse hacia la ansiada menorá en forma de seta por la que ha luchado con uñas y dientes desde los quince años. Arden me roza los dedos con los suyos y levanto la vista para ver que me dedica una sonrisa de agradecimiento.

—¿Cuántas vamos a encender? —pregunta mi tío Jared mientras nos pasamos una caja de velas. Como Janucá no empieza hasta dentro de unos días, no tenemos una guía exacta. De hecho, nunca la hemos tenido, salvo por lo de juntarnos para celebrarlo cada diciembre.

—Todas —decide mi abuelo, y todos asentimos entusiasmados.

Apaga la luz y ayudo a Arden a llenar de velas el autobús, rodeada de mi familia, y no puedo evitar sentirme... No sé. Completa. Orgullosa. Los miro a todos y siento que la parte de mí que echaba de menos esta celebración en Barnwich ha vuelto a su sitio.

Y, aunque a Arden le pase algo raro, me alegro de que esté aquí para compartir este momento conmigo, ya que nunca lo habíamos hecho antes. Me alegro de que el artículo, de nuestros doce días navideños juntas, vaya a incluir a ella encendiendo una menorá en la cocina de mis abuelos. Me alegra sentir que ahora, escriba lo que escriba, mostraré más de Arden y más de mí misma.

Pero mis pensamientos se ven interrumpidos cuando mi tía empuja a mi primito Danny y le dice:

—¡Danny! ¡Cuenta la historia de Janucá! La aprendió en la escuela hebrea.

Danny parece querer que se lo trague la tierra mientras balbucea su versión de la historia a trompicones, rojo como un tomate, con alguna pequeña ayuda de la tía Lauren. Cuando termina, todos le aplaudimos, y su padre lo sube a un taburete para que encienda las velas mientras los demás decimos nuestras oraciones primero en hebreo y luego en inglés. Le indico a Arden qué vela tiene que agarrar y en qué dirección encender las demás y al final, cuando toda la encimera está prendida de velas, pone unos ojos como platos.

Y observo cómo se le suavizan las facciones, cómo esa máscara que lleva puesta desde que fuimos a buscarla se le va cayendo poco a poco.

—¿No saltará la alarma de incendios? —pregunta de repente el tío Jared.

—Es posible —contesta la tía Lauren, echando un vistazo al aparato de la esquina.

Pero mi abuelo hace un gesto como quitándole importancia.

—Se quedó sin pilas hace un año.

—¡Papá! —exclaman el tío Jared y mamá al unísono, y el momento se interrumpe de repente cuando todos se ponen en marcha rápidamente. Mi madre empieza a buscar pilas en el cajón de los trastos y la tía Lauren le detiene una silla al tío Jared para que tome la alarma de incendios y la ponga de nuevo en funcionamiento.

Al cabo de un rato, volvemos a la sala para abrir los regalos. Los niños rebuscan entre el montón, decididos a encontrar los que llevan su nombre e identificar el papel de regalo de la tía abuela Paula, que es famosa por hacer los mejores regalos.

A mí me toca una tarjeta de regalo de la librería Barnes & Noble de mis abuelos y un billete de cien dólares escondido en una tarjeta de la tía abuela Paula, que me guiña un ojo al dármelo.

—Para que lleves a tu chica a un sitio bonito —dice, y se marcha antes de que me dé tiempo a protestar.

Riley me quita el billete de la mano y lo sostiene bajo la luz.

—Sí, Caroline —dice con una sonrisa malévola—. Lleva a «tu chica» a un sitio bonito.

Se lo quito fulminándola con la mirada y se marcha a buscar su regalo.

Pero quizá lo haga. Solo me quedan cinco días con Arden. ¡Cinco!

Aunque lo que más me asusta es que me da la sensación de que una parte de ella ya se ha marchado.

—Okey. Mañana… —digo, volviéndome hacia Arden.

—¿Mañana qué?

—Yo me encargo de planear lo que hacemos mañana —le aclaro, meneando el dinero antes de metérmelo en el bolsillo—. Estoy segura de que se me puede ocurrir algo mejor que ir a robar un árbol de Navidad.

Arden se ríe y asiente.

—De acuerdo.

22

ARDEN

Días nueve y diez

—Creo que le hiciste a mi abuela el mejor regalo de Janucá de su vida —dice Caroline mientras nos dirigimos al todoterreno después de la fiesta. Me froto los brazos, ya que tengo frío sin la chamarra, que es ahora una posesión permanente de la abuela de Caroline.

—De todos modos, necesitaba hacer espacio en la maleta para toda la comida que mi abu va a intentar que me lleve. —Cuando llegamos al coche, Caroline me hace un gesto para que entre antes que ella—. ¿Eres consciente de que sentarse en medio cuando tienes las piernas tan largas es…?

Me da un empujón y entro dando tumbos, riéndome, a pesar de estar de mal humor.

Hacemos el trayecto en silencio, salvo por el suave ruido de fondo de la radio. Doy por hecho que todo el mundo está en una especie de coma de tanto comer, pero cuando echo un vistazo a Caroline la descubro con el ceño fruncido.

—Chicos —dice acercándose a los asientos delanteros. El aroma de su champú de flores me envuelve. Levi baja la música—. ¿Alguna vez han pensado en hacer algo… no sé… relacionado con Janucá en Barnwich?

Miles se encoge de hombros, pero Levi y Riley asienten.

—Sí, a ver, ya sé que el «jo, jo, jo» de Santa Claus es prácticamente la banda sonora oficial del pueblo, pero a mí cada vez que llegan las fiestas me resulta muy evidente que algo falta, sobre todo después de la fiesta de Janucá —dice Levi.

—¿Y si hiciéramos un evento en el bar por la primera noche de Janucá? —propone Caroline—. Podríamos encender una menorá y...

—¡¿En Navidad?! —pregunta Miles, volviéndose para mirarla—. No iría nadie.

—No somos los únicos judíos de Barnwich —repone Levi mirándolo de reojo.

—Además, nadie hace nada la noche de Navidad, Miles —interviene Riley, que está sentada a mi lado—. La gente se dedica a abrir regalos, a comer y ya está; y, de todas maneras, en Barnwich no hay nada que hacer porque todo está cerrado.

Miles se queda pensativo y asiente.

—Podría ser divertido. Tal vez el pueblo necesite tradiciones nuevas —opino, y Caroline se vuelve para mirarme—. A ver, en el peor de los casos, estaremos nosotros y ya está.

—Si lo organizas tú, puedes celebrarlo en el bar —accede Miles por fin.

—Hecho. —Caroline le sonríe y se echa hacia atrás.

—Yo te ayudo —anuncio, y ella apoya la cabeza de lado para mirarme.

—Será tu última noche en el pueblo —susurra, recordándome lo que ya sé, pero asiento de todos modos. Nos miramos a los ojos hasta que saca su celular. Se le ilumina la cara mientras escribe y luego me muestra la pantalla. Es la pregunta de hoy.

El papel en esa película, Hollywood, Los Ángeles, ser actriz... ¿todavía te hace feliz?

Me muerdo el labio y contemplo la carretera que se alarga ante nosotros, brillando bajo la luz de los faros del todoterreno de Levi.

Mi respuesta más inmediata debería ser: «¡Sí! ¡Por supuesto!». En fin, es la única razón por la que quería este artículo. Y si lo miro desde fuera, me sigue pareciendo el mejor trabajo del mundo entero. Básicamente, me gano la vida jugando a ser otra persona, y me pagan una cantidad desorbitada de dinero por hacerlo.

Pero no sé si es la verdad.

Me he pasado toda la fiesta contemplando a Caroline rodeada de su familia, un grupo de personas unidas que la quieren y que siempre la querrán. Y creo que eso es algo que falta en mi vida. Es algo que no he logrado encontrar en Los Ángeles y por eso permití que todo lo demás me consumiera, para intentar llenar el vacío que tallé en mi corazón cuando me fui.

Así que, cuando tomo su celular, escribo:

En parte.

Mis pensamientos empiezan a campar a sus anchas mientras mis pulgares escriben.

Me gusta el desafío de convertirme en alguien que no soy durante unos meses y que a veces algunos pedacitos de un personaje se queden conmigo hasta mucho después del fin del rodaje. Me encanta ser capaz de escarbar en lo más profundo de mí y sacar la clase de emociones que casi nunca me permito sentir en mi vida real. Me permite liberar parte del dolor que sentí cuando dejé mi hogar y cuando mis padres me abandonaron.

Pero empiezo a darme cuenta de que no logro llenar el vacío actuando. No del todo.

Hace un tiempo que siento que estoy haciendo algo mal, una y otra vez, como si me faltara algo, aunque tampoco querría dedicarme a nada más. Sin embargo, no he logrado parar el tiempo suficiente para descubrir de qué se trata y poder reconducirme hacia el camino correcto. Así que la mayoría de días no soy feliz.

Y sí, creo que este papel en la película de Bianchi sería un buen comienzo. Un buen punto de partida para dirigir mi carrera hacia donde siempre he querido que vaya y para que actuar me llene más.

Pero haber vuelto a Barnwich me ha demostrado que lo que me faltaba todo este tiempo no está ni en un set ni en una pantalla. Es estar en el lugar donde tengo un recuerdo en cada esquina, donde dejé mi infancia, en el pueblo que quiero, con la persona que…

Me detengo al notar que su cabeza me cae sobre el hombro.

Bajo la vista y descubro que se ha quedado dormida. Tiene los labios entreabiertos y veo la sombra de sus pestañas en sus mejillas.

La observo un largo rato. El corazón me late a un ritmo acompasado, porque estar tan cerca de ella empieza a resultarme tan cómodo que me asusta. Podría terminar de escribir esa última palabra y dejarlo todo ahí para que ella lo leyera. Contarle la verdad. Contarle lo que siento, y no solo lo que sentía. Podría cambiarlo todo.

Pero entonces recuerdo lo lejos que estaré en apenas unos días y la advertencia de Edie, que he intentado tener presente toda la noche. Recuerdo lo que me dijo Taylor: que Caroline podría vivir una vida normal, alejada de los reflectores, con una novia normal que estuviera a su lado de verdad.

Siento algo por Caroline, y es posible que ella también sienta algo por mí, pero… no soy la persona adecuada para ella. Mi vida, a pesar de este breve paréntesis de la realidad, sigue siendo un desastre y no pienso arrastrarla a ella también. No pienso convertir su vida en otro desastre.

«No compliques las cosas, Arden».

Borro las últimas frases y toco el botón lateral para bloquear la pantalla.

Y luego me quedo sentada en la oscuridad mientras ella duerme, pensando en cómo repartir el tiempo que me queda en el pueblo. Sé que no puedo permitir que se encariñe demasiado conmigo. No debería haberme ofrecido a ayudarle con la fiesta de Janucá en el bar, pero… me resulta imposible no hacerlo, porque cada parte de mi ser desea fervientemente empaparse de cada segundo que pueda compartir con ella.

A la mañana siguiente, me despierta Lillian llamándome por FaceTime. Acepto la llamada casi sin abrir los ojos, deslizando el pulgar por la pantalla hasta que oigo su voz.

—¿Arden? ¿Hola?

Me incorporo apoyándome en un codo. El colchón de la habitación de invitados de mi abu chirría con el movimiento.

—Lillian —le digo a modo de saludo mientras miro la pantalla con los ojos entrecerrados—. Aquí apenas son las seis de la mañana. Pero ¿tú duermes?

—Alguna siestecilla para tomar fuerzas y expreso, cariño —contesta mientras da un trago de su taza de café—. Arden…, tengo muy buenas noticias para ti.

—¿Vas a colgar para que pueda dormir un rato más?

Me fulmina con la mirada.

—Aún mejor. Bianchi vio las fotos tuyas y de Caroline sirviendo hot cakes en el restaurante de tu abuela. Bueno, a ver, las vio todo el mundo. —Ayer, antes de la fiesta de Janucá, Lillian me mandó un montón de artículos y de fotos de Caroline, de mi abu y de mí en el restaurante con algunos fans. Qué curioso que, en cuanto resultó ser un éxito, cambió el discurso—. El caso es que quiere invitarte a ti y a Caroline a su fiesta de Nochebuena anual en Los Ángeles.

Me incorporo de golpe.

—¿¡Qué!?

—La verdad es que me sorprendería si para Nochevieja no te hubiera ofrecido ya el papel. Este numerito de chica de pueblo ha sido lo mejor que podrías haber hecho por tu carrera, carajo —dice, y me siento irritada al instante.

—No es ningún numerito, Lillian. Soy una chica de pueblo. O al menos lo era antes de... —Me siento en la cama, frustrada—. ¿Por qué hablas como si nunca hubiera necesitado convertirme en ese personaje fiestero cuando fuiste tú la que me dijo que era la única manera de que se fijaran en mí?

—¿Qué más da eso ahora? Todo lo que hemos hecho nos ha traído hasta aquí. Vamos a ganar un montón de dinero, carajo.

—¿Qué importa el dinero? ¿Cuántos millones has ganado ya conmigo? —le espeto alzando la voz mientras aparto las mantas para salir de la cama—. Perdí a casi todas las personas que me importaban, por no hablar de mí misma, por seguir tu consejo. No podía simplemente fingir ser así, tenía que convertirme en eso, y luego tuviste la osadía de juzgarme por ello mientras no hacías nada por ayudarme a arreglarlo. Si Bianchi no hubiera dicho lo que dijo, jamás habrías estado de acuerdo con todo esto.

—Arden, no entiendo de qué te quejas. Casi me suplicaste que te convirtiera en una estrella, y ¡eso hice!

—¡Tenía catorce años cuando firmé contigo! ¡Catorce! ¡Era una niña! ¡Apenas soy adulta ahora! —Me dirijo a la ventana y me agarro del marco con los dedos—. ¿Sabes lo que hace la gente de mi edad por aquí? ¡Comer hot dogs en partidos de basquetbol, participar en concursos de chocolate caliente y tirarse en trineo!

—Arden...

—¡Tenía quince años la primera vez que me conseguiste invitaciones a clubs privados para salir de fiesta con gente que me doblaba la edad! ¿A qué carajos vino eso, Lillian? —le pregunto. Me hierve la sangre.

Sin embargo, ella se limita a exhalar un largo suspiro y responde:

—¿Qué quieres que te diga, Arden? Siento mucho que no hayas podido crecer comiendo los hot cakes de tu abuela y que en lugar de eso seas increíblemente rica y famosa. Pero esta vez tienes que escucharme bien. Yo no soy tu madre. No había nadie que quisiera ese trabajo. Yo me he ocupado de alimentar y cuidar tu carrera, que era en lo que consistía mi trabajo. Y ahora tú tienes que hacer el tuyo. Luego te envío la invitación —contesta, y oigo el «clic» que me informa que me colgó.

Tiro el celular en la cama. Me siento como si acabaran de abofetearme. Apoyo la frente en el cristal frío y empañado de la ventana y pienso en todas las personas que se quedarían tiradas si Caroline y yo fuéramos a esta fiesta. Riley, Levi, Miles, los padres de Caroline y mi abu, que está ahora mismo en el piso de abajo.

Pero, a pesar de lo enojada que estoy con Lillian y de las pocas ganas que ahora mismo tengo de ir, sé que, por lo menos, he de dejarme caer por allí si quiero conseguir el papel. He de demostrarle a Bianchi que él es mi prioridad, porque lo es... Tiene que serlo. Al menos para mí.

Así que le pediré a Caroline que me acompañe, pero no le insistiré.

Con un gemido, me vuelvo a tapar con las mantas, pero no consigo volver a dormirme. Me quedo con la mirada fija en el ventilador del techo, escuchando los ruidos de mi abu en la cocina y pensando en lo poco que me entusiasma subirme en un avión rumbo a Los Ángeles dentro de cuatro días, así que ni hablemos de dos. En lo mucho que desearía no tener que volver a dejar a mi abuela. A dejar Barnwich.

—¡Llegas tarde! —me reprocha Caroline por la tarde, apoyada en la fachada del Barnwich Café. Hoy está especialmente guapa con unos jeans desgastados y un abrigo de invierno, con el pelo largo ligeramente ondulado.

—Debe de ser la primera vez que le dices eso a alguien —replico, y ella contesta bajándome el gorrito hasta que me tapa los ojos. Me lo subo y ladeo la cabeza para mirar la cafetería, que ya se ha convertido en un lugar familiar—. Vaya, qué destino tan emocionante. ¿Esto es lo que tenías planeado? ¿Vamos a armar otro escándalo?

—No —responde ella, agarrándome de la mano y tirando de mí—. Esto es el comienzo de lo que tengo planeado. Solo hemos venido a buscar algo caliente de beber. Invito yo, por supuesto.

Agarro una mesa mientras ella pide dos vasos del chocolate ganador de Austin. Me siento y la observo en el mostrador. Se quita el abrigo, revelando un suéter de cuello alto ajustado que acentúa todas las partes de ella que… hum… que han cambiado.

Al ver que empieza a volverse hacia mí, me obligo a bajar la vista y a fingir que estoy mirando algo interesantísimo que hay en el suelo.

—¿Estás bien? —pregunta mirándome con extrañeza mientras deja los vasos en la mesa y mira al suelo, buscando lo que sea que estoy mirando yo.

—Sí, es que… Pusieron baldosas nuevas después de que me fuera, ¿no? —pregunto, atreviéndome por fin a mirarla con la esperanza de que no se dé cuenta de lo roja que me he puesto.

«Muy sutil, Arden».

Se encoge de hombros con una carcajada, quitándole importancia, y se mete la mano en el bolsillo de atrás.

—Toma. —Desliza un librito hecho a mano hacia mí—. Leí la respuesta a tu última pregunta, la que dejaste en mi celular anoche, sobre que había algo que te faltaba. Así que quiero regalarte algo a lo que puedas aferrarte cuando vuelvas y te enfrentes a ese espacio vacío. —Da un traguito mientras lo inspecciono.

Es un pasaporte de Barnwich que ha hecho con papeles grapados y lápices de colores. Cuando me dispongo a hojearlo, alarga una mano para detenerme.

—¡Espera! Se supone que tenemos que ir página por página. Cada destino es una sorpresa.

Asiento y ella me suelta despacio, permitiéndome que lo abra por la primera página.

—Chocolate caliente como en los viejos tiempos. —Levanto la vista y la miro con los ojos entornados—. ¿No decías que iba a ser una sorpresa? Ya estamos aquí, con nuestros chocolates calientes.

—¡Sorpresa! —dice con una sonrisa mientras saca dos malvaviscos gigantes de una bolsa y echa uno en cada vaso.

—Madre mía, ¡lo había olvidado! —Niego con la cabeza riéndome. Cuando éramos pequeñas solíamos llevar nuestros propios malvaviscos gigantes porque las dos odiábamos los pequeños.

—Okey, ya puedes pasar la página —dice, señalando el librito que esconde nuestro destino para hoy.

Obedezco y leo la página siguiente.

—Bromeas, ¿no? —digo cerrando el pasaporte—. ¿Vamos a escribir la carta a Santa Claus, Caroline? ¿Cuántos años tenemos, diez?

—Antes sí —contesta. Se levanta, se pone el abrigo y toma su chocolate—. Vamos. Será divertido. —Tras suspirar con fuerza, tomo mi vaso y la sigo hacia la puerta. Se para ante el pizarrón y saca un folleto azul de su bolsillo, una invitación para la fiesta de Janucá en el bar—. También tenemos que ir colgando estos carteles por el camino, donde podamos —me informa mientras lo coloca en el pizarrón. Luego salimos a la calle.

—No pensarás pedirle a Santa Claus espagueti con albóndigas y dos rebanadas de pan de ajo, ¿verdad? —bromeo mientras doy varias zancadas para alcanzarla.

Ella me da un golpecito con el hombro.

—Le pides a Santa Claus algo de comer una sola vez a los siete años y te lo recuerdan toda la vida.

—Pero te lo trajo, ¿no?

—Cuando me desperté, tenía un vale regalo para el Olive Garden en mi calcetín. Fuimos al día siguiente. ¿No te acuerdas? —pregunta.

—Sí, me acuerdo. Creo que comimos tantos palitos que solo con eso ya le sacamos provecho a los veinticinco dólares.

Paseamos por las calles abarrotadas, aunque la gente está demasiado ocupada mirando las luces y los escaparates para prestarme atención a mí. Subimos las escaleras de la oficina de correos, un pequeño edificio histórico frente al que hay un buzón donde se lee Polo Norte. Caroline me pasa un bolígrafo y un papel que saca del bolsillo de su abrigo, que al parecer no tiene fondo. Sin embargo, me quedo paralizada con la punta del bolígrafo sobre el papel.

Cuando era pequeña, mi lista solía ocupar las dos caras de la hoja. Ahora puedo comprarme todo lo que quiera. Intento aprovechar la ventaja de mi altura para echar un vistazo sobre el hombro de Caroline, que está escribiendo su carta, pero me descubre en el acto.

—¡Oye! ¡Nada de mirar! —grita, escondiendo la hoja de mí.

«Eres adorable», quiero decirle, pero me contengo y me dedico a mirar mi hoja en blanco. Solo hay una cosa que podría escribir. Una cosa que no puedo comprar. Lo único que quiero, pero que nunca podré tener.

«Caroline».

—Okey, ¿preparada? —pregunta levantando la vista mientras dobla su papel. Leo su nombre, que está garabateado en mi hoja, y la doblo a toda prisa para que no lo vea.

—Eh… sí —contesto, pintándome una sonrisa en la cara. Ella me tiende la mano, toma mi carta y echa las dos al buzón.

—¿Qué pediste? —me pregunta mientras bajamos los escalones a la calle.

—Eso queda entre Santa Claus y yo.

La siguiente parada es la tienda de libros usados que hay en la esquina de la calle Mayor y la calle del Arce. Entramos, haciendo sonar las campanillas de la puerta, y la señora Graham, una clienta habitual del Comedor de Edie, nos saluda desde debajo de una tormenta de copos de nieve de papel que cuelgan del techo.

Pasamos junto a una mesa de libros de todos los tamaños. Están envueltos en papel rojo y verde y tienen unas etiquetas cafés en la que se lee una descripción muy corta y misteriosa. Encima de la mesa hay un cartel que dice: CITA NAVIDEÑA CON UN LIBRO.

—¿Te acuerdas de que veníamos aquí cada miércoles, cuando mi madre nos recogía de la escuela? —pregunta Caroline mientras paseamos por los estrechos pasillos. Acaricia con los dedos los lomos de diferentes colores, y he de luchar contra el impulso de tomarla de la mano, como aquella noche en su habitación. Cuando nadie nos miraba, cuando lo hacíamos solo por nosotras dos.

—Sí. Siempre, sin excepción, encontrabas algún libro nuevo que comprar, aunque todavía no te hubieras leído el último.

—Y tú mirabas siempre el mismo libro de cocina. ¿Cuál era? —pregunta mientras se agacha a mirar el estante dedicado a ellos.

—No me acuerdo —contesto, aunque mis ojos lo han encontrado entre los demás en cuanto lo mencionó.

—¡Este! —Lo saca de la estantería y veo a la vieja conocida de la cubierta, una mujer de mediana edad con el pelo rubio vestida con un overol.

—Ah, sí. Puede que sea ese —respondo dándome la vuelta.

—¡Arden James! —Caroline me sujeta de la chamarra y tira de mí para mirarme—. ¿Te estás poniendo roja?

—¿Qué? ¡No!

Pone unos ojos como platos y se queda boquiabierta. Mira al libro y luego a mí, y repite la operación varias veces.

—¡Te gustaba! ¿verdad? —me acorrala. Por fin se me escapa una sonrisa y ella me da un golpe juguetón en la barriga.

—Sí. Creo que fue la que me hizo darme cuenta de que era lesbiana. ¿Y qué? —bromeo, quitándole el libro de las manos.

—¡Y yo que pensaba que había sido yo! —contesta. Me atraganto con mi propia saliva y empiezo a toser, seguramente poniéndome todavía más roja—. Es broma, Arden. A ver, está buenísima y sabe cocinar... Yo no tenía nada que hacer —dice, y luego se dirige otra vez hacia la parte delantera de la tienda mientras yo fuerzo una carcajada aparentemente natural.

Se para junto a al pizarrón de anuncios que hay al lado de la puerta y se saca otro folleto del bolsillo. Sin embargo, solo queda un espacio libre y está arriba del todo, así que tiene que saltar para llegar. La dejo intentarlo una vez y luego me acerco y tomo el papel y la tachuela. Lo cuelgo y ella se vuelve para mirarme. Veo que traga saliva con fuerza, y las dos nos quedamos quietas un momento. Ahí, al lado de la pared, no queda mucho espacio que nos separe.

—Vamos. Que todavía nos queda Barnwich para un buen rato —dice al cabo de unos segundos. Me da un tirón en la chamarra y la sigo a la calle.

Unos minutos después, cada una con un bastón de caramelo que compramos en la tienda de golosinas colgado de la boca, pasamos junto al árbol gigante del centro de la plaza, que el comité está adornando para la gran ceremonia de encendido de las luces de mañana por la noche.

—¿Qué es lo siguiente? —pregunta Caroline, como si no lo supiera. Saco el pasaporte y paso a la página siguiente, donde hay un dibujito de Santa Claus sentado en su silla con una botella de cerveza al lado. Levanto la vista y sigo su mirada hacia el merendero de la izquierda, donde un señor Green vestido de Santa Claus está sentado en su ornamentado trono rojo, al lado de un calefactor, con una fila de gente esperando para verlo.

—Ni hablar —digo, pero ella me ignora y me arrastra hacia la fila. Una vez estamos sobre la alfombra roja donde la gente espera, cambio el peso de un pie a otro, temblando de frío.

Sin embargo, cuando Caroline se acurruca contra mí para darme un poco de calor, me descubro deseando que nos tocara esperar todavía más tiempo. Debería aprovechar la espera para hablarle de la fiesta de Navidad de Bianchi, pero ¿cómo lo voy a hacer cuando me está haciendo una visita completa por lo mejor de Barnwich? Sé que dijo que se le ocurrió a raíz de mi respuesta de ayer, pero no puedo evitar preguntarme si también tendrá en mente que se nos está acabando el tiempo. Si me está enseñando todo esto para darme razones para quedarme.

Ojalá fuera así de sencillo.

Poco después, demasiado poco, estamos delante de Santa Claus en persona.

—¡Arden! ¡Dulce Caroline! —exclama el señor Green con una sonrisa y una voz alegre forzada mientras su ayudante, un elfo adolescente que parece tener más ganas de que lo atropelle un trineo que de pasarse otra hora con un par de orejas puntiagudas, nos hace un gesto para que nos acerquemos.

—¡Santa Claus! —le digo devolviéndole la sonrisa—. ¿Cómo te va?

—Necesito una copa, maldita sea —susurra antes de pintarse otra alegre sonrisa en la cara y gritar—. ¡Jo, jo, jo!

Nos apoyamos en el trono y dejamos que un segundo elfo, mucho más entusiasta, nos tome unas fotos. Luego, Caroline paga una cantidad de dinero obscena por dos copias.

—Pago yo —dice por enésima vez hoy mientras me aparta de un empujón, y le tiende un par de billetes, cambio del de cien dólares que le regalaron anoche.

—Ya sabes que no me importa pagar…

Me calla con un gesto.

—¿Qué diría mi tía abuela Paula si se enterara?

Me río y enarco una ceja.

—¿Significa eso que soy tu chica? —pregunto, incapaz de contenerme.

—Sí —replica Caroline encogiéndose de hombros—. Durante los próximos cuatro días sí, ¿no?

Noto una punzada de dolor físico al oírla. Si es una idea tan mala y tan imposible, ¿por qué sigo deseando tanto ser suya?

Pero entonces bajo la vista hacia su celular y veo que le está escribiendo a Taylor, y empujo mis sentimientos todavía más al fondo para encerrarlos en esa cajita que tan bien conozco, donde tendrán que quedarse guardados.

Después paramos en el bar, desviándonos un poco de los designios del pasaporte. Está bastante tranquilo, ya que todavía es temprano. Levi se encuentra detrás de la barra, limpiando vasos.

—¿Vinieron a buscarme problemas con mamá otra vez? —pregunta con una sonrisa.

—No. Tengo que mear —contesta Caroline mientras se dirige al baño.

Me siento en un taburete y deslizo un billete de diez dólares por la barra.

—Para el señor Green. De mi parte.

Niega con la cabeza y lo mete en la caja registradora.

—Ese pobre hombre es mucho más fuerte que yo. Yo no sería capaz de quedarme ahí fuera congelándome hasta los huesos durante un mes entero y de fingir que me encanta. —Le doy otro billete de diez y se echa a reír—. Bueno… ¿Cómo van las cosas con mi hermana?

—Supongo que bien. —Me encojo de hombros—. O sea… Ya han pasado unos diez días desde la última vez que me tiró a la nieve de un empujón, así que… —Me río, pero Levi no. Mira atrás para asegurarse de que Caroline siga en el baño.

—No pensarás desaparecer otra vez, ¿no? —pregunta, inclinándose hacia mí.

Qué fácil sería mentirle, negar con la cabeza y asegurarle que jamás haría tal cosa, pero cuando abro la boca, simplemente… no puedo.

—No lo sé, Levi. No es lo que quiero —le digo. La verdad, por fin.

—Pues no lo hagas.

—No es tan sencillo.

—Arden, estamos hablando de mi hermana pequeña. La quiero. —Agacha la cabeza y me lanza una mirada de la que solo sería capaz un hermano mayor protector—. No le vuelvas a hacer daño.

Pero no puedo contestar, porque Caroline ya está doblando la esquina.

—¿Lista para seguir? —me pregunta al llegar junto a mí. Trago saliva para deshacer el nudo que tengo en la garganta.

—¿Adónde van? —pregunta Miles, que acaba de aparecer del fondo con una caja enorme.

—Estamos haciendo un pequeño tour por Barnwich —responde ella—. Todavía nos quedan un par de paradas más.

—Pero aquí se está tan bien... —empiezo a decir, pero Caroline me hace bajar del taburete de un empujón y me lleva a la puerta. Me despido de Levi y Miles con la mano y salimos del bar.

Nuestra siguiente parada, según lo que dice el pasaporte, es la juguetería abarrotada donde nos gastamos la paga cientos de veces cuando éramos pequeñas. En cuanto cruzamos la puerta, veo una caja gigantesca de recolección de juguetes para el hospital infantil y llevo a Caroline hacia allí.

—Tengo una idea. Tú me compras algo a mí, yo te compro algo a ti y donamos las dos cosas. ¿Qué te parece?

—Eso es... mucho mejor de lo que yo tenía pensado. Nos vemos aquí en dos minutos.

Echo un vistazo a mi alrededor. Al principio, no veo nada que me llame la atención, pero al final descubro, en el último estante, un kit de Lego de la Estatua de la Libertad. Cuesta más de lo que nadie debería pagar por unos legos, pero ¿acaso sería Navidad si no te estuvieras gastando dinero con total frivolidad en la gente a la que quieres?

«Es perfecto».

Lo arrastro hacia el mostrador entre el gentío y luego hasta la caja de donaciones, donde Caroline ya me está esperando. Al verme, niega con la cabeza.

—Para cuando entres en Columbia. —Lo levanto y lo dejo caer en la caja.

—Esos niños se van a sacar los ojos para quedárselo, ¿sabes? —dice, haciéndome reír. Luego saca de detrás de su espalda un perrito negro de peluche que es idéntico a mi chico,

Neil—. Para que te haga compañía las noches que no puedas dormir.

—Gracias —le digo mientras me lo acerco. A una parte de mí le encantaría quedárselo. Me tomo unos segundos para memorizar su carita y luego lo pongo en la caja con cuidado, junto al resto de los juguetes.

—Susan, si no me das ahora mismo ese camión… te juro por Dios que… —La voz de la mujer se oye por toda la tienda. La miro, igual que el resto de los clientes, y veo que tiene a Susan agarrada del cuello de la camisa, arrugándole el cuello blanco perfectamente planchado.

—Pues Susan tiene pinta de estar a punto de darle una paliza —le digo a Caroline, que está de puntitas, intentando en vano ver lo que pasa.

—¿Nos vamos antes de que llamen a la policía? —pregunta tendiéndome la mano y, a pesar de las advertencias de mi sentido común, la acepto. Por una vez, obedezco a mi corazón y no a mi cabeza.

Asiento y dejo que tire de mí hacia la puerta.

La siguiente página del pasaporte es la tienda de la esquina, donde íbamos a comprar golosinas. Caroline esboza una sonrisita cuando pasamos junto a las revistas y señala una con mi cara en la portada. Niego con la cabeza y la pongo boca abajo mientras ella compra un paquete de chicles sabor algodón de azúcar, nuestros preferidos.

—¿Adónde vamos ahora? —pregunto, pasando la página del pasaporte, pero… la última está en blanco.

—Podemos dar un paseo —contesta.

Seguimos por la calle Mayor y doblamos a la izquierda al llegar al banco, por un callejón que está poco iluminado comparado con la calle principal.

—¿Qué tienen pensado hacer Edie y tú para Navidad? —me pregunta.

—Oh… Hum… —Mierda. En fin, allá vamos—. En realidad, ya no vamos a pasarla juntas. Bianchi me invitó a su fiesta de Nochebuena en Los Ángeles —le digo mirándome los pies.

—¿Nochebuena? —pregunta, ya con expresión de decepción. Para ella, pasar tiempo con la gente que quiere va por delante de todo. Sé que, esa noche, los Beckett celebran una fiesta anual de suéteres feos. Hacen un sorteo a principios de mes y a cada uno le toca comprar un suéter para otro miembro de la familia. Es una tradición, así que no puedo creer lo que voy a decir, pero…

—En realidad, nos invitó a las dos. Pero créeme, Caroline, no tienes por qué ir. —Exhalo con fuerza y la miro a los ojos. Hablarle a Caroline de Bianchi y de la Navidad en una misma frase me parece casi incorrecto, como si los dos no debieran mezclarse nunca. Como el agua y el aceite—. Ya te he pedido demasiado con este artículo y obligándote a tener estas citas de mentira. No soportaría apartarte de tu fam…

—Iré —me interrumpe.

—¿Estás segura? No tienes por qué…

Hace un gesto con la mano como quitándole importancia, como si no se hubiera quedado hecha polvo al enterarse de que no pasaré las fiestas aquí.

—Será divertido. A ver ¿quién dice que no a un viaje gratis a Los Ángeles? Además, no podemos terminar a este artículo sin una cita en Nochebuena. Y Bianchi no se creerá nada de esto si yo no voy. Mejor terminar las cosas como es debido.

Que terminemos las cosas.

Se me cae el alma a los pies.

Contemplo nuestros pies en la acera, caminando al compás a medida que las baldosas de cemento cuadradas y limpias del pueblo se van convirtiendo en losas oscuras, desiguales y agrietadas.

Y, de repente, Caroline se detiene y se da la vuelta. Mi mirada se posa sobre una casita blanca. El vinilo de la fachada está medio caído y una de las ventanas está tapiada, pero la reconozco, y en ese momento se me para el corazón.

Mi casa.

Es la única parada en este paseo por los recuerdos que quiero olvidar. Es demasiado.

—Caroline, no quiero estar aquí —le digo y me giro de inmediato en dirección contraria.

—Espera. Arden, espera. —Me agarra del brazo e intenta que me dé la vuelta para mirarla, pero aparto el brazo y hago exactamente lo que Levi me pidió que no hiciera. Camino por la acera en dirección al pueblo y la dejo atrás.

23

CAROLINE

Día diez

—Arden ¡ni se te ocurra volver a dejarme en esta puta acera! —le grito, y a pesar de mis esfuerzos por hablar con firmeza, se me rompe la voz.

Se para en seco al oírme decir eso. Espera un segundo y luego se da la vuelta y vuelve hacia mí.

—¿Por qué me trajiste aquí? ¿Qué pretendías con todo esto, Caroline?

—¿Qué quieres decir?

Da otro paso al frente, hasta que su rostro queda iluminado por la farola que hay sobre nosotras.

—Con este paseo por nuestros recuerdos. Las cartas a Santa Claus, la librería, los malvaviscos en la cafetería... Con ir a todos los sitios a los que solíamos ir juntas.

—Porque teníamos que hacer algo para el artículo. —Siento que la ira empieza a burbujear en la boca de mi estómago. Ella ladea la cabeza.

—¿Fue para conseguir que me quede? ¿O aún estás intentando castigarme por haberme ido?

Me cruzo de brazos y la miro directamente a los ojos, aunque empiezo a notar en los míos el escozor de las lágrimas.

—No, Arden. No estoy intentando castigarte por haberte ido. Estoy intentando despedirme de ti esta vez, ya que tú no pareces capaz de hacerlo. Has empezado a alejarte y ni siquiera te has ido todavía. Las dos sabemos que una parte de ti ya está subida en ese avión rumbo a Los Ángeles.

Me toma del brazo y niega con la cabeza.

—Caroline, si me estoy alejando es precisamente porque me voy.

Aparto el brazo con brusquedad.

—Tiene sentido. Ya conseguiste lo que querías, tanto de mí como de Barnwich —le reprocho con la voz rota—. Y me mata, Arden, me mata que con esto hayas tenido suficiente, porque creo que yo nunca podría tener bastante de ti.

Se queda paralizada. Sus ojos oscuros estudian mi rostro; la nieve empieza a caer entre las dos.

—Eso no es cierto —susurra con voz temblorosa. Alarga un brazo para intentar sujetarme, pero la aparto.

—Entonces ¿por qué no volviste nunca? —le grito. La pregunta para cuya respuesta he esperado cuatro años por fin escapa de mis labios.

—¡Porque no habría sido capaz de volver a irme! —exclama ella, pasándose los dedos por el pelo en un gesto de frustración—. ¡No habría sido capaz de volver a dejarte! —La miro fijamente y ella aparta la vista y traga saliva, pero continúa—: ¿Sabías que para las primeras navidades tenía el boleto comprado y todo? Mis padres estaban encantados de deshacerse de mí y dejarme con Edie una semana entera. Y fui al aeropuerto. Fui hasta la puerta de embarque. Pero luego me quedé allí sentada, viendo cómo los demás pasajeros abordaban el avión, y viendo después cómo despegaba. Me quedé allí durante horas, Caroline. ¡Horas! Pensando en ti, en Barnwich, y en mi hogar. Y entonces me di cuenta de que lo más fácil era… no volver jamás.

—¿Cómo podía ser eso lo más fácil?

—Los primeros seis meses fueron muy duros para mí. Comprobé de primera mano lo cruel que puede ser esta industria, aunque no fuera más que una niña. Así que cuando mi representante me dijo que el único modo de estar concentrada en mi carrera el tiempo suficiente para que despegara era cortar mis lazos con mis seres queridos de aquí, me pareció que tenía razón. Sabía que si volvía y les contaba lo que estaba pasando, Edie y tú me pedirían que volviera a casa, y entonces jamás lo lograría. Me habría bastado con mirarlas a la cara una sola vez para quedarme. Pensaba que cuando mi carrera despegara por fin podría arreglarlo, pero cuando me contrataron para mi primera comedia romántica de Netflix todo empezó a ir tan deprisa que… perdí el control. Mis padres estaban totalmente desaparecidos y poco después también lo estaba yo. Lo que empezó como una imagen fingida y construida de «Arden James» se convirtió en la realidad. Me convertí en esa puta ilusión, Caroline. Me despertaba en camas de desconocidas, esnifaba cocaína en cada baño desde Pasadena a Malibú, tenía lagunas de noches enteras. Y cuando eso empezó a pasar… supe que no podría volver a poner un pie en Barnwich. —Se seca los ojos con el dorso de la mano—. No era capaz de volver a casa porque me había convertido en un puto desastre, porque no tenía arreglo. —Se ríe, pero me doy cuenta de que ella también tiene los ojos llenos de lágrimas—. Y ahora no hay ni una sola persona en este mundo que me mire y no vea a «Arden James».

—Eso no es cierto —le digo.

Sí que hay alguien.

Yo siempre veré a Arden. Con sus rodillas raspadas, su sonrisa torcida y su pequeña cicatriz en la barbilla.

A Arden, mi primera mejor amiga, mi primer amor, y la primera persona que me rompió el corazón.

Incluso cuando es «Arden James», veo huellas de ella. Las veo cuando está en la pantalla, persiguiendo a un chico malo igual que solíamos correr por las calles de Barnwich. Las veo cuando está en una alfombra roja, en el encanto que irradia en cada entrevista, como si estuviéramos en quinto y estuviera intentando convencer al señor Reynolds de que no nos dejara tarea. Las veo cuando Riley me enseña alguna foto suya en la que sale dando tumbos de una discoteca, escondiendo en esos ojos familiares algo parecido al dolor, al miedo, que solo puedo ver yo, incluso cuando no quería permitírmelo.

Es «Arden James» porque en el fondo sigue siendo Arden, no por ser eso en lo que han querido convertirla.

Me mira, me mira de verdad, y me parece que es la primera vez que lo hace en días. Doy un paso hacia ella, eliminando el espacio que nos separa y deslizo las manos por la tela de su chamarra en sentido ascendente, hasta la piel de su cuello, hasta que le acaricio las mejillas con los pulgares.

—Yo te veo a ti.

Inclina la cabeza hacia mis manos.

—Caroline, yo no… No puedo. Te mereces algo normal. El baile de fin de curso, que te tomen de la mano entre clase y clase y tener citas adorables en la cafetería. Durante estas dos semanas ya has visto cómo es mi vida. Es cualquier cosa menos normal. Y está a mil quinientos kilómetros de distancia. No puedo pedirte que…

Pero yo no le estoy pidiendo nada. No pienso esperar ni un segundo más. Decido darle una respuesta por mí misma y tiro de ella para que su rostro se encuentre con el mío. Nuestros labios impactan; su nariz fría me roza la piel, y todos esos años de deseo, anhelo y esperanza irradian de mí mientras mis dedos se enredan en su pelo.

Es como comer hot cakes en el Comedor de Edie o como el resplandor cálido de la menorá de la fiesta de Janucá de mi familia. Como cuando un trineo gana velocidad y el estómago te sube a la garganta. Como cuando ves caer la primera nevada a través de la ventana o encuentras el regalo perfecto para alguien a quien quieres. Me siento igual que con todas esas cosas, que con todo lo bueno y lo mágico de esta época del año y de este lugar en el que crecimos, pero aún mejor. No hay nada más mágico que besar a Arden.

Una parte de mí seguía clavada en esta acera desde que se marchó. Estaba esperando a que volviera a casa. Estaba esperando a que volviera a mí. Y aunque ya lleva aquí más de una semana, solo ahora siento que ha vuelto de verdad.

Cuando se aparta, solo le permito alejarse lo justo para poder mirar esos ojos castaños, clavados en mí. Asustados. Desatados. Abre la boca, pero lo único que sale de ella es un suave remolino de su cálido aliento.

Le acaricio la cara con las manos otra vez y la miro como siempre había querido mirarla.

—Quiero estar contigo, Arden. Es lo único que he querido siempre. ¿Es que no te das cuenta?

«Y te quiero. Siempre te he querido», quiero decirle.

Pero me callo justo a tiempo mientras ella me mira, todavía sin decir nada. No sé si sería capaz aun si lo intentara, pero entonces me abraza, y con ese abrazo me lo dice todo. Me derrito sobre ella mientras la nieve sigue cayendo a nuestro alrededor.

—¿No habías dicho que nada de besos? —murmura con la boca pegada a mi pelo.

—¿No te gustaba saltarte las normas? —replico, y ella se ríe y yo me vuelvo y la beso una vez más, por si acaso.

24

ARDEN

Día diez

Después de dejar a Caroline en su casa, vuelvo a la de mi abu prácticamente flotando. No sé por qué, pero esto de dejar a la chica en su casa al final de una cita en lugar de llevarla a la mía me parece más íntimo. Sobre todo cuando la chica en cuestión es Caroline Beckett. Me siento el cuerpo más ligero, una sensación que no había experimentado nunca antes, a pesar de vibrar de expectación ante la perspectiva de volver a verla. De volver a besarla. De cultivar esto, sea lo que sea, para que crezca.

Cierro la puerta principal de casa de mi abuela y me apoyo en la madera, pensando en cuando tenía los dedos de Caroline enredados en mi pelo, cuando sentía su cuerpo bajo las manos y su fino suéter de cuello alto me parecía demasiado grueso.

Hace que me pregunte por qué he malgastado tanto tiempo besando a otras personas.

—Arden, ¿eres tú? —me llama mi abu desde la oscuridad de la sala.

Me quito el abrigo antes de doblar la esquina. Me la encuentro sentada en el sofá, con los pies encima de la mesa de café. Está viendo una película antigua de Julia Roberts.

—¿Todavía estás despierta? —pregunto. Enciendo una lamparita y me siento a su lado, maniobrando con un cuenco medio vacío de palomitas que no había visto.

—Ah, me enganché a esta maldita película.

—¿No habías visto *Pretty Woman?*

Se vuelve y me mira de hito en hito.

—¡Pues claro que he visto *Pretty Woman!* Pero con una cara tan bonita como esa en la pantalla de mi televisor... ¿Cómo la voy a apagar?

—¿A ti también te gusta Julia Roberts? —pregunto con una sonrisa sarcástica, a sabiendas de que se refería a Richard Gere. Ella se echa a reír y me pasa el cuenco de palomitas un poco ennegrecidas—. Eres la única persona que he conocido nunca a la que le gustan las palomitas quemadas. —Me meto varias en la boca de todos modos.

Ella guarda silencio unos segundos. Cuando por fin habla, tiene los ojos vidriosos.

—En fin, ya se acerca el final de tu viaje, ¿no, pequeña?

—Sí. Supongo que sí —contesto, y las mariposas que revoloteaban por mi estómago desde que Caroline y yo nos besamos caen muertas al instante—. Abu, siento mucho no estar aquí para Navidad. No quería que terminara así —me excuso, repitiendo lo mismo que le dije esta mañana.

Deja el tazón de palomitas en el suelo y da unos golpecitos en el espacio vacío que hay en el sofá, entre las dos.

—Vamos a ver, no quiero oír ni una disculpa más. Disfrutemos del tiempo que nos queda. —Le sonrío, aunque ahora mismo no tenga muchas ganas, y me acurruco debajo de su brazo—. Tú, yo y Julia —añade mientras me apretuja contra ella. Yo me río.

Vemos el resto de la película en esa postura, pero, cuando salen los créditos, mi abu está dormida como un tronco. Me deslizo de debajo de su brazo y le pongo los pies encima del sofá con cuidado, hasta dejarla recostada. Luego la tapo con una manta y me voy a mi habitación.

Me dejo caer en la cama y saco mi celular para mandarle un mensaje de buenas noches a Caroline, pero me encuentro con que hay un mensaje de Lillian esperándome.

Oye, siento lo que te dije antes. Estaba estresada. Solo quiero que te salgan bien las cosas. Te quiero. Y me muero de ganas de conocer a la famosa Caroline.

Respiro hondo y, cuando exhalo, intento dejar ir también cualquier hostilidad que siga albergando contra ella.

Las dos iremos a la fiesta. Nos vemos pronto, Lil, le contesto.

Me acuesto en la cama, cierro los ojos y nos imagino a Caroline y a mí juntas en Los Ángeles. Tomando café en mi cocina por la mañana y paseando por la playa de la mano por las noches. Supongo que antes de que lleguemos a eso no nos quedará más remedio que mantener una relación a distancia durante un tiempo, ya que a ella todavía le queda medio año de preparatoria. Y si quiero que esto funcione voy a tener que tomar las riendas de mi vida. Tendré que hacer algunos cambios. Pero me las arreglaré, porque quiero que esto salga adelante.

Y la fiesta de Nochebuena en casa de Bianchi…

Será la manera perfecta de ponernos a prueba.

25

CAROLINE

Día once

La tarde siguiente, me pongo capas y más capas, como cuando fui a cantar villancicos, para ir al encendido de las luces del árbol de Navidad. Estoy emocionadísima por volver a ver a Arden.

—Se te ve contenta —comenta Riley, mirándome desde las escaleras. Está comiendo galletitas saladas con extra de sabor—. Demasiado contenta.

Le lanzo una miradita mientras me enrollo una bufanda alrededor del cuello.

—¿Qué se supone que significa eso?

Se mete otro puñado de galletitas en la boca, sin apartar su mirada evaluadora de mí. Intento ignorarla, pero hace más ruido al masticar que una vaca.

—¡Madre mía! —Da un brinco y se le escapan un montón de migas de la boca—. ¡Besaste a Arden!

—¡¿Qué?! No, yo…

—¡Pues claro que sí! ¡Besaste a Arden!

Le quito la bolsa de galletitas y echo a correr por el pasillo. Sin embargo, no llego ni a la cocina antes de que me agarre del brazo y me reduzca contra el suelo. Luego se sienta encima de mí mientras me retuerzo, intentando librarme de ella.

—Santo Dios —gruño—. ¿Qué te enseñan en futbol? *¿Jiu-jitsu?*

—Si me dices la verdad, me bajo.

—No pienso…

—¡Caroline!

—¡Okey! ¡Nos besamos!

Esboza una sonrisita y me suelta, pero no antes de recuperar su bolsa de galletitas saladas.

—¡Lo sabía!

Me incorporo refunfuñando.

—¿Contenta?

—Pues sí —contesta pronunciando cada sílaba, muy complacida consigo misma—. ¿Y cómo fue?

«Increíble. Me cambió la vida. Valió la pena esperar un millón de años». Al menos, eso es lo que les dije anoche a Austin y a Maya.

Pero no pienso admitir eso ante Riley. Me encojo de hombros y me arreglo la chamarra y el pelo como si nada en el espejo del recibidor.

—Estuvo bien. —La miro a los ojos a través del reflejo y no puedo evitar ceder un poquito—. Okey… estuvo muy bien.

—¿Muy bien y ya está? ¡Esa chica se ha besado con medio Hollywood!

—Eso no quiere decir que se le dé bien —mascullo, aunque lo cierto es que se le da de lujo.

En ese momento suena el timbre. Frunzo el ceño y echo un vistazo a mi celular para ver si me han mandado algún mensaje nuevo, pero no.

—Pensaba que nos íbamos a ver en… —digo al abrir la puerta principal, esperando encontrarme con Maya o con Austin (Arden está cenando con Edie), pero me callo de golpe al ver que la persona que está en el porche de mi casa no es otra que Taylor Hill.

—Cuánto tiempo, Beckett —saluda mientras alarga una mano para recolocarme la bufanda. Señala al pueblo con la cabeza, hacia donde la celebración de la noche más importante de Barnwich ya está en pleno apogeo. A lo lejos se oye el sonido de la música y las voces—. ¿Vas al encendido del árbol?

—No, solo me paseo así por casa —contesto señalando mi atuendo, chamarra gigante incluida; ella se ríe, me toma de la mano y tira de mí.

—Vamos. Te acompaño.

Le suelto la mano cuando llegamos a la acera y ella me mira con curiosidad.

—¿Tienes miedo de que te vean sus fans? Pensaba soltarte antes de llegar a la calle Mayor.

Niego con la cabeza y me detengo.

—No… Yo…

Se vuelve para mirarme y estudia mi expresión.

—Has dejado de responder a mis mensajes. Cuando nos vemos, casi no hablamos. Sé que estás ocupada con el artículo, y sigo estando dispuesta a esperarte, Caroline, pero… En fin, supongo que quiero asegurarme de que estoy esperando para algo.

Me asalta una oleada de culpa.

—Lo siento mucho, Taylor. Es que…

—Arden —me interrumpe.

Asiento y ella echa la cabeza hacia atrás un instante. Una expresión herida asoma a su rostro. Al cabo de unos segundos, exhala y me mira.

—Creo que tendría que haberlo sabido el primer día, cuando vino a buscarte a la escuela. Había algo en la forma en que Arden te miraba… Y en la que tú la mirabas a ella. Cuando las vi juntas en la cafetería y en el restaurante, y vi que giraban la una alrededor de la otra, aún después de tantos años, se confirmaron mis sospechas, pero no quería admitirlo.

Guardo silencio un largo instante. Porque tiene razón.

Cuando por fin hablo, decido contarle la verdad sin más. Toda la verdad.

—Taylor, eres genial. En serio. Cuando Austin y Maya me dijeron que estabas interesada en mí, ni siquiera me pareció que eso pudiera ser posible. O sea… eres Taylor Hill. Eres la chica más *cool* de toda la preparatoria. Y cuando empezamos a pasar más tiempo juntas, me caíste tan bien que intenté con todas mis fuerzas sentir esa chispa, hacer que funcionara. Pero… para mí, esa persona siempre ha sido Arden. Y tú te mereces ser feliz, estar con alguien que sienta eso por ti sin tener que esforzarse por sentirlo.

Ella asiente.

—Bueno… demonios. Gracias por decírmelo.

Se mete las manos en los bolsillos y caminamos el resto del trayecto en silencio. Nos detenemos al llegar a la calle Mayor, convertida en un océano de lucecitas y de gente con las mejillas sonrosadas. Una banda del pueblo está tocando villancicos en un escenario improvisado y el árbol de Navidad se alza sobre todos nosotros. Cuando la miro, no puedo evitar pensar en todas las cosas que Arden me dijo que no podría darme, el futuro que una vez intenté imaginarme con Taylor. Lo fácil que habría sido. Fácil, sí… pero no mágico. No como lo de anoche.

Taylor me toma de la mano.

—Pero no te olvides de ti misma, Caroline. ¿De acuerdo? No te pierdas a ti misma en ella y en su órbita y en todos los pedacitos que comparte con el resto del mundo. Tú también eres genial. Demasiado genial como para no tener a una persona por completo. Para no sentir que eres una persona completa.

Asiento y le doy un apretón.

—No lo haré —le contesto, aunque mi estómago se encoge un poco, casi de forma imperceptible. Pienso en el artículo inacabado, en la solicitud en la que apenas he pensado en una semana. En la fiesta de mañana en la otra punta del país, en Los Ángeles, la que será mi primera Nochebuena lejos de mi familia, lejos de Barnwich.

No. Irá bien. Simplemente, será una Nochebuena diferente.

—Y recuerda que... —añade mientras me suelta la mano y empieza a caminar hacia atrás por la calle nevada—. Si algún día te interesa salir con una celebridad local, mi equipo de porristas ganó el campeonato estatal dos años seguidos.

Me dedica esa sonrisa suya tan rebosante de seguridad en sí misma y, aunque está teñida de tristeza, hace que me embargue una oleada de alivio. Me hace sentir que nuestra relación no se ha roto sin remedio. Le devuelvo la sonrisa y ella levanta una mano y se despide antes de darse la vuelta y desaparecer entre la multitud.

—¡Caroline Beckett! Te enredas con Arden James y al día siguiente estás de la manita con Taylor Hill —dice una voz familiar, sobresaltándome. Maya aparece a mi lado y me toma el brazo.

—Todo un escándalo —añade Austin, apareciendo a mi otro lado.

Pongo los ojos en blanco y le doy un codazo a cada uno, más relajada. Empezamos a abrirnos paso entre la gente.

—Bueno, ¿qué fue eso? —pregunta Maya.

En ese momento, llega Finn. Le da un mordisco a una galleta de chispas de chocolate gigante y luego me la ofrece.

—Una despedida que tenía pendiente —contesto mientras parto un pedazo de galleta.

—Entonces... ¿ahora estás saliendo con Arden de verdad? —pregunta Austin.

—No lo sé. Todavía no hemos hablado de eso.

—¿Estaban demasiado ocupadas besuqueándose? —pregunta Finn, escupiendo pedacitos de galleta por todas partes.

—Puede —contesto, aunque la respuesta es un sí, sin duda.

—No puedo creer que mañana te vayas a Los Ángeles —dice Maya mientras se estremece—. Aquí hace un frío que pela. Si pierdo una teta, recuérdenme como… —Deja la mirada perdida—. Como la chica con las mejores tetas de todo Barnwich.

Me río.

—Me encargaré de que lo pongan en tu lápida.

—No vayas a hacer lo mismo que Arden y nos olvides a todos en la gran ciudad —dice Austin, y yo le doy un codazo.

—Como si fuera capaz. Además, volveré en un día y medio, literalmente, a tiempo para el evento de Janucá en el bar. No voy a tardar cuatro años.

Hablando de Arden… Se produce un pequeño alboroto en el otro extremo de la calle. Las cabezas se vuelven, los celulares se alzan… y, poco después, aparece ella entre la gente, tan guapa como siempre. Es la chica más guapa que haya asistido nunca al encendido de las luces del árbol de Navidad desde que empezó la tradición, en 1885. En cuanto la veo, me siento más tranquila. Las voces de Riley, de Taylor y de mis amigos se apagan.

—¡Arden! —la llama Finn, soltándole la mano enguantada a Austin para saludarla, lo que hace que todavía más miradas se vuelvan hacia ella. Cuando me ve a mí, su sonrisa falsa se vuelve sincera.

—Hola —me dice. De nuevo, una romántica ráfaga de copos de nieve nos envuelve.

—Hola —contesto. Maya me suelta el brazo y se toma del de Austin. Finjo no darme cuenta de que ambos intercambian una sonrisa cómplice con las cejas enarcadas.

Tiro de la manga de la chamarra de Arden, que es muy *cool*, pero ni por asomo lo bastante abrigada.

—¿Estás intentando morir de hipotermia?

Ella se echa a reír, aunque está temblando.

—Es posible. Pero quería… —murmura algo que no llego a oír.

—¿Qué? —pregunto, inclinándome hacia delante.

Niega con la cabeza.

—Nada.

—Dímelo.

—Nad…

—¡Arden!

—¡Quería estar guapa! —admite, y me echo a reír al ver que se pone todavía más roja.

Acaricio su chamarra de mezclilla con las manos.

—Habrías estado guapa hasta con un traje de esquí gigantesco. Lo que, por cierto, habría sido una opción mucho más inteligente para esta noche.

Mientras caminamos con los demás entre la gente, nuestros dedos se entrelazan. Nos paramos para comprar galletas de jengibre, escribir postales de Navidad y acariciar a los renos que tiran de los trineos por el pueblo. Compramos sidra de manzana caliente en el puesto del Huerto de Muérdago y unas castañas asadas antes de encontrar un sitio con unas buenas vistas del árbol mientras Austin, como ganador del concurso, se va junto a Finn para que le expliquen cómo encender las luces.

Ahora que tengo a Arden a mi lado, la noche se me antoja mágica. Me permito volver a dejarme llevar por el encanto de Barnwich.

—¿Ya hiciste la maleta para mañana? —me pregunta Arden mientras me ofrece una castaña.

Asiento.

—Creo que sí. O sea… No tengo ni idea de qué ponerme para la fiesta. No sé si tendré algo lo bastante bonito para…

Hace un gesto con la mano, quitándole importancia.

—Lillian te traerá algunas opciones.

—¿A mí?

Arden asiente y da un traguito de sidra.

—Claro. Le mandé tus tallas para que se las pase a mi estilista. Si no te gusta nada de lo que traen, seguro que podrá encontrarte otra cosa.

—Tu estilista —repito.

—Sí, ya lo sé. Me da vergüenza hasta oírme, créeme. —Sonríe y tiembla otra vez. Maya tenía razón antes, cuando decía que iba a perder una teta.

—Espera —le digo mientras me acerco a ella para cubrirla con mi abrigo extragrande, en un intento por evitar que Arden James acabe convertida en un témpano de hielo en mitad de la calle Mayor. Eso no le traería buena fama a Barnwich.

Desliza las manos sobre mi abdomen y mis caderas, uniéndolas detrás de mi espalda, y presiono la cara contra su barbilla.

—Qué calientita estás siempre —dice, agachando la cabeza para susurrármelo al oído.

—Y tú siempre estás fría —replico, y se echa a reír; es como un murmullo en su pecho—. Tienes las manos heladas, lo noto a través de la camiseta.

De todos modos, no puedo evitar sonreír. Niego con la cabeza suavemente, al pensar en lo distinto que es tenerla tan cerca. Poder abrazarla de verdad, en lugar de robarle roces y miradas furtivas.

—¿Qué? —pregunta.

—Nada, es que… me cuesta mucho creer que esto esté pasando de verdad.

—A mí también —contesta abrazándome con más fuerza.

En ese momento se oyen las interferencias del micrófono y la voz de nuestro alcalde, Jeffrey Durham.

—¡Feliz Navidad, Barnwich! —La gente empieza a aplaudir y a gritar de alegría y Austin nos saluda desde la plataforma—. Los que han venido a nuestra ceremonia de encendido de las luces del árbol de Navidad por primera vez no saben que parte de la tradición consiste en que les cuente la historia de la primera vez que se celebró este acontecimiento, hace más de cien años, aquí, en esta misma plaza.

Arden levanta la cabeza entusiasmada mientras todos los lugareños sonreímos expectantes.

—Era el año 1885 —coreamos todos al unísono entre risas, y él cuenta la historia de cómo Simon Barnwich, el tataranieto del fundador del pueblo, se las arregló para conseguir una cantidad enorme de luces de Navidad apenas unos años después de que las inventaran, así que, cuando se dispuso a encenderlas en el primer árbol de Navidad de la historia de Barnwich, vino gente de todas partes para ver cómo lo hacía.

Y luego, claro, se produjo el Incidente del Abeto de Douglas en 1893, en el que se acabó incendiando medio pueblo después de que estallaran varias bombillas. No se volvió a utilizar un abeto de Douglas, pero la ceremonia de encendido siguió adelante.

Mientras el alcalde sigue hablando de lo importante que esta tradición es para nuestro pequeño pueblo, ya que nos mantiene a todos unidos, Arden suelta las manos de detrás de mi espalda y las enrolla en la tela de mi camiseta, y escuchar se convierte en un imposible. Cierro los ojos con fuerza y me permito abrazarla, dejar que su pelo me acaricie la mejilla, mientras todo lo demás se desvanece.

Me parece casi demasiado bueno para ser verdad.

—Una última pregunta para nuestra última cita en Barnwich —susurro, con el volumen justo para que solo ella me oiga—. ¿Qué es lo que más echabas de menos de la Navidad de Barnwich?

Se queda sin aliento.

—Todo —murmura.

Me siento como si estuviéramos a solas, aunque estemos rodeadas de cientos de personas. Me aparto un poco para mirarla, pero sigue con los ojos clavados en el árbol, detrás de mí.

Y entonces la gente grita:

—¡Tres… dos… uno…!

Y baja la vista justo cuando el árbol de Navidad cobra vida de repente, cuando las luces y los colores le iluminan el rostro. Y mientras la gente grita y vitorea y los villancicos flotan en el aire, acompañados por los fuegos artificiales que estallan sobre nosotras, desliza las manos para acariciarme la cara y me inclina la barbilla hasta que sus labios se encuentran con los míos.

Y, por primera vez en mucho tiempo, la Navidad en Barnwich se me antoja cualquier cosa menos melancólica.

26

ARDEN

Día doce

—¿Bajas ya? —grita mi abu a la mañana siguiente. Estoy sentada en la cama, al lado de mi maleta.

Respiro hondo y la cargo escaleras abajo. Me está esperando en el vestíbulo para despedirse, aunque todavía esté completamente oscuro.

—¿Quieres un café? —me pregunta, y asiento antes de seguirla a la cocina. Nos sirve una taza a cada una e intento no ponerme demasiado sentimental al pensar que, hasta dentro de mucho tiempo, será el último que tomaré en la taza blanca descascarillada que he usado desde que llegué. ¿Cuánto tiempo la tendrá mi abu guardada en el fondo del armario? Le doy un buen trago—. Anoche, cuando volviste a casa, estabas de muy buen humor —me dice, y la miro con las cejas enarcadas.

—¿Quién, yo?

Me mira de arriba abajo.

—Arden… El pueblo entero las vio besándose. Aquí se corre la voz enseguida.

—¿Qué? —Me inclino sobre la encimera—. ¡Ella me besó a mí!

—Ten cuidado, ¿de acuerdo? —contesta sin hacerme caso, con la taza de café sujeta con ambas manos—. Sobre todo allí, en Hollywood. Estará sobrepasada y tendrás que echarle una mano.

Debería resultarme difícil imaginar a Caroline allí conmigo, pero… no es así. Cuanto más pienso en ello, más segura me siento de que todo esto va a funcionar. Sé que ella quería ir a Columbia, pero en Los Ángeles también hay muchas y muy buenas universidades donde puede estudiar Periodismo. Qué digo, quizá ni siquiera necesite estudiar. Tengo un montón de contactos, personas que le ofrecerían trabajo en cualquier revista o periódico para el que quisiera escribir.

—Cuidaré de ella —le aseguro. Tiene pinta de querer decirme algo más, pero echa un vistazo al reloj que está colgado en la pared, detrás de mí.

—Será mejor que vayas tomando camino —me avisa, y yo asiento. Doy un último trago de café antes de que nos pongamos las chamarras y vayamos a la puerta—. Bueno —añade desde el tapete del recibidor, con la mirada perdida en la distancia—. Voy a echar de menos… —Se me llenan los ojos de lágrimas— ese coche.

Sigo su mirada hacia el Corvette rojo estacionado en la entrada. Niego con la cabeza y finjo estar decepcionada.

—Pensaba que ibas a decir que…

Me abraza antes de que consiga terminar la frase.

—A ti te echo de menos siempre, Arden —dice, y aprieto los dientes para intentar contener las lágrimas—. Todos los días. —Cuando me suelta, se mete la mano en el bolsillo de la chamarra y saca un pequeño regalo envuelto en papel blanco y rojo y atado con un cordel—. Feliz Navidad —me dice al dármelo.

—Gracias, abu. —Le sonrío bajo la luz suave del porche, intentando memorizar cada una de las arrugas que enmarcan sus ojos oscuros, cada mechón de su melena canosa y cómo me siento aquí, de pie a su lado.

Se seca la cara a toda prisa con el dorso de la mano y me empuja hacia delante.

—Ábrelo luego. Ahora vete, vas a perder el avión.

Asiento y me meto el regalo en el bolsillo. Me doy la vuelta y me paro en seco.

—Ah, casi se me olvida… —Me vuelvo para mirarla y busco en mi bolsillo hasta dar con las llaves del Corvette—. Feliz Navidad, abu. —Se las pongo en la palma de la mano y le cierro los dedos. Abre la boca para protestar, como estaba segura que haría, pero enseguida levanto una mano para acallarla—. Ya está pagado. No hay vuelta atrás. Y es justo lo que te mereces —le digo, y se le suaviza la mirada—. Además, no creo que haya nadie más a quien ese auto le quede la mitad de bien.

—En fin, eso no te lo puedo discutir —replica estrechándome la mano—. Gracias.

Asiento y me dirijo poco a poco al otro coche de alquiler que pedí que me trajeran esta mañana, con las ruedas de la maleta rebotando contra las grietas del suelo. La meto en la cajuela junto a mi otra mochila y luego abro la puerta del conductor.

Respiro hondo y levanto la vista. Mi abu todavía está ahí, bajo las luces de Navidad que yo coloqué, con una mano levantada a modo de despedida.

Y, antes de que me dé cuenta de lo que hago, cierro la puerta y corro a abrazarla una última vez.

—Ven a verme, ¿okey? Llámame cuando sea y yo misma te compraré el boleto de avión —le pido.

—Yo solo vuelo en primera clase —bromea, haciéndome reír.

—Ya lo creo que sí. Te voy a echar de menos, abu —le aseguro y ella asiente. Ambas nos hemos rendido ya a las lágrimas.

—Ya lo sé, cariño. Ya lo sé. —Me aprieta con más fuerza y desearía no tener que dejarla. Desearía no tener que dejar Barnwich.

Pero poco después estoy conduciendo por la calle Mayor, en dirección a casa de Caroline. Poco después estoy estacionada delante de su casa. Poco después, le estoy mandando un mensaje para avisarle que ya estoy aquí, y así no despertar a todos los Beckett. Ya me despedí de ellos anoche. La única razón por la que Riley me permitió irme fue porque le prometí que vendría a verla jugar el campeonato estatal si su equipo clasificaba, y esta vez sí que me sentí segura diciéndole que sí. Además, la verdad es que me da miedo lo que sea capaz de hacer si no cumplo mi promesa.

Mientras espero, saco el regalito de mi abu y lo desenvuelvo poco a poco. Es un marco de fotos con una foto nuestra, subidas en la barra del restaurante con dos sonrisas de oreja a oreja. Le doy la vuelta y veo que le pegó con cinta la receta de su pastel de carne.

Me la imagino colgada de mi refrigerador de acero inoxidable de mi casa de Malibú o en las manos de un chef privado. Me pregunto si la cambiaría, si la adornaría y la convertiría en algo que no es, algo distinto a la pura perfección de ese ladrillo de carne.

Doy un brinco cuando, de repente, se abre la puerta del coche. Caroline echa una mochila en el asiento de atrás y, cuando se sienta, estudia mis facciones y frunce el ceño.

—¿Estás bien?

—Sí, todo está bien. —Asiento, meto la foto en el bolso y arranco.

Aun así, ella me estrecha la mano, diciéndome con ese gesto que no, que sabe que no todo está bien.

Reprimo una carcajada al ver a Caroline jugando con todos los botones de su asiento de primera clase en el avión. Cada vez que descubre una funcionalidad nueva, ahoga un grito.

—Arden —susurra—. ¡Arden!

—¿Qué?

—¡Mira cuánto se reclina este asiento! —La observo durante unos treinta segundos, el tiempo que tarda su asiento en reclinarse poco a poco hasta terminar en posición horizontal. Levanta la cabeza y exclama—: ¡Es ridículo!

Cuando el sobrecargo nos toma la orden y nos traen la comida y las bebidas, está a punto de desmayarse.

—Un sándwich entero, todas estas cosas de comer… ¿y solo te pides un café? —Se inclina hacia mí desde el otro lado del pasillo—. ¿Qué te pasa?

—Nada… Es que no tengo hambre —contesto mientras contemplo el mar de nubes blancas por la ventanilla, que cubre por completo la tierra bajo nuestros pies.

—Eso es porque estás nerviosa —dice ella con la boca llena. Resoplo y la miro de arriba abajo.

—¿Nerviosa? ¿Yo?

—Sí, Arden James, tú. Te conozco. —Tiene razón, por supuesto—. ¿Por qué estás nerviosa?

Me encojo de hombros.

—No sé. Por la fiesta. Por volver a Los Ángeles. Por si Bianchi descubre la verdad. Por todo, en general.

—Ya sabes que soy una buena periodista. Bianchi no tiene por qué enterarse de que nuestra relación era de mentira —repone ella y da otro mordisco al sándwich.

«Era». En plan que antes salíamos juntas de mentira, ¿y ahora salimos juntas de verdad?

Nos miramos un largo momento, y luego me pongo los lentes de sol y doy otro trago de café.

—Tienes razón.

Todavía no hemos hablado de… de lo nuestro. No hago más que esperar a que ella me diga algo al respecto. A mí me gustaría sacar el tema, pero, aunque quiero estar con ella al cien por cien (o sea, hace un par de horas ya estaba planificando nuestro futuro), quiero darle a Caroline la oportunidad de ver en qué se está metiendo antes de ponerle toda esa presión encima. Quiero que sepa a lo que se está exponiendo, darle la oportunidad de cambiar de opinión.

Pero espero que no lo haga. En Barnwich, prácticamente todo el mundo me dijo que cuide de ella en Los Ángeles, y eso es lo que pienso hacer.

De todos modos, aunque quisiera, difícilmente podría acercarme a ella desde el otro lado del pasillo para hablar de esto. Miro adelante y atrás para ver si en el avión hay alguien que nos esté mirando, si alguien nos está escuchando. Ya siento el peso de lo que volverá a ser mi vida en cuanto aterricemos en Los Ángeles.

—Bueno, tendría que ponerme a trabajar. Tengo que mandarle esto a la *Cosmopolitan* a las ocho de la mañana —dice Caroline mientras saca su computadora.

—Entonces ¿lo acabarás esta noche, después de la fiesta? —pregunto. Ella asiente—. Déjame leer lo que llevas. —Alargo una mano para agarrarla, pero ella la aparta justo a tiempo.

—¡Ni lo pienses! No puedes leerlo hasta que no esté terminado —sentencia, para mi sorpresa.

—Vamos. ¿Lo dices en serio? —pregunto, pero ella me ignora.

La observo teclear y me pregunto qué estará escribiendo, cómo me presentará y cuánta información personal incluirá. Nunca me había entrevistado nadie que supiera cómo soy de verdad. Me aterroriza lo que vaya a escribir, y a la vez me muero de ganas de leerlo.

—¿No quieres ninguna opinión externa? —pregunto, acercándome para ver si consigo ver algo, pero ella mueve la computadora otra vez para impedírmelo.

—¿Por qué no te pides un sándwich por si acaso? Igual se te antoja luego en el coche, o de camino hacia tu casa.

—¿Quieres que… me pida un sándwich y me lo guarde en el bolsillo para luego? —repito, ignorando que está intentando esquivar mis intentos.

—Bueno, en tu mochila, o algo así, pero… sí. Nunca se sabe.

—Eres absurda. —Niego con la cabeza y me pongo los audífonos, resistiendo al impulso de besarla por millonésima vez en lo que va del día. Es extraño, pero me tranquiliza un poco. Nada ni nadie logrará cambiar a Caroline, ni siquiera Hollywood. Seremos capaces de seguir adelante juntas.

Así que, cuando el sobrecargo vuelve a pasar, le pido el sándwich.

Nunca se sabe.

27

CAROLINE

Día doce

Percibo el cambio que se produce en Arden en cuanto aterrizamos en Los Ángeles.

Mientras viajamos en el asiento de atrás de un Escalade negro con los vidrios polarizados, intento mirarla a los ojos, pero todavía lleva la capucha puesta encima de una gorra de beisbol, como cuando cruzamos el aeropuerto a toda velocidad, y está... Mira por la ventana mientras abre y cierra compulsivamente una de las patillas de los lentes con el pulgar.

Trago saliva para calmar una sensación desagradable en el pecho que no hace más que crecer. Es una sensación parecida a la de los últimos días en Barnwich antes de que nos besáramos, como si ya estuviera perdiendo a Arden cuando por fin, por fin, estaba al alcance de mi mano.

Me vuelvo hacia la carretera e intento no pensar en eso. Contemplo las palmeras, el tráfico, la ausencia absoluta de copos de nieve, aunque sea Nochebuena. Aquí todo es tan distinto de Barnwich... Sabía que lo sería, pero verlo en persona es muy diferente.

Me vibra el teléfono. Bajo la vista y abro un video que me mandó Riley en el que salen Miles, Levi y ella en el supermercado, comprando papas, huevos y velas para la fiesta de encendido de velas de Janucá de mañana por la noche en el bar, siguiendo la detallada lista de instrucciones que les dejé preparada. Levi está empujando el carrito a la velocidad de la luz mientras Riley surfea sobre los sacos de papas, y Miles los persigue intentando que paren.

Sonrío para mí y giro el celular para enseñárselo a Arden, pero sigue mirando por la ventanilla, a mil kilómetros de distancia.

Al final, cruzamos unas puertas enormes y entramos en su finca. Las casas son dieciocho veces más grandes que ningún edificio del pueblo, mansiones gigantescas lo bastante grandes para tapar las vistas del océano, que está al otro lado. Giramos a la izquierda por el camino de entrada de una casa moderna, negra y angulosa, fabricada solo con acero y ventanales. Es tan diferente de lo que me habría imaginado para Arden que me sorprendo cuando se desabrocha el cinturón.

El coche se detiene, Arden murmura un «gracias» al conductor y salimos para encontrarnos con una mujer con el pelo rizado que nos espera tras la enorme puerta de cristal. Se acerca a nosotras, mientras nos rodea el olor salado del océano, sin dejar de mirarse el reloj que lleva en la muñeca.

—¡Justita de tiempo, James! —exclama. Levanta la vista y me mira de arriba abajo, esbozando una sonrisa de oreja a oreja—. Vaya, vaya, ¡pero si eres muy linda! —Me miro a mí misma, intentando ver qué es lo que está mirando exactamente, pero entonces su mano con manicura perfecta aparece en mi campo de visión—. Soy Lillian, la representante de Arden.

Me pongo rígida al recordar todo lo que Arden me ha contado, pero se la estrecho de todos modos.

—Caroline.

Apenas la suelto y ya nos está llevando adentro. Levanto la cabeza para admirar los techos altos, la elegante lámpara de araña, las escaleras de vidrio, un sofá blanco de respaldo recto.

Es bonito.

Grande.

Pero… aséptico.

No hay fotos en las paredes, ni cosas por medio, y ese sofá parece tan incómodo que hacer una maratón de pelis en él debe de ser un asco. En este sitio no hay nada que le confiera el carácter de un hogar. Nada que me recuerde a Arden.

—Muy bien, maquillaje y peluquería estarán aquí en media hora. Jenna… —Lillian hace una pausa y enseguida añade—: La estilista de Arden llegará una hora después. Tienen jugos prensados en frío en el refrigerador por si se les antojan, y café en la encimera. Ustedes deben necesitar una ducha, ¿no? Los aviones siempre están tan… —Hace una mueca arrugando la cara. Luego echa un vistazo a su celular, que no hace más que vibrar, y sale de la estancia casi sin respirar—. Tengo que responder.

Las dos la miramos mientras se va.

—¿Siempre es tan…?

—Sí —responde Arden con una carcajada, pero es forzada—. Por eso es la mejor en este negocio. —Pienso en todo lo que me ha contado sobre la imagen cuidadosamente construida de «Arden James» que Lillian se inventó, en todo lo que confesó hace dos días en su antigua casa, sobre haberse perdido en mitad de esa mentira.

Y pienso en que «la mejor en este negocio» no me parece necesariamente algo bueno.

Señala el piso superior con la cabeza.

—Deberíamos ponernos en marcha. Ven, te enseño dónde puedes ducharte.

Agarro mi mochila, que el conductor dejó en la entrada.

—¿Debería probar uno de esos jugos prensados en frío? —bromeo mientras subimos las escaleras. Arden sonríe por fin.

—Estás en Los Ángeles. Si no los pruebas, lo más probable es que te devuelvan al avión —contesta mientras la sigo por un pasillo.

Se detiene y luego abre una puerta negra, revelando un enorme dormitorio de invitados. La cama, que está perfectamente hecha, se encuentra a medio campo de futbol de distancia, y una puerta abierta a su lado deja ver un baño privado con baldosas blancas.

—¡Esto es enorme! —exclamo boquiabierta. La mochila se me desliza por el hombro.

Arden señala el pasillo con la cabeza.

—Mi habitación es todavía más grande.

—Ay, Dios mío, ¿puedo verla? —pregunto. Arden se encoge de hombros, me toma de la mano y me lleva hacia la última puerta. Su aroma sale de la estancia en cuanto la abre. Es la primera vez que esta casa me parece suya.

—Demonios.

Hay una cama gigante. Un pared de ventanales que dan al océano. Un cuadro de arte moderno encima de la cabecera de madera oscura. ¡Una chimenea!

Señala otra puerta y casi se me salen los ojos de las órbitas cuando veo su armario. Toda la pared, del suelo al techo, está cubierta de estantes. Hay chamarras, zapatos, camisas, vestidos y bolsos en todos los huecos disponibles. Veo prendas que ha lucido en series y películas y que se ha llevado del set, y vestidos que se ha puesto en alfombras rojas que reconozco gracias a las fotos que Riley me ponía en la cara después de cada estreno y cada entrega de premios.

Alargo una mano y acaricio las lentejuelas, el terciopelo y la gasa mientras intento dar sentido a esta Arden, encontrar dónde encajar a mi Arden entre todo esto.

En esta casa gigante y vacía. En el Escalade con los vidrios polarizados. En los lentes de sol y la gorra de beisbol.

Quiero conocer a esta otra mitad de Arden, aprender a amarla, porque sé lo mucho que la interpretación significa para ella. Lo mucho que significa la carrera que se ha labrado, este papel con Bianchi.

Sin embargo, desde que nos bajamos del avión, quizá incluso desde la primera vez que nos besamos, ha habido una vocecilla en mi cerebro preguntándome cómo voy a encajar yo en todo esto. Si ella querrá siquiera que lo haga. Una voz que estoy intentando silenciar desesperadamente.

—Todo está tan limpio y ordenado... —comento—. Toda la casa. ¿No tienes nada de... no sé... caos? ¿Correo desordenado? ¿Un diario? ¿Ropa interior sucia?

Se ríe y se pasa los dedos por el pelo.

—Sí, bueno...

Me sienta en el borde de la cama y abre el cajón de su mesita de noche.

Está lleno hasta el tope. Libros, páginas que ha ido arrancando de obras de teatro a lo largo de los años, subrayadas una y otra vez, cartas con la letra de Edie, polaroids de rodajes y entregas de premios... Este cajón de treinta por treinta centímetros es lo más propio de Arden que hay en toda esta casa de mil quinientos metros cuadrados. Y... un momento... En mitad del desorden, justo encima de todo. La veo. La pulsera de la amistad que le hice el invierno antes de su partida y que le até en la muñeca en la ceremonia de encendido del árbol de ese año.

Alargo una mano, la tomo y acaricio el tejido trenzado con el pulgar.

—¿La guardaste? —pregunto.

—Pues claro que la guardé.

Lo dice tan deprisa, con tanta seguridad, que no tengo más remedio que levantar la vista y mirarla directo a los ojos oscuros. Aprieto las puntas de los dedos a su alrededor, palpo ese hilo al que siento que en verdad puedo aferrarme. Porque si Arden ha podido conservar esto, quizá también pueda conservarme a mí.

—Caroline… —empieza a decir, pero Lillian nos interrumpe gritando desde la planta baja.

—¡Quince minutos, chicas! ¡Más les vale estar listas para maquillaje cuando ese reloj marque las tres!

Arden me quita la pulsera, la mete en el cajón y lo cierra con suavidad. Señalo el pasillo con la cabeza.

—Supongo que debería…

—Sí, claro. —Las dos nos ponemos de pie corriendo y Arden se mete las manos en los bolsillos de la sudadera—. Nos vemos en un rato.

Me dirijo a la puerta, preguntándome qué sería eso que no pudo decirme.

—Ah, Caroline…

Me paro en seco y me doy la vuelta para mirarla. El corazón me late a mil por hora.

—¿Sí?

—Yo… —Vacila un instante y luego niega con la cabeza y dice—: Me alegro mucho de que me acompañes esta noche. Gracias por haber venido.

—Yo también, Arden —contesto, aunque no estoy segura de que esa sea toda la verdad.

Me lanza un bulto envuelto en papel café que consigo atrapar al vuelo. Lo desenvuelvo un poco y veo que es el sándwich que pidió en el avión.

—Igual va bien con el jugo prensado en frío —me dice con una sonrisa.

Le doy un buen mordisco y me voy, riéndome a la vez. Ya me siento un poquito mejor.

Un par de horas después, me duele el cuero cabelludo, los ojos me molestan por culpa de las pestañas postizas y temo que este vestido me parta una costilla, pero estoy... en fin. Despampanante.

Casi irreconocible, pero aun así... No creo haber estado nunca tan guapa.

Me giro a un lado y luego al otro frente al espejo, admirando el vestido vaporoso de color verde esmeralda y el pelo, peinado con un semirrecogido con unos rizos perfectos y un lazo a juego que destaca sobre la melena rubia cobrizo.

Está claro que esta gente de Hollywood sabe lo que hace.

Le envío una foto a Austin y a Maya por el chat y me contestan con una explosión de signos de exclamación y emojis con ojos en forma de corazón de inmediato. Sonrío para mí misma y guardo el celular en el bolso de mano a juego con el vestido que Jenna me dio antes de salir de la habitación.

Cuando estoy a punto de empezar a bajar los escalones, una mano me sujeta de la muñeca y me obliga a darme la vuelta.

—¡Arden! —protesto entre dientes, pero me quedo sin respiración al ver lo guapa que está. Las fotos de Instagram que Riley me ha ido enseñando a lo largo de los años palidecen al lado de verla arreglada en persona.

Se puso un vestido rojo con los hombros caídos y se pintó los labios carnosos del mismo color. Lleva el pelo peinado hacia atrás, lo que destaca los aretes brillantes, y los ojos tan bonitos que duele mirarlos.

Desliza la mano por mi brazo hasta acariciarme la cara con gentileza.

—Tengo ganas de besarte —susurra—, pero no te quiero estropear el maquillaje.

—Igual así a Bianchi le resulta más creíble —contesto, y ella sonríe.

Pero entonces se pone seria.

—Caroline, es posible que, en la fiesta, las cosas se pongan un poco… No sé. Va a ser un poco abrumador. Y Bianchi intentará descubrir la verdad, así que nos van a vigilar muy de cerca. Pero si me necesitas, estoy ahí, ¿de acuerdo?

Asiento.

—Lo sé.

—Señoritas, esta casa tiene una acústica impresionante. Si alguna de ustedes estropea aunque sea una sola pestaña, yo misma les daré una paliza en la entrada —nos grita Lillian desde la sala.

Arden pone los ojos en blanco, pero, aun así, roza sus labios con los míos con la suavidad de una pluma. Y eso basta para que me olvide de cómo respirar.

Antes de que me dé cuenta, hemos bajado las escaleras y hemos cruzado la puerta para subir al Escalade que nos está esperando.

Casi ni nos hemos sentado cuando la melena rizada de Lillian aparece por la ventanilla bajada.

—¡Buena suerte! —dice. Arden asiente, pero se pone más seria cuando la mujer añade—: Ni se te ocurra cagarla, ¿de acuerdo?

No dice nada más. Hace un gesto con la mano y el coche pone rumbo a casa de Bianchi. Me molesta que haya insinuado que Arden no se ha esforzado, que no nos hemos esforzado, para conseguir esto. Junto las manos en mi regazo e intento calmar mis nervios por lo que me espera, pero, a pesar de todos mis esfuerzos, no puedo dejar de mover la pierna arriba y abajo. Poco después, el coche entra en otro complejo cercado y recorre un camino adoquinado que lleva a una villa de estilo italiano tan pintoresca que yo misma me siento como si estuviera en una película.

—Oye —dice Arden al tiempo que el coche se detiene, descansando una mano sobre mi pierna inquieta—. Nos las hemos arreglado durante doce días enteros y con gente que nos conoce mucho mejor. Hacerlo unas horas más no será difícil, ¿okey? Una última toma.

«¿Acaso todavía estamos fingiendo?».

Estoy confundida. Pienso en preguntárselo, pero me muerdo la lengua. En lugar de eso, abro la boca para recordarle que salta a la vista que yo no soy actriz, pero entonces se abre una puerta tras ella. Arden sale del coche con naturalidad y viene a ayudarme a bajar, tomando mi brazo con el suyo en un ágil movimiento.

Mientras subimos los escalones de piedra, antes de cruzar los portones de madera, siento que me voy a desmayar. Me obligo a concentrarme en los detalles, en lugar de en la gente. Suelos de mármol y techos altos. Guirnaldas de Navidad y lucecitas colgadas en balaustradas, candelabros colocados con un aire romántico. Es precioso, pero no me resulta cálido ni acogedor, como me pasa con las decoraciones navideñas de verdad. No es como Barnwich. Parece casi un decorado, como un set para filmar una película, lo que supongo que no es de extrañar.

—¿Champán? —pregunta un hombre con un esmoquin blanco mientras nos acerca una bandeja de plata. Arden toma dos copas y me tiende una.

—No se lo cuentes a tu madre —susurra, y me echo a reír. Doy un traguito que me resulta sorprendentemente burbujeante e intento comportarme con naturalidad mientras nos paseamos por la sala, cruzándonos con un famoso detrás de otro.

—Me encanta el vestido —comenta Arden sobre un vestido abullonado que sé que le horroriza—. Me encantó lo último que hiciste —dice sobre una película que a nadie, ni siquiera a mi abuela, le gustó.

Es surrealista verla saludar y adular como si nada a toda esta gente, como si fueran los clientes habituales del Comedor de Edie y no ganadores de Óscar.

Aunque… supongo que para ella no hay tanta diferencia.

Pero esto es lo más cerca que he estado nunca de «Arden James». La imagen más vívida de ella. Y no puedo evitar fijarme en lo falsa que es. En lo terrible que es que Arden sea tan maravillosa y esta gente solo quiera ver a la versión de mentira de ella.

Como tampoco puedo ignorar la punzada de dolor que siento cuando Melanie Jacobs, a quien sin duda he visto en alguna revista sensacionalista con un brazo alrededor de la cintura de Arden, se nos acerca. Es preciosa, por supuesto, y le da un beso lento a Arden en la mejilla, dejándole una mancha de labial rojo.

Sin pensar, levanto una mano para limpiársela, pero ella me lo impide tomándome de la mano.

—No pasa nada —murmura y da un trago de su copa.

«Pero para mí sí que pasa».

—Tú debes de ser la novia de Arden —dice Melanie, mirándome de arriba abajo. Esboza una sonrisa que me hace sentir que mido menos de un metro. Se acerca a Arden y le susurra algo al oído antes de echarse a reír.

Por un instante, veo un destello de algo reconocible cruzar el rostro de Arden, pero desaparece enseguida, en cuanto suelta una carcajada. Incluso me suelta la mano mientras me termino la copa.

No sé por qué pensaba que podría ayudarme cuando ni siquiera es capaz de ayudarse a sí misma.

—Vaya, vaya —dice una voz cuando entramos en un salón justo al lado del vestíbulo. Ahora que Melanie ya no está, Arden se limpia la mejilla a toda prisa, antes de que el mismísimo Bianchi, copa en mano, con un esmoquin negro y el pelo más enmarañado que nunca, llegue hasta nosotras—. ¿A quién tenemos por aquí? —Veo que Arden se mueve discretamente, utilizando su cuerpo casi como un escudo entre Bianchi y yo. Sin embargo, él alarga una mano por detrás de ella para tendérmela a mí—. Caroline, ¿verdad? —Me sonríe. Le estrecho la mano y asiento a la vez. Su mirada va de mi rostro al de Arden; es intensa, como si estuviera buscando algo. Como si estuviera intentando descubrir la mentira—. Qué revuelo han causado.

—Ya te lo dije —dice Arden con una sonrisita que no reconozco—. Se me da bien estar en boca de todos.

Él se ríe y le da un apretón de manos. Luego se inclina hacia ella y susurra:

—Busquemos un momento para hablar esta noche. A solas. Sobre la película. —Se aparta y nos observa a las dos de nuevo. Esta vez, su mirada se detiene en el punto donde mi brazo está entrelazado al de Arden, a mi mano, aferrada a su antebrazo—. Tengo muchas ganas de leer ese artículo que se publica mañana, Caroline. —Y se marcha sin darme opción a contestar.

La velada avanza. Comemos elegantes canapés que nos sirven en bandejas resplandecientes y Arden sigue transformándose en una persona totalmente distinta que se prodiga en sonrisas falsas y carcajadas forzadas, que permite que la gente me hable con condescendencia. Mientras tanto, yo balbuceo en una conversación tras otra con gente que me mira con desinterés.

—Qué evocador —dice Steven Bronkowski, dos veces ganador del Óscar, cuando le hablo del artículo que escribí sobre la receta de galletas de Navidad de cinco generaciones, asesinato incluido.

—¡Oh! ¡Qué gracioso! —responde Alana Patrick, directora nominada al Óscar, cuando bromeo sobre el día que Arden y yo robamos el árbol de Navidad del vivero de los Swanson, justo antes de irse a otra parte sin pronunciar otra palabra.

—Vaya… Fascinante —comenta Julia McDower, niña actriz ya adulta, cuando le cuento lo vieja que es nuestra tradición de encendido de las luces del árbol de Navidad.

—Como el discurso de Garry Ryan en los Emmy de este año —repone Arden, y las dos prorrumpen en carcajadas. Julia asiente y yo me pongo roja como un tomate—. Y hablando de los Emmy… ¡tú no tardarás en recoger el tuyo! ¡Tu nueva serie tiene una pinta increíble!

Una vez más, Arden se las ha arreglado para desviar la conversación hacia otra parte, y lo que me contó sobre su personaje tiene cada vez más sentido. Lo de esconder su verdadero yo tiene cada vez más sentido.

Porque a esta gente no le importa quiénes somos en realidad, ni el lugar al que llamamos hogar.

Y eso hace que eche todavía más de menos Barnwich. Que eche de menos la Nochebuena que podría estar viviendo, con las galletas, la nieve y las risas. Quedar con Austin y Maya para darnos los regalos y ponerme un suéter feo junto a mi familia, como dicta la tradición de los Beckett.

Con cada minuto que pasa, me cuesta más y más seguir aferrándome a ese hilo de mi Arden que había hallado en su casa. Y mis miedos son cada vez más reales.

El miedo a que aquí no haya un lugar para mí. A no encajar nunca en la vida que Arden se ha construido aquí.

A que mi Arden no sea ella por completo, sino un pedacito que no quiere que nadie más vea, a pesar de lo que hayan significado los últimos doce días en Barnwich.

—¿Caroline?

La miro a los ojos y caigo en la cuenta de que me estaba hablando a mí.

—Dime.

—Te pregunté si querías tomarte una foto conmigo. —Señala a un tipo con una cámara a un par de metros de distancia que está fotografiando a algunos de los invitados.

Asiento. Arden lo llama y, sin una sombra de incomodidad o vacilación, me toma de la mano. Mi mirada se desliza rápidamente hacia su rostro mientras él levanta la cámara, para contemplarlo durante un segundo, antes del estallido del flash. Y no puedo evitar que se me caiga el alma a los pies, porque me da la sensación de que la persona que está a mi lado es una desconocida.

Posamos y sonreímos y, cuando el fotógrafo sigue su camino, veo que Bianchi le hace un gesto con la mano para que se reúna con él al fin, en un estudio que hay junto al vestíbulo.

—Deséame suerte —susurra, y me suelta la mano con tanta rapidez que no habría podido aferrarme a ella ni aunque hubiera querido.

Y mientras la observo irse, convertida en un remolino rojo, me doy cuenta de que no la necesita. Este es su sitio.

Es la mejor actriz que he visto nunca, porque casi me había convencido de que lo que teníamos podía ser real.

28

ARDEN

Día doce

Quince minutos después de dejar a Caroline en la sala, salgo del estudio y la busco con la mirada entre la gente.

La descubro por fin, en una esquina, con la copa de champán bien agarrada en la mano. Me abro paso por la sala para llegar hasta ella y, por el camino, saludo con la cabeza a un antiguo compañero de reparto al que odié con todas mis fuerzas. Pero no pienso dejar que verlo me estropee la emoción.

—Ven, ven —le digo. Dejo su copa y tiro de ella hacia la sala de al lado, tan vulgar como esta, y está llena de gente bailando un baile lento al compás de la música instrumental navideña que toca una banda en vivo.

La acerco a mí hasta que su cabello de olor dulce me acaricia la barbilla.

—Conseguí el papel —susurro. Ella echa la cabeza hacia atrás para mirarme a los ojos—. Lo logramos.

—¡No lo puedo creer, Arden! —Sonríe y me estrecha un hombro—. Me alegro muchísimo por ti.

Estudio su rostro. Está sonriendo, pero hay algo extraño en las comisuras de su boca, en las de sus ojos. Debe de estar disgustada por el artículo. Porque me haya dado el papel antes de que se publique, lo que le quita su propósito.

—No te preocupes, el reportaje se publicará de todos modos, y no veo la hora de leerlo. De descubrir cómo me ves. —Le acaricio la cara con la suavidad de una pluma, esperanzada por ver un cambio en su expresión.

—Ya… Baila conmigo —me pide, acercándome más a ella.

—Caroline…

—Arden.

Se me hiela la sangre, incluso cuando su mejilla roza la mía. Cierro los ojos con fuerza deseando ser capaz de detener el tiempo, asustada por lo que me espera cuando termine la canción. ¿Qué puede haber pasado en los últimos quince minutos? ¿Cómo me las he arreglado para estropear las cosas tan rápido?

Sí, de acuerdo, no ha sido una noche perfecta. A veces ha sido un poco incómodo intentar desenvolvernos en las conversaciones con toda esta gente, pero tampoco me ha parecido que fuera tan mal.

Intento apaciguar mis pensamientos colmados de pánico y empaparme de ella todo lo que pueda. De su olor, de la sensación de tenerla entre mis brazos, de lo que siento cuando está tan pegada a mí. Lo que siento solo con tenerla cerca de mí.

Pienso en su mirada el día que me presenté en el restaurante y en cómo cortó el tronco de ese abeto robado, como si fuera una maldita leñadora, y en sus dedos deslizándose por mi brazo hasta acabar entrelazados con los míos, en su cama. Pienso en su boca, que sabía a chocolate caliente y a menta, en la pulsera de la amistad que está acumulando polvo en mi mesita de noche y en su caja de artículos. En cuando me dijo que ella sí me veía tal y como era.

No estoy preparada para que todo esto termine.

Cuando suena la última nota, nos quedamos donde estamos. Me da miedo moverme. Me da miedo hasta respirar.

Al final, se aparta y me lleva hacia una puerta que da a un balcón tenuemente iluminado que recorre toda la fachada de la casa.

—Arden… —dice, y se le rompe la voz, se le cierran con fuerza los ojos castaños—. Creo que… Creo que tenemos que ser realistas.

—¿Qué quieres…?

—Jamás pensé que volvería a verte. —Abre los ojos y me mira con intensidad—. Cuando no volviste a casa esa primera Navidad, y una Navidad se convirtió en dos y luego en tres sin que hubiera una llamada o una visita, me dije que eso era todo. Jamás pensé que me caería de una escalera en el restaurante de Edie y te vería mirándome. —Hace una pausa y una lágrima rueda por su mejilla. Alargo una mano para enjugársela, pero ella me la detiene y me la baja, dejándola entre las dos—. Creo que… —Respira hondo y vuelve a mirarme—. Creo que debemos ser sinceras con nosotras mismas. Tu vida está aquí, Arden. Y yo no encajo en ella. Tienes una vida que no me incluye ni me ha incluido nunca, y acabas de conseguir el papel de tu vida, lo que lo hará todavía más evidente.

—Caroline, no tiene por qué ser así. Puedes encajar. ¡Puedes! —Me tomo un segundo para intentar arrancar la desesperación de mi voz—. Escucha, sé que al principio estaba asustada, pero he pasado mucho tiempo pensando, y aquí hay muchas buenas universidades donde puedes estudiar periodismo. Es más, si te mudaras aquí en otoño, estoy segura de que podría encontrarte un trabajo donde tú quisieras. Como siempre has soñado.

Niega con la cabeza.

—Pero ese no es mi sueño, Arden. Es el tuyo. Esto no puede funcionar, pero creo que ya lo sabes. —Me aprieta la mano, pero es en el corazón donde noto la presión que ejercen sus dedos—. Por eso te mantuviste alejada durante todos esos años. Por eso intentaste advertirme antes de que nos besáramos. Por eso nunca te pusiste en contacto conmigo. No era solo porque pensaras que no serías capaz de volver a marcharte… Era porque, en el fondo, sabías que tampoco podrías llevarme contigo.

No digo nada.

No puedo decir nada, porque, en cierto modo… tiene razón.

Y no lo soporto, carajo.

—Tal vez hayamos tenido estos últimos doce días y, Dios… —Se ríe con los ojos anegados en lágrimas—. Cuánto me alegro de que haya sido así. —Desliza una mano por mi brazo hasta descansarla sobre mi mejilla. Me inclino hacia ella, intentando memorizar la presión de las puntas de sus dedos, el tacto de su palma contra mi piel—. Pero nunca podremos tener nada más. —Se inclina un poco y me roza la mejilla con los labios. Luego cierro los ojos y agacho la cabeza hasta que nuestras frentes se tocan—. Esta vez, voy a ser yo quien se vaya —susurra, y siento que se aleja de mí, casi flotando, como una pluma.

Cuando abro los ojos ya no está. Donde estaba hace un instante no queda más que el aire vacío.

Me agarro de la balaustrada con adornos dorados para tratar de recuperar el aliento, pero me da vueltas la cabeza.

¡Caroline! Acaba de…

—Mierda. —Digo sin aliento—. ¡Carajo!

—¿Quieres un cigarrillo? —pregunta una voz desde la oscuridad.

Me doy la vuelta y me encuentro con Bianchi, que camina lentamente hacia mí. Se apoya en la balaustrada, a mi lado, con un cigarrillo colgado de las puntas de mis dedos.

—No, yo… —Me seco la cara con el dorso de la mano e intento recuperar la compostura—. ¿Qué estás haciendo aquí?

—Esconderme de todo. —Suelta una risa—. Nunca me han gustado mucho las fiestas.

Aparto la mano del metal frío y empiezo a pasearme. Bianchi me sigue con la mirada, con una expresión de curiosidad.

—Yo… —Me escuecen los ojos, y lucho para contener las lágrimas. Pero, de repente, me detengo frente a él—. ¿Sabes cuál es la verdadera razón por la que quería este papel? Quería algo que fuera real y sincero. Algo que me pareciera honesto conmigo misma, porque hace muchísimo tiempo que no hay nada así ni en mi carrera ni en mi vida. —Él asiente y estudia mi rostro mientras da una calada—. Lo irónico es que solo me lo diste porque te mentí —admito, riéndome con amargura—. Te mentí, carajo. Nunca estuve con Caroline, no hasta la semana pasada. Sí, era una chica de pueblo que estaba enamorada de su mejor amiga y que soñaba con dejar Barnwich atrás, pero un día me fui, dije que volvería y nunca lo hice. ¡Ni una sola vez!

—Hasta ahora.

—Como si eso importara. —Niego con la cabeza y luego la dejo caer hacia atrás hasta que veo las estrellas del cielo.

Espero a que me lea la cartilla por todo lo que he hecho. Espero a que me arrebate el papel de las manos. Sin embargo, cuando me vuelvo para mirarlo, veo que se limita a sonreír para sí y dar otra calada al cigarrillo.

—¿Sabes qué? —dice—. Me caes muchísimo mejor cuando eres sincera. Tu audición fue muy buena, pero esto… esto ha sido aún mejor. —Apaga el cigarrillo y se pone frente a mí.

—¿Qué? —pregunto.

—Vamos, Arden. ¿De verdad piensas que me creí esa escenita que tú y tu representante se inventaron? —Se echa a reír y sacude la cabeza—. Actúas mucho mejor cuando tienes un guion.

—¿Lo has sabido todo este tiempo? ¿Y nos seguiste el juego? —pregunto, y él asiente—. Pero… ¿Por qué?

—Quería ver hasta dónde estabas dispuesta a llegar para conseguir el papel. Quería ver que estabas tan comprometida como yo.

—Pues qué bien —replico, enojada. Me paso las manos por la cara, pero enseguida recuerdo que voy maquillada.

—Tú y yo no somos tan diferentes, Arden James. Yo crecí en un pueblecito de Ohio, lo que, para toda esta gente… —señala a los invitados, al otro lado del ventanal—, significa básicamente que somos del mismo sitio. —No puedo evitar reírme. No conocía sus orígenes. Igual que, hasta esta semana, nadie sabía de la existencia de Barnwich—. Tuve que sacrificar muchas cosas para llegar a donde estoy ahora. Cosas que nunca quise perder. Pero los trabajos como el tuyo y el mío, a veces… te consumen. Ahora, si miro atrás, no estoy tan seguro de que fuera necesario renunciar a todo. Con esta industria, a veces, es todo o nada, pero la vida no tiene por qué serlo. No hay nada malo en dejar que alguien te ayude a encontrar el camino cuando los árboles no te dejan ver el bosque, Arden. Si yo lo hubiera permitido, quizá las cosas no habrían salido como salieron.

—¿Qué me quieres decir? —pregunto.

—Sabes tan bien como yo que algunas de las cosas que se leen en Internet sí te las puedes creer —dice, dándole la vuelta a las palabras que le dije el día de la prueba.

El alcoholismo.

No eran solo chismes.

—Perdí familiares, amigos y más de mí mismo de lo que me atrevo a admitir, ni siquiera ante mi terapeuta. Me veo muy reflejado en ti. La única diferencia es que yo tengo cuarenta y seis años y tú todavía tienes toda la vida por delante. He visto lo que esta industria hace con los adolescentes. Y he visto lo que te ha hecho a ti durante los últimos años. Simplemente… no dejes que te cueste a nadie más —me aconseja, apartándose de la balaustrada para volver a la fiesta—. No dejes que te siga consumiendo. Tienes demasiado talento para eso —añade, antes de desaparecer entre la multitud.

Me quedo allí plantada, mirando a la gente que se pasea en el interior a través de la ventana. Me siento totalmente alejada de ellos, a pesar de ser como ellos. Me he comportado con la misma falsedad durante toda la noche. He sido igual de hipócrita. Basta con pensar en que estamos todos aquí en Nochebuena, en lugar de con las personas con las que de verdad queremos estar. Y solo porque es lo que se espera de nosotros.

Pero… Yo nunca quise aparecer en todas las portadas de las revistas, ni quise ir a todas las fiestas VIP, ni ver el fondo de todas las botellas.

Lo único que yo quería era actuar.

El resto de esta vida lo eligió en mi lugar gente que solo quería aprovecharse de mí. Que me dijo que era necesario cuando, tal y como veo ahora, no lo era.

Gente como Lillian.

29

CAROLINE

Día doce

—Es lo mejor —dice Lillian mientras me observa meter mis cosas en la mochila lo más rápido posible. Estoy segura de que tengo el maquillaje corrido por todas partes.

Cuando volví de la fiesta, me estaba esperando con el boleto a Barnwich ya comprado. Me lo dio antes incluso de que me quitara los zapatos.

Se encoge de hombros, baja la vista hacia su celular y empieza a escribir.

—En fin, esta imagen de Arden como una persona común y corriente funciona para este proyecto, pero vete a saber qué pasará después. En quién tendrá que convertirse «Arden James».

Me concentro en embutir mi neceser en un bolsillo lateral, luchando contra las palabras que amenazan con salir de mi boca.

Pero no soy capaz. Tal vez sea el champán, o el hecho de que Arden no ha tenido a nadie que dé la cara por ella en cuatro años. Sea como sea, y a pesar de mi corazón roto, no me pienso quedar aquí calladita y permitir que esta mujer se comporte como si Arden le importara.

—Es una persona, no una imagen, Lillian. Es... Arden —le espeto, y ella vuelve a mirarme a los ojos—. ¿No puede ser Arden y punto?

Lillian sonríe, pero lo hace condescendiente.

—Oh, Caroline… No es nada personal. Son negocios. —Echa un vistazo al rostro de Arden, que aparece en la cubierta de un muestrario de revistas que hay en el vestidor—. Y es un buen negocio, la verdad.

En ese momento, me llega una notificación de Uber. Le devuelvo la sonrisa con frialdad mientras me agacho a tomar mi mochila.

—Ah, ¿sí? Porque Arden ya es famosa. Ya lo consiguió. ¿Qué pasará cuando descubra que no necesita que nadie la manipule para que su carrera siga yendo viento en popa? Porque a mí me parece que algún día, aunque no sea hasta dentro de unos años, se dará cuenta de que prefiere mil veces ser ella misma que la mierda de personaje que tú quieras que sea. Las grietas ya han empezado a formarse. —Recuerdo cuando Arden me besó frente a su vieja casa. Su sonrisa en la colina del Cementerio cuando fuimos a tirarnos en trineo con mis amigos. Cuando corría por el pasillo después del partido de basquetbol—. Más te vale que tengas cuidado. Porque entonces a ti sí que se te acabará el negocio.

Lillian me mira con unos ojos como platos. Paso junto a ella y cierro la puerta del dormitorio de un portazo. Y, mientras bajo las escaleras y salgo al coche que me llevará al aeropuerto, a casa, sigue muda.

Sin embargo, por muy fuerte que haya fingido ser, me paso todo el trayecto hasta el aeropuerto y todo el vuelo hasta Barnwich llorando. Me dejo la capucha puesta y miro la pantalla de mi computadora a través de las lágrimas. Los trocitos del reportaje que he de terminar me devuelven la mirada. Ahora se me antoja distinto. Doloroso.

Tengo que entregarlo dentro de unas horas. ¿Qué voy a hacer?

30

ARDEN

Día doce

Antes de ser consciente de lo que estoy haciendo, estoy cruzando la puerta principal y corriendo por el camino adoquinado.

—¡A casa, por favor! ¡Deprisa! —grito cuando entro en el coche que me estaba esperando.

Conduce a toda velocidad en mitad de la noche. Tamborileo con los dedos sobre la manija, ansiosa. Al cabo de un rato, me quito las horquillas del peinado y dejo que la melena caiga como una cascada sobre mis hombros. Lo único en lo que puedo pensar es en que durante todos estos años, durante todo el tiempo que pasé fingiendo ser otra persona, siempre hubo alguien que me conocía, que veía a mi verdadero yo, aunque yo no pudiera.

Y, a pesar de los últimos doce días, he elegido todo esto antes que a ella. Otra vez.

El camino serpenteante que lleva a mi casa parece no terminar nunca. Cuando por fin veo el resplandor de la luz del porche me parece que han pasado horas.

Bajo del coche de un salto, con el corazón latiéndome a mil por hora, y entro al vestíbulo gritando su nombre.

—¿Caroline?

Me quito los tacones de una patada, corro por el pasillo e irrumpo en el dormitorio de invitados.

Está vacío.

Enciendo la luz y veo que la cama está hecha. Las únicas huellas de que estuvo aquí alguna vez son el vestido que se puso para la fiesta, que está doblado pulcramente sobre el edredón, y una postal de Barnwich que compró el día que nos besamos por primera vez, que dejó encima de la cama.

—Se ha ido —dice una voz detrás de mí. Me vuelvo y veo a Lillian apoyada en el marco de la puerta.

—¿Qué? ¿Cómo es posible? ¡Estaba con ella hace menos de una hora!

—Este no es su sitio. Y aquel no es el tuyo. Arden, cariño, te hice un favor.

«¿Un favor?».

Me dirijo hacia ella cerrando la mano en un puño.

—¿Qué hiciste? —le pregunto.

—La metí en un vuelo enseguida, antes de que cambiara de opinión. —Se encoge de hombros y esboza una sonrisa petulante—. No te preocupes, dejaremos que tu amiguita publique su artículo, así ella también sacará algo de todo esto.

«¿Amiguita?».

Lillian me pone las manos sobre los hombros.

—Ahora podrás concentrarte en lo que importa de verdad. Esta película. Luego, los premios, los anuncios… ¿Quién sabe qué vendrá después? —Se le iluminan los ojos solo de pensarlo—. Vamos. Llamaré a Jenna para que te arregle el maquillaje y puedas volver a la fiesta. Igual hasta encuentras alguna chica que te ayude a olvidar todo esto. —Señala a su alrededor como si nada, pero solo de pensarlo siento náuseas.

Niego con la cabeza. Por fin soy capaz de ver toda la verdad.

—Cuando tenía dieciséis años y me emancipé, deposité toda mi confianza en ti, Lillian. Durante todo este tiempo, he creído de verdad que estabas cuidando de mí, que te preocupabas por mí como mis padres no habían hecho nunca. Pero ahora veo las cosas con claridad. Nunca has sido mejor que ellos. Los últimos doce días me han recordado lo que se siente cuando a la gente que te rodea le importas realmente, y no pienso renunciar a ellos. Ni por fama ni por dinero… —Doy un paso más, hasta que quedamos cara a cara—. Y ni mucho menos por ti.

—De acuerdo, cariño, ya puedes dejar de dramatizar.

—Estás despedida. —Doy otro paso al frente, obligándola a retroceder hasta el pasillo—. Largo de mi casa.

Se queda ahí plantada con la mandíbula prácticamente en el suelo. Por una vez, no sale ni una sola palabra de su boca. Se da la vuelta y se dirige al recibidor, furiosa.

—Espera, Lil… —Se vuelve para mirarme con altivez, como si estuviera convencida de que no iba a despedirla de verdad—. Toma un jugo prensado en frío del refrigerador antes de salir, si se te antoja, cariño —añado y le cierro la puerta del dormitorio en la cara.

Retrocedo hasta que mis pantorrillas chocan contra la cama y me dejo caer sobre el vestido de Caroline. Alargo una mano y tomo la postal. Es un mapa de Barnwich. Con sus calles familiares, el Comedor de Edie. Mi casa.

La presiono con fuerza contra mi corazón, con los ojos llenos de lágrimas, sola en esta enorme casa vacía, y me pregunto cómo me las arreglé para convencerme de que amarla podría haber sido una farsa.

31

CAROLINE

Cuando el avión aterriza, cruzo el aeropuerto a toda velocidad y me lanzo a los brazos de Austin y Maya, que han venido a recogerme. Los llamé desde la puerta de embarque del aeropuerto de Los Ángeles para contarles todo lo que sucedió. Me abrazan con fuerza y entierro la cara en el pecho de Austin.

—Gracias por venir en Navidad —balbuceo.

—Por ti, cualquier cosa, Beckett —responde Maya.

—De todos modos, mi tía abuela Bett está roncando en la habitación de invitados y no ha dejado dormir a nadie —añade Austin, lo que me hace reír. Mi amigo me apretuja con más fuerza y luego me lleva al coche.

Maya se sienta conmigo en el asiento de atrás y me deja apoyar la cabeza en su hombro mientras Austin conduce dos horas hasta casa. Mientras recorremos una calle Mayor desierta, contemplo el árbol de Navidad resplandeciente en el centro de la plaza a través de la ventanilla, recordando su resplandor en el rostro de Arden y el tacto de sus labios fríos contra los míos.

Solo que ahora es un recuerdo doloroso.

—No tengo ni idea de cómo voy a conseguir terminar este reportaje para las ocho de la mañana. —Me río a la vez que lloro, negando con la cabeza.

—Eres Caroline Beckett —afirma Austin—. Encontrarás la manera.

—¡Todos con Caroline! —añade Maya, abrazándome con más fuerza—. Y si no consigues entregarlo, no pasa nada. Tu portafolios para Columbia es tan bueno que tampoco lo necesitabas. Tienes que cuidar de ti.

—Si necesitas algo, avísanos, ¿okey? —me pide Austin al parar el coche frente a mi casa—. Tengo un nuevo chocolate caliente blanco con moka que creo que te gustará.

—Estamos a un mensaje de distancia —dice Maya—. Feliz Navidad, Caroline.

Los dos me dan un abrazo; luego agarro mi mochila de la cajuela y entro en casa. Todo está silencioso y oscuro, salvo por el árbol iluminado en la sala, debajo del cual nos esperan nuestros gastados calcetines navideños. Mis padres debían de llevar rato dormidos cuando les mandé un mensaje para avisarles de que volvía. No me esperan hasta la tarde.

Entro en mi habitación de puntitas y enciendo la luz.

—¡Santo Dios!

—Buenos días —saluda Riley, mordisqueando una deliciosa galleta de azúcar como si nada con el suéter feo que le compré, como si no acabara de provocarme un ataque al corazón.

—¿Qué haces aquí? ¿Son esas las galletas de Navidad de papá? ¡Son las seis de la mañana!

Mastica ruidosamente sin inmutarse.

—Austin y Maya me dijeron que volvías. —Gimo y me dejo caer en la cama, a su lado. Me tiende la otra mitad de la galleta y la acepto—. ¿Estás bien? —pregunta mientras se acuesta a mi lado.

Exhalo un largo suspiro.

—No lo sé.

—No pasa nada.

Nos quedamos acostadas en silencio unos instantes.

—No sé cómo terminar este artículo.

—¿Qué quieres decir?

—Cuando accedí a escribirlo, pensaba que podría ser como todos los demás. Que podría hacer preguntas, capturar la historia, a la persona, y mostrarla bajo una luz nueva y sincera. Que podría escribirlo sin involucrarme demasiado, aunque técnicamente estaba implicada. —Riley asiente y se vuelve para mirarme—. Pero ahora ya no me siento capaz, porque… porque estoy demasiado metida en eso. No puedo ser objetiva porque… —Suspiro, frustrada—. Por lo que siento por ella. Para escribir el artículo que esperan tengo que fingir sentir cosas que en realidad sí siento, pero que ya no puedo permitirme el lujo de sentir. Como si no supiera cuál es la verdad, Riley. Y estoy bloqueada porque no quiero estropearle lo de Bianchi y…

—A ver… —Exhala—. Escribe el artículo que muestre a Arden tal y como tú la ves. Porque, Caroline… esa es la Arden de verdad. La Arden que el mundo merece conocer. La Arden que Arden merece conocer de nuevo.

Me muerdo el labio y la miro, perpleja.

—La verdad es que es un muy buen consejo.

Ella me sonríe y me roba el último pedazo de galleta.

—Ya, claro. Es evidente que, además de ser la más guapa de la familia, también soy la más lista, así que… —Le doy un empujón y ambas nos echamos a reír—. ¿Necesitas algo más? —pregunta, pero niego con la cabeza. Se incorpora, llenándolo todo de las migas de galleta que le caen de la camiseta, y se dirige a la puerta—. Me voy a dormir unas horas, antes de que papá nos despierte para abrir los regalos de los calcetines. —Bosteza—. Feliz Navidad, Caroline.

—Feliz Janucá, Riley —contesto antes de que se vaya a su habitación.

Y entonces me siento, saco la laptop de la mochila y la abro. Solo tengo dos horas para enviar el artículo, pero no pasa nada. Abro el documento de Word, porque por fin sé exactamente qué necesito decir.

32

ARDEN

Me despierta la insistente vibración del celular contra la almohada.

Con un gemido, me froto los ojos y lo tomo. Me incorporo y veo un montón interminable de notificaciones.

«¿En Navidad?».

Bajo las piernas de la cama y siento el suelo de mármol frío bajo los pies. Abro un enlace que han compartido un millón de veces.

Es el artículo de Caroline.

Tengo el corazón en un puño. Cuando la página se carga por fin y leo el título, pongo unos ojos como platos.

«Mis doce días con Arden James».

Intento calmarme y me preparo antes de seguir leyendo.

Siempre he pensado en ella como si fuera dos personas diferentes.

Una es Arden James. La chica que todos ven. La que sale en las películas y en las portadas de las revistas. La que vive en una mansión moderna y algo fría en el Pacífico y parece salir mucho más de lo que entra. El enigma.

Y luego está Arden. Arden, a secas. La chica de Barnwich, Pensilvania, que se preocupa por la gente que quiere más de lo que le gusta admitir y que va siempre con el corazón en la mano.

Y yo lo sé bien, porque esa Arden ha sido para mí todo lo que puede ser una persona.

Mi mejor amiga.

Mi confidente.

Mi primer amor.

A veces, ha sido la última persona a la que quería ver… pero la mayoría de veces, ha sido la primera.

Pero hay una verdad que destaca por encima de todas las demás:

Siempre, siempre, la he querido.

La quise cuando me dio su chamarra para que la atara a mi cintura un día que me hice pipí encima, cuando íbamos en tercero de primaria. La quise cuando puso salsa picante en la leche con chocolate de Matt Fincher porque él se había reído de mis trenzas. La quise cuando soñaba con una vida más grande que la que tenía.

Y la quise cuando se mudó a California y me dejó atrás, de pie, en la acera, con las mejillas llenas de lágrimas. Creo que ese fue el momento en el que más la quise. Es una lástima que a veces no nos demos cuenta de lo que sentimos por alguien hasta que lo hemos perdido.

Así que cuando por fin, por fin, vino a casa por Navidad, sentí que tenía una segunda oportunidad para redescubrir a mi Arden (bueno, cuando se me pasaron las ganas de darle un puñetazo). Y las doce citas navideñas que tuve con ella en Barnwich fueron mucho más de lo que jamás podría haber deseado.

Se me llenan los ojos de lágrimas al leer sobre nuestras aventuras en Barnwich, al revivirlo todo a través de los ojos de Caroline. Hace que el pueblo cobre vida, pero, sobre todo, hace que yo cobre vida. Una Arden a la que reconozco, aunque todavía esté intentando descifrarla.

No sé qué pasará con Arden y conmigo, pero lo que sí sé es que, en realidad, siempre ha habido una sola Arden. Simplemente, todavía está intentando descubrir qué partes le pertenecen a ella, cuáles les pertenecen a todos ustedes y cuáles no le pertenecieron nunca ni a ella ni a nadie, sino que fueron parte de una narrativa hollywoodiense que se escribió para ella cuando era demasiado joven para comprender que no la necesitaba.

Porque esa es la otra verdad. Nunca la ha necesitado. Para mí, nunca hizo falta que fuera nadie más que ella misma. Y espero que tú, cuando leas esto, pienses lo mismo.

Yo me siento agradecida por todas las formas distintas en las que he podido enamorarme de Arden.

No tuve la oportunidad de plantearle la duodécima pregunta en nuestro último día juntas, pero es la que más desearía haberle preguntado.

Arden, ¿crees que volverás a Barnwich algún día?

Tal vez algún día lo hagas. Tal vez no vuelvas nunca más.

Sea como sea, sé que una parte de mí siempre estará esperando.

Suelto el celular en la cama y me apoyo en la almohada. El corazón me late con violencia mientras asimilo sus palabras.

Caroline me ve.

Caroline me quiere.

Caroline me está esperando.

«¿Crees que volverás a Barnwich algún día?».

Y entonces caigo en la cuenta.

No tengo por qué volver a hacer esto.

Ahora soy yo quien toma las decisiones. Yo decido lo que hago. Yo decido dónde vivo. Cómo vivo. No tengo por qué renunciar a mi vida, a mi hogar y a la gente que quiero para sacar adelante mi carrera. Sí, puede que a veces me pierda cosas en un lado o en el otro, pero no todo. No lo que más importa. Puedo tener las raíces bien enterradas en el suelo y que aun así se alarguen hasta muy lejos, como me dijo mi abu. No puedo tenerlo todo, pero sí mucho más de lo que tenía.

Puedo tener…

Me incorporo de golpe y miro fijamente la maleta que hay en la esquina de mi habitación, todavía sin deshacer.

Puedo tener a Caroline.

33

CAROLINE

—¡Ya va! —grito mientras dejo una bandeja de *latkes* humeantes en una mesa que ya está a rebosar de comida. La gente se abalanza sobre ella en cuanto me aparto. El señor Green, por fin sin su traje de Santa Claus, me aparta de un codazo literalmente.

—Esto fue una idea estupenda, Caroline —me dice con la boca llena—. Siempre me había preguntado cuándo Barnwich empezaría a incluirnos a los judíos en las celebraciones.

Casi me voy de espaldas en mitad del bar.

—¿Eres judío?

Me señala con un *latke.*

—Que no te engañe el traje de Santa Claus.

Con una sonrisa, me apoyo en la barra mientras él se va a sentar con un grupo de turistas en la mesa de la esquina. Riley está dando vueltas en su taburete y Miles y Levi están al otro lado de la barra, con los codos apoyados en la encimera.

—Un evento de Janucá en Barnwich… en Navidad —observa Levi con un silbido mientras contemplamos el bar abarrotado.

Todo Barnwich ha venido. Echo un vistazo a la multitud de caras conocidas: mis padres, nuestras compañeras de villancicos: Josephine, Ruth, Shirley y Clara, varios propietarios de pequeños negocios… Al lado de la puerta, riendo junto a Austin y Maya, hay incluso varias personas que conozco de la escuela.

Riley asiente.

—¿Quién lo iba a decir?

—Parece que los Beckett han creado su propia tradición para Barnwich —dice Miles y me golpea con el trapo. Lo miro y sonríe—. Ahora tendrás que venir cada año, aunque vivas en la gran ciudad.

—¿Perderme las fiestas en Barnwich? —repongo devolviéndole la sonrisa—. Por nada del mundo.

Es cierto. Saber que, de ahora en adelante, podremos celebrar todas las partes que nos conforman con la gente a la que más queremos me hace sentir genial. Y por eso odio que, en una sala tan llena como esta, todavía sienta la falta de alguien.

Dejo a Riley intentando convencer a mis hermanos de que le sirvan un whisky con hielo (¡un whisky con hielo!) y voy a la cocina para ver si Edie necesita ayuda. Hoy se ha encargado ella de cocinar, con la ayuda de Finn y de Tom, que, inexplicablemente, vuelven a llevar cintas en la cabeza a juego.

—¿Cómo va todo, Edie? —le pregunto al entrar. Ella me rodea la cintura con un brazo de inmediato mientras contempla el *brisket* que hay en el horno, preparado con la receta que le sacamos a mi abuela. Levi le estuvo endulzando el oído para que se la diera y cedió cuando se enteró de lo que queríamos hacer. Aunque quizá las piñas coladas que se tomó en el crucero tuvieron algo que ver.

—Ya casi está. —Me estrecha con afecto y luego se vuelve para mirarme y me dice—: Tremendo artículo, pequeña.

—Gracias, Edie —susurro—. Yo… Necesitaba escribir la verdad. Mostrar a Arden como siempre la he visto.

—Pues lo hiciste, puedes estar segura.

—¿Has sabido algo de ella? —pregunto, incapaz de contenerme.

Niega con la cabeza y yo asiento, intentando contener las lágrimas que asoman a mis ojos.

Pues claro que no.

—Voy a tomar un poco el aire —le digo, y me da unas palmaditas en el costado antes de soltarme.

Ni siquiera me molesto en ponerme una chamarra antes de salir por la puerta de atrás. Por otra parte, Barnwich está tan tranquilo y nevado y perfecto que el frío no me molesta. Camino despacio hasta la fachada del frente. Exhalo con fuerza, echo la cabeza hacia atrás y cierro los ojos con fuerza.

Esperaba que empezaran a brotar las lágrimas, pero, en este instante, a pesar de todo, no puedo evitar sentirme…

Suficiente.

No solo lo suficiente judía ni lo suficiente cristiana, sino que yo misma soy suficiente. Yo. Caroline Beckett. Aunque mi solicitud, que recién envié esta tarde, no baste para que me acepten en Columbia. Aunque no me enamore de nadie en una década. Incluso si no vuelvo a ver a Arden James ni a saber de…

—Sí —dice una voz, interrumpiendo el silencio.

Abro los ojos y bajo la cabeza para ver una figura de pie, bajo el resplandor anaranjado de la farola.

—¿Arden? ¿Qué haces aquí? —Querría ir hacia ella, pero tengo los pies pegados al cemento.

—Sí —repite.

—¿Qué? —pregunto con el ceño fruncido.

—Tu pregunta. En el artículo —dice. Hace lo que yo no soy capaz de hacer y da un paso al frente—. Sí. Volveré a Barnwich.

Ladeo la cabeza; me da miedo permitirme pensar que esto pueda significar algo más.

—Pero ¿por cuánto tiempo? —pregunto con la voz rota.

—Bueno, al menos hasta el verano. Puede que más, si consigo convencer a Bianchi de que grabemos la película aquí.

—Espera —digo nerviosa—. ¿Qué? ¿Aquí, en plan... en Barnwich?

—Sí, Caroline. —Se echa a reír y ese sonido llena todas las partes vacías de mí.

—¿El papel sigue siendo tuyo?

Asiente.

—Ser sincera tiene sus recompensas. —Nos miramos un largo momento—. Tú deberías saberlo —añade en voz más baja.

—Arden, yo...

—Escribiste un artículo fantástico, Caroline —me interrumpe—. Y todo lo que decías en él... Dios, dio en el clavo. —Se mira los pies—. Adoro actuar, pero las decisiones que tomé a los catorce años me han estado matando poco a poco, y en varios sentidos. Creo que después de esta película con Bianchi, yo... Necesito un descanso. Necesito un tiempo para descubrir qué quiero hacer exactamente. Cómo quiero que sea mi carrera en la interpretación.

—Lillian debe de estar encantada.

Sonríe y niega con la cabeza.

—La despedí anoche.

—¿¡Que qué!?

—Ella nunca me vio tal y como soy. Era tan mala como mis padres. Caroline, volver aquí, estar estas dos semanas en casa, me ha hecho sentirme mucho más completa que... que nunca. Me ha hecho darme cuenta de lo que quiero. De quién quiero ser. Para mi abu. Para todo el mundo. Para mí y... para ti. Aunque tarde un poco en descubrir cómo hacerlo. —Respira hondo y da otro paso hacia mí, hasta que nos separa menos de medio metro de distancia—. Ayer, cuando te vi marchar, fue...

No termina la frase. No hace falta, porque ya sé cómo se sintió. Para mí fue tan duro marcharme como ser la que se quedó atrás.

—No debí haberme ido tan deprisa —admito, y esta vez me deja hablar—. Estaba… estaba asustada, si soy sincera. Me sentí fuera de lugar. Como si mi sitio no estuviera allí contigo.

—Lo entiendo.

—Ya lo sé. Y justo de eso me di cuenta cuando me fui. De que quizá debería tener más fe en ti.

—Deberías —contesta tragando saliva—. Porque yo… te quiero, Caroline. Te quiero desde hace tanto tiempo que es… ridi… —Se echa a reír y niega con la cabeza—. Ridículo. —Pero entonces se pone seria—. Sé que la he cagado mucho en esta vida, que he salido huyendo muchas veces. Pero quiero demostrarte que puedes contar conmigo. Quiero volver a casa. Y no sé si esto va a funcionar… Igual dentro de una semana me odias a muerte, igual cuando llegue el día de San Valentín ya estás harta de mí. No sé, puede que hasta prefieras ir al baile de fin de curso con Taylor Hill. Todo eso me da miedo, pero quiero intentarlo, Caroline. Porque si no lo hago me pasaré el resto de mi vida preguntándome…

No ha terminado la frase cuando me lanzo a sus brazos, buscando sus labios torpemente con los míos. Ella me abraza por la cintura y me hace retroceder hasta que me inmoviliza contra la pared del bar.

«Arden James, Arden James, Arden James».

Su nombre danza en mi cabeza, me colma el corazón, hasta que me parece que es lo único que he pensado en esta vida.

Nos besamos en las calles nevadas de Barnwich, el lugar donde nos enamoramos. El lugar en el que me dejó y en el que ha vuelto a mí.

—No lo puedo creer —dice Riley desde la puerta. Nos separamos al instante, sobresaltadas—. Vine a ver si querías hacer los honores y encender las velas y te encuentro enredándote con Arden. Vaya anfitriona.

Las dos nos reímos y Arden le sonríe avergonzada.

—¿Feliz Janucá? —dice. Riley pone los ojos en blanco y entra corriendo en el bar.

Arden me da la mano y solo entrar en contacto con ella hace que salten chispas a través de mí, igual que tantos años atrás. Su boca dibuja esa sonrisa torcida tan suya y, por primera vez desde que volvió, no quiero que el tiempo se detenga. Ahora no veo la hora de descubrir todos los pedacitos de ella que son nuevos para mí, todos los pedacitos de ella que han seguido intactos, y los pedacitos de nosotras que todavía no existen.

Y cuando se detiene en el marco de la puerta para besarme debajo del muérdago, no puedo evitar preguntarme si mis doce días con Arden James pueden convertirse en una vida entera.

AGRADECIMIENTOS

ALYSON

Me gustaría darle las gracias a mi editora, Alexa Pastor, por hacerme los comentarios más constructivos que se pueden pedir y sin dejar de animarme ni un instante. Este ya es mi tercer libro y todavía no sé cómo te las arreglas para leer un primer borrador e identificar las mejores partes de cada historia. Gracias también al resto del equipo de Simon & Schuster.

Gracias a mi representante y amiga, Emily Van Beek, por estar siempre disponible para cualquier cosa que necesitemos. Y por ayudarnos a encontrar las mejores historias que contar.

A mi madre, mi padre, Luke y Aimee, gracias por apoyarme siempre. Y gracias especialmente a mi hermano, Mike, que vino a casa a cuidar de Poppy más días de los que soy capaz de contar para que Rachael y yo llegáramos a tiempo para las fechas de entrega.

A mi esposa, gracias por encargarte de hacer un esbozo de este libro cuando yo no podía con todo. Y por encontrar siempre el modo exacto de calmar mi ansiedad cuando es demasiado abrumadora. Eres mi luz en la oscuridad y te quiero muchísimo.

A Poppy. Eres la razón por la que nunca dejaré de escribir. Todo lo que haga de ahora en adelante será siempre para ti. Eres la personita más valiente, más fuerte y más bonita que he conocido nunca. Espero que un día puedas leer todos los libros que estamos escribiendo tu mamá y yo y encuentres en ellos pedacitos de ti. Espero que te ayuden de algún modo. Te quiero, Linguine.

RACHAEL

Me siento enormemente agradecida cada día con las personas que nombro a continuación, porque hacen posible que escriba historias y las comparta con el mundo. Sin ellos no existiría ni uno solo de mis libros.

En primer lugar, como siempre, muchísimas gracias a Alexa Pastor, que ha estado a mi lado en cada uno de mis seis libros. Menudo viaje hemos hecho juntas, y tener al lado a alguien con tanto talento como tú, que siempre saca lo mejor de mis ideas, es algo que nunca daré por sentado.

A Justin Chanda y al resto del maravilloso equipo de Simon & Schuster, que han hecho todo lo que estaba en su mano para apoyarme y cuidarme a lo largo de los años.

A Emily van Beek, la mejor de las mejores. Tenerte en nuestro bando es el mayor de los regalos. No creo que nadie me haya hecho sentir más emocionada e inspirada ante la posibilidad de tener una carrera escribiendo y ante los libros que están por llegar.

A Sydney Meve y al resto del equipo de Folio Jr.

A mis amigos y mi familia, mamá, Ed, Judy, Mike, Luke y Aimee. Las noches de juegos serán siempre mis preferidas, aunque Luke gane todas las partidas por el resto de la eternidad.

Gracias, gracias, gracias a mis lectores. Por sus mensajes, sus palabras, sus comentarios… Son la razón por la que entrego historias al mundo.

Como siempre, gracias a Alyson. Alyson, nuestra historia de amor es mejor que ningún libro que pueda escribir nunca. Me has dado el mejor de los regalos.

Y gracias a Poppy. Eres lo mejor de mí. Pero, por favor, deja de tirarte del sofá. Te quiero, Scoob.

Esta obra se terminó de imprimir
en el mes de noviembre de 2024,
en los talleres de Litográfica Ingramex S.A. de C.V.
Ciudad de México